JN135985

竹取物語助動詞解釈集成

宮下拓三著

■はじめに■

『竹取物語』が『源氏物語』によって「物語の出で来はじめの親」と称せられたのは単に最も早く作られたからというだけではなかっただろう。光源氏の浩瀚にして精緻な物語を書き進めていた紫式部には、当時まだ婦女子の慰みとしか見られていなかった「物語」という形式の持つ可能性に対する期待や確信があったに違いなく、みずからの熱情の源泉と認めるべき何ものかを『竹取物語』に見出していたはずである。

月世界という異界からやってきたかぐや姫に求婚する地上世界の男たちの、それも皇子や上達部という社会きっての貴公子たちの愚かしいまでの言動。作者はそのそれぞれに辛辣な痛撃を加えるが、その心根は意外にあたたかく、物語を読み進めるうちに男たちの愚かしさはいつの間にか愛すべきものにも思えてくる。

心あたたまる変化はそればかりではない。当初は男たちなど歯牙にもかけず澄ましていたかぐや姫が次第に愚かで隙だらけのはずの人間に、慈しみのまなざしを向けるようになるのである。燕の子安貝を取り損ねて命を落とすことになった石上の中納言には少しく心を動かされもし、帝との忘形の交わりを通してはかぐや姫も、そしてあろうことか、峻厳なはずの帝までもが「あはれ」を知る存在へと変化を見せる。

だが、『竹取物語』は欣幸の中で大団円を迎える物語ではない。八月十五夜の夜、かぐや姫は旅立つ。ひとたび天の羽衣を羽織れば心は地上の人のものではなくなり、せっかく手に入れた「あはれ」を知る心も無に帰してしまう。血の涙を流して嘆き悲しむ翁と嫗を地上に残し、百人もの天人を従えてはるかに昇天してゆき、後にはただ虚空ばかりが広がっているのだった。

天の羽衣を着る間際、かぐや姫は心からの文をしたため、それに不死の仙薬を添えて、帝への献上を頼んでいた。その文を、帝が広げる。

——今はとて 天の羽衣 着る折ぞ 君をあはれと 思ひ出でける

添えられていた不死の仙薬の入った壺に目をやった帝は、しかし静かに首を横にふった。かぐや姫に二度と会えぬわが身にとって、不死の薬も何になろう……。人間の見果てぬ夢ともいうべき永遠の命を帝は拒絶して、はかなく、それがゆえに「あはれ」を知る人間として、その生と死をみずから選び取り、受け入れたのだった。

先に「月世界という異界」と記した。だが、その世界を語る物語自体がじつは日常を異化してみせる異界そのものであったといえるのかもしれない。そうした「異界」からの光を当てられ、日常のはかなくもいとおしいこの地上世界における生の姿と意味がくっきりと映し出される。その光景の中を登場人物と一体となって泣き笑いながらくぐり抜けることにより、より深く、より豊かに「あはれ」を知る者へと人は育ってゆくのだろう。そういうことを『竹取物語』はしみじみと教えてくれる。

という具合に、日本の古典文学を学ぶとなれば、『竹取物語』は欠かせない作品だ。事実、高校の古文教科書には「かぐや姫の生い立ち」「かぐや姫の昇天」を筆頭に、かならずかぐや姫の物語が登場する。

そんな『竹取物語』なのだから、当然丁寧に読まれ、豊かに読み取られていなくてはならないはずだ、と思いつつ周囲を見渡すと、しかし、少しく首をかしげたくなるような現実がある。

実例を一つ挙げてみよう。

次の【設問】は、かなりの数に上る高校で実際に採用されてきた古文の問題集に載せられていた文法問題である。

【設問】傍線を引いた箇所を、助動詞に注意して現代語訳せよ。
問一　夜を昼になして取らしめたまふ。（竹取物語・燕の子安貝）
問二　くらもちの皇子《みこ》は優曇華《うどんぐゑ》の花持ちて上《のぼ》りたまへり。（竹取物語・蓬莱の玉の枝）

問一について、A君は助動詞「しむ」が尊敬の補助動詞「たまふ」と一緒に用いられているから「尊敬」の意味だと考えて「お取りになる」と訳した、とする。一方、B君は助動詞「しむ」の基本の意味は「使役」だと考えて「お取らせになる」と訳した、としよう。

問二について、A君は助動詞「り」は完了の助動詞だと考えて「参上なさった」と訳し、B君は「り」は完了の助動詞ではあるけれど、基本の意味は「存続」だからと考えて「参上なさっている」と訳した。

さて、教室で配布された解答を見ると、問一・問二ともA君が正解。B君は両方ともバツであった。

だが、B君の問一の答案はじつは三谷榮一博士や岡一男博士らの説で、A君の答案よりむしろこちらが通説である。また、B君の問二の答案も松尾聰博士の説なのである。むろん正解の方にも裏付けはあり、問一は武田祐吉博士の、問二は三谷榮一博士や岡一男博士らの説であった。

博士らは設問の一文だけから意味をとったのではなく、その前後の文脈を踏まえて考えておられるのはもちろんのことである。にもかかわらず説は分かれており、右の問題集のように設問に挙げた一文だけから意味を判別することなどそもそも不可能なのである。

ところが、問題集の解答は、問一について、尊敬の場合は単独では用いられず、「たまふ」などと用いるのが普通だと説明したうえで、「夜昼かまわずお取りになる（「しめ」は尊敬）」が正解だと示しているだけである。問二についても、第一に「り」「たり」はまず存続で訳してみて次いで完了を考えるべきこと、第二に存続は現在進行形ととらえると覚えやすいこと、とのアドバイスを挙げたうえで、正解は「くらもちの皇子は優曇華の花を持って参上なさった。（「り」は完了）」とやはりそっけない。これではものごとを深く真剣に考える生徒ほど混乱するのではないかと危惧される。

問題は、設問として問うか問わないかではなく、どのように問い、どのように答えさせるのかにあるだろう。助動詞の意味の判別を問うのならば、初学者には間違いなく正解が一つに定まる用例を選んで示すべきである。中級者や上級者には二つある意味の可能性のうちの一つを示してもう一つを答えさせるとか、考えられる意味を複数挙げさせ、その良否を考えさせるとか、あるいは、意味の判別の違いによって変わる本文解釈について問うとか、あれこれ考えられる。最後のような設問形式となれば、「知識を問う試験」から「考えさせる試験」へという昨今話題の流れに応じるものともいえよう。

以上のような要請をかなえるために必要なのは諸説を細かく調べてまとめるような基礎的作業であると考え編んだのが本書である。一見、総索引的な印象を持たれるかもしれないが、一般の総索引には見られない次のような工夫を施した。

(1) 各助動詞が持つ複数の意味ごと、活用形ごとに、用例をまとめて示した
(2) 用例は、用例全体の意味や使用場面が把握できる長さを確保して抜き出した
(3) 意味判別の諸説を踏まえ、用例を重複して掲載し、それぞれに説明を加えた

これらの工夫により、古文助動詞の指導等にほどよい用例を探して選んだり、答えに揺れのない設問を作成したりする際にはもちろんのこと、『竹取物語』の本文を読解・味読する際にも活用していただけるものと思っている。

用例には小学館『新編日本古典文学全集』のページと行を示したのでいちいちの口語訳は付さなかったが、意味判別の説が複数にわたる用例については同書の口語訳だけでは不便な場合もあるので、＊印を付けた注記の中で、意味の判別の仕方で異なってくる口語訳例を適宜示した。

本書の上梓にあたり右文書院 三武義彦氏より深いご理解と多大なるご支援を賜った。四十余年前、大学にて国文学を専攻し、爾来、『徒然草諸注集成』をはじめ、同書院刊の書籍から多くを学んできた者として、同書院からこのような著作を刊行していただけることは大きな喜びであり、衷心より謝辞を申し上げる。

本書が日本文化の誇るべき遺産である『竹取物語』のより豊かな享受の一助とならんことを願っている。

凡　例

・本書は、『竹取物語』（古活字十行本）の本文に現れるすべての助動詞を含む用例を、助動詞の意味・活用形ごとにまとめたものである。

・用例は原則として片桐洋一校注・訳『新編日本古典文学全集12　竹取物語』（平6・小学館）に拠った。ただし、ルビは適宜補足・省略した。また、必要に応じて主語・目的語などを（　）を付して補い、和歌は各句を「分かち書き」とした。同書の該当箇所のページ数と行数を、例えば25ページ5行目ならば（二五・⑤）のように用例の後に続けて記した。

・語の識別や意味の判別において説の分かれる用例は、それぞれの意味に重複して挙げ、＊印を付して注記を加えた。

・＊印の注記に引用した『竹取物語』の注釈書等は次の〈引用文献〉のとおりである。【　】内は本書で用いた略称。なお、引用文中の旧漢字は新字体に改めた。

〈引用文献〉

坂本　浩『文芸読本　竹取物語』（昭25・市ヶ谷出版社）【坂本『読本』】
武田祐吉『竹取物語新解』（昭25・明治書院）【武田『新解』】
中河與一『竹取物語』（昭31・角川文庫）【中河『角川文庫』】
三谷榮一『竹取物語評解』（昭31・有精堂）【三谷『評解』】

阪倉篤義『日本古典文学大系9　竹取物語』（昭32・岩波書店）【阪倉『旧大系』】
岡　一男『竹取物語評釈』（昭33・東京堂）【岡『評釈』】
三谷榮一『日本古典鑑賞講座 第五巻 竹取物語』（昭33・角川書店）【三谷『鑑賞講座』】
南波　浩『日本古典全書　竹取物語』（昭35・朝日新聞社）【南波『全書』】
松尾　聰『評註　竹取物語全釈』（昭36・武蔵野書院）【松尾『評註』】
阪倉篤義『竹取物語』（昭45・岩波文庫）【阪倉『岩波文庫』】
上坂信男『講談社学術文庫　竹取物語　全訳注』（昭53・講談社）【上坂『学術文庫』】
野口元大『新潮日本古典集成　伊勢物語』（昭54・新潮社）【野口『集成』】
山岸徳平『竹取物語』（昭55・學燈社）【山岸『學燈文庫』】
室伏信助『全対訳日本古典新書　竹取物語』（昭59・創英社）【室伏『創英』】
雨海博洋『対訳古典シリーズ　竹取物語』（昭63・旺文社）【雨海『対訳』】
雨海博洋『旺文社全訳古典撰集　竹取物語』（平6・旺文社）【雨海『撰集』】
片桐洋一『新編日本古典文学全集12　竹取物語』（平6・小学館）【片桐『新全集』】
堀内秀晃『新日本古典文学大系17　竹取物語』（平9・岩波書店）【堀内『新大系』】
上坂信男『竹取物語全評釈　本文評釈篇』（平11・右文書院）【上坂『全評釈』】
大井田晴彦『竹取物語　現代語訳対照・索引付』（平24・笠間書院）【大井田『対照』】

・右に挙げた方々をはじめとして、先学の方々から多くの学恩を頂戴した。心より感謝を申し上げる。

目次

1　自発・可能・受身・尊敬の助動詞

る

自発〈訳語例〉（自然ト）〜レル。〜セズニハイラレナイ。

れ（未然形）

物はすこしおぼゆれど、腰なむ動か**れ**ぬ。（五四・⑩）

＊「れ」は打消の助動詞「ず」の連体形「ぬ」とともに用いられており、「可能」の意と解するのが通説である。ただし、松尾『評註』が疑義を呈して「自発」の意としているので、本書はここにも用例を示した。〔↓P5「る」の「可能」未然形（五四・⑩）に詳述。〕

御心《みこころ》は、さらにたち帰るべくも思さ**れ**ざりけれど、さりとて、夜《よ》を明かしたまふべきにあらねば、（六三・③）

＊「れ」の意には「自発」「可能」の二通りの解し方がある。上の「たち帰るべく」の助動詞「べし」の意の

解釈と組み合わせて考える必要があり、その組合せは次のとおり。

(1)たち帰るべく（可能）も思され（自発）ざりけれど……松尾『評註』、三谷『評解』、室伏『創英』

…松尾『評註』の訳「お帰りになれそうにも自然お感じにならなかったけれど」

(2)たち帰るべく（可能）も思され（可能）ざりけれど……岡『評釈』、雨海『対訳』

…岡『評釈』の訳「立ち帰ることが出来そうにもお思いになれなかったけれども」

(3)たち帰るべく（意志）も思され（自発？）ざりけれど…片桐『新全集』、堀内『新大系』

…片桐『新全集』の訳「帰ろうともお思いにならなかったのであるが」

(4)たち帰るべく（意志）も思され（可能）ざりけれど……大井田『対照』

…大井田『対照』の訳「帰ろうともお思いになれなかったが」

なお、(3)で「れ」を（自発？）としたのは、「尊敬」の意と解している可能性もあるからである。ただし、「思さる」の形で「尊敬」の意を表すのは平安末期以降ともいわれるので、ここも「尊敬」の意と解さぬ方がよいだろう。

れ（連用形）

我が袂《たもと》今日かわければ　わびしさの　千種《ちぐさ》の数も　忘られぬべし（三四・①）

＊「れ」を「自発」の意と解することで諸注ほぼ一致しており、「…いままでの多くの艱難辛苦も、しぜんに忘れてしまうでしょう」（片桐『新全集』）のように訳される。

ただし、松尾『評註』が〈「れ」は自発の意にとったが、可能の意として「忘れることがきっとできるだろう」とも解けよう〉と説明を加えているので、本書は「自発」「可能」の両方に用例を示した。

翁、「それ、さもいは**れ**たり」といひて、大臣に、「（かぐや姫ガ）かくなむ申す」といふ。（四一・⑥）

＊片桐『新全集』は〈「いはれたり」の「れ」は尊敬でなく自発ととるべきであろう〉として「それも、もっともな言い分だ」と訳している。また、野口『集成』の訳「もっともな言い分ですね」や阪倉『岩波文庫』の訳などにも敬意は添えられていない。

一方、南波『全書』は「これはまあ、まことにもつともなお言葉です」と訳して〈**れ**は尊敬助動詞〉とし、室伏『創英』も〈「れ」は尊敬の助動詞〉として「それは、よいことをおっしゃってくださった」と訳している。三谷『評解』は〈「れ」は可能ともとれるが、中古には可能は打消を伴うもののみであるから（山田孝雄博士）、尊敬とする〉と説明している。本書は「自発」「尊敬」の両方に用例を示した。

（宮仕へ仕うまつらずなりぬるコトヲ）心得ず思しめさ**れ**つらめども。（七五・③）

＊「わけのわからぬこととお思いになられたことでしょうが」（片桐『新全集』）などの口語訳から推測すると、「れ」を「尊敬」の意と解しているものが多いと思われる。ただし、「自発」と解することもできるので、本書は両方に用例を示した。「自発」と解した場合は「わけがわからぬこととお思いにならずにはいられなかったことでしょうが」などと訳すことができる。〔↓P8「る」の「尊敬」連用形（七五・③）に詳述。〕

る（終止形）

これを、帝御覧じて、いとど帰りたまはむ空もなく思さ**る**。（六二・②）

＊三谷『評解』が〈「思さる」の「る」は尊敬にもとれるが、「思す」がすでに「思ふ」の尊敬動詞で尊敬の意

をあらわしているから、自発である〉と説明を加えているが、「思さる」の形で「る」が「尊敬」を表すのは平安末期以降ともいわれる。

るる（連体形）

白山《しらやま》に　あへば光の　失《う》するかと　はちを捨てても　頼ま**るる**かな（二六・⑬）

＊岡『評釈』が〈「るる」は自発の助動詞「る」の連体形。思わずあてにしたい気持になるの意〉と説明している。「…しぜん頼みをかけることですよ」（松尾『評註』）などと訳される。

（人々ガ、石上《いそのかみ》の中納言ニ）「御心地《みここち》はいかが思さ**るる**」と問へば、（五四・⑨）

＊この「…いかが思さるる」という家来たちの問いかけに対し、中納言は「物はすこしおぼゆれど、…」と応答しており、「思さる」と「思ゆ」とが敬意を除いて同じ意を表すように用いられていることがわかる。「る」は「ゆ」の原義である「自発」の意を表す。なお、「思さる」の形で「る」が「尊敬」を表すのは平安末期以降ともいわれる。

帝、なほめでたく思しめさ**るる**こと、せきとめがたし。（六二・④）

＊「…すばらしい女だとお思いになることは、とてもとめることができない」（片桐『新全集』）などの口語訳から推測すると、「るる」を「尊敬」の意と解しているものが多いと思われる。

一方、松尾『評註』は〈この物語における帝に対する敬語の用例から考えて、「るる」はおそらく尊敬ではなく、自発の意であろう〉として「…すばらしく美しいと自然お思いあそばすことを、おさえとめかねていらっしゃる」と訳しており、本書は「自発」「尊敬」の両方に用例を示した。

可能〈訳語例〉〜コトガデキル。〜ラレル。

＊「可能」の意は、中古ではふつう打消表現とともに用いられたといわれる。『竹取物語』でも、原則的に未然形「れ」＋打消「ず」の形で用いられている。

れ（未然形）

物はすこしおぼゆれど、腰なむ動か**れ**ぬ。（五四・⑩）

＊〈「れ」は可能。中古には打消と呼応する〉（三谷『評解』）と解し、「腰が何しろ動かれない」（三谷『評解』）、「腰がどうにも動けない」（雨海『対訳』）などのように訳すのが通説である。

しかし、松尾『評註』が〈「れ」を多くの注釈書は可能の意に解いているようであるが、主語が「腰」なのだから、可能の意に解くのは、やや疑わしい。仮りに自発の意に解いておく。自然腰が動かない〉としている。本書は「自発」「可能」の両方に用例を示した。

「…いは**れ**ぬこと、なしたまひそ」（五八・⑤）

＊「いはれぬこと」は〈説明のできないこと〉（片桐『新全集』）の意から「道理（理屈）に合わないこと」「筋の立たないこと」と解釈するのが一般的である。なお、「れ」を「可能」の意と解する点では変わらないが、大井田『対照』は「言い訳の立たぬこと」と訳している。

御心《みこころ》は、さらにたち帰るべくも思さ**れ**ざりけれど、（六三・③）

＊「れ」の意は「自発」または「可能」と解されている。上の「たち帰るべく」の助動詞「べし」の意の解釈と組み合わせて考える必要がある。〔↓Ｐ１「る」の「自発」未然形（六三・③）に詳述。〕

（使はるる人モ）湯水《ゆみづ》飲まれず、同じ心に嘆かしがりけり。（六七・②）

れ（連用形）

我が袂《たもと》今日かわければ わびしさの 千種《ちぐさ》の数も 忘られぬべし（三四・①）

＊「れ」の意は「自発」と解するのが通説だが、松尾『評註』が「可能」の意と解する可能性に触れているので、ここにも用例を示した。ただし、「る」が「可能」の意を表す場合、中古においては打消と呼応するともいわれる。〔↓P2「る」の「自発」連用形（三四・①）に詳述。〕

受身〈訳語例〉～レル。～ラレル。

れ（未然形）

今年ばかりの暇《いとま》を申しつれど、さらにゆるされぬによりてなむ、かく思ひ嘆きはべる。（七〇・⑤）

＊「れ」の意を「受身」の意と解して「…まったく許されないので、…」（片桐『新全集』）などと訳すのが通説である。

ただし、上坂『全評釈』が〈全くお許し下さらないので。主語は月都の支配者。翁とも解せること前に述べた〉と説明しており、「尊敬」の意と解しているので、本書は両方に用例を示した。

れ（連用形）

もし、幸《さいはひ》に神の助けあらば、南海に吹かれおはしぬべし。（四六・⑧）

（大伴の大納言ハ）手輿《たごし》を作らせたまひて、によふによふ荷《にな》はれて、家に入り給ひぬるを、（四八・⑧）

「我のぼりてさぐらむ」とのたまひて、籠《こ》に乗りて、吊ら**れ**のぼりてうかがひたまへるに、（五三・⑬）

るる（連体形）

その中に、なほいひけるは、色好みといは**るる**かぎり五人、思ひやむ時なく、夜昼《よるひる》来たりけり。（二〇・⑦）

家に使は**るる**男《をのこ》どものもとに、「燕《つばくらめ》の、巣くひたらば告げよ」とのたまふを、（五〇・③）

＊「るる」は「受身」の意と解するのが通説。ただし、松尾『評註』が〈尊敬として「家でお使いになる」とも解ける〉としており、本書は両方に用例を示した。

「ここに使は**るる**人にもなきに、願ひをかなふることのうれしさ」とのたまひて、（五三・③）

近く使は**るる**人々、たけとりの翁に告げていはく、（六四・④）

使は**るる**人も、年ごろ慣らひて、（六六・⑮）

内外《うちと》なる人の心ども、物におそは**るる**やうにて、あひ戦はむ心もなかりけり。（七一・②）

尊敬 〈訳語例〉～ナサル。オ～ニナル。～レル。～ラレル。

れ（未然形）

今年ばかりの暇を申しつれど、さらにゆるさ**れ**ぬによりてなむ、かく思ひ嘆きはべる。（七〇・⑤）

＊「れ」は「受身」の意と解するのが通説。ただし、上坂『全評釈』が〈全くお許し下さらないので。主語は月都の支配者〉として「尊敬」の意と解しており、本書は両方に用例を示した。

れ（連用形）

翁、「それ、さもいは**れ**たり」といひて、大臣に、「（かぐや姫ガ）かくなむ申す」といふ。（四一・⑥）

＊「れ」の意を「自発」と解するものが多いが、南波『全書』は〈**れ**は尊敬助動詞〉として「これはまあ、まことにもっともなお言葉です」と訳し、室伏『創英』も〈「れ」は尊敬の助動詞〉として「それは、よいことをおっしゃってくださった」と訳している。本書は両方に用例を示した。〔↓P3「る」の「自発」連用形（四一・⑥）に詳述。〕

（宮仕へ仕うまつらずなりぬるコトヲ）心得ず思しめさ**れ**つらめども。（七五・③）

＊岡『評釈』は〈「れ」は、「おぼしめす」がすでに敬語動詞であるから、敬語でなく自発と考える説もあるが、主格が帝だから、敬語を重ねたと見てもよい。すなわち、「思し召し給ひつらめども」と、同じである〉と「れ」を「尊敬」の意と説明し、松尾『評註』も〈「れ」は自発の意（その場合は上に補わるべき「宮仕へ仕ウマツラズナリヌルコト」は客語でなく、「思し召さる」の主語となる）とも解けるが、やはり「思し召す」に更に加えた尊敬語であろう。帝に対して奉る手紙だから、できるだけ最高敬語を使ったとみてよいと思う〉と説明している。このように「れ」を「尊敬」の意と解した場合、「わけのわからぬことをお思いになられたことでしょうが」（片桐『新全集』）などと訳される。他に、上坂『全評釈』などがある。

これらに対し、三谷『評解』は〈「れ」は敬意が「おぼしめす」に表われているから、自発の「る」の連用形と考える〉と説明している。「自発」と解した場合は「わけがわからぬこととお思いにならずにはいられなかったことでしょうが」と訳すことができる。

本書は「自発」「尊敬」の両方に用例を示した。

るる（連体形）

家に使は**るる**男《をのこ》どものもとに、「燕《つばくらめ》の、巣くひたらば告げよ」とのたまふを、（五〇・③）

＊「るる」は「受身」の意と解するのが通説。ただし、松尾『評註』が〈「るる」は受身と解いておいたが、尊敬として「家でお使いになる」とも解ける〉としており、本書はここにも用例を示した。

帝、なほめでたく思しめさ**るる**こと、せきとめがたし。（六二・④）

＊「るる」の意を「尊敬」の意と解しているものが多いようだが、「自発」ととるものもあるので、本書は両方に用例を示した。

〔→Ｐ４「る」の「自発」連体形（六二・④）に詳述。〕

らる

自発〈訳語例〉（自然ト）〜レル。〜セズニハイラレナイ。

られ（連用形）

「…（かぐや姫ガ）心もとなくてはべらむに、ふと御幸《みゆき》して御覧ぜば、御覧ぜ**られ**なむ」（六〇・⑮）

＊「御覧ぜられなむ」の前までの部分を訳すと、「かぐや姫がぼんやりしているようなときに、急に行幸なさってご覧になったなら」（片桐『新全集』）となる。

「御覧ぜられなむ」の「られ」の意は(1)「可能」、(2)「尊敬」、(3)「自発」の三説がある。三谷『評解』が〈中古、可能の「る・らる」は打消の意にのみ呼応するといわれるので、ここは自発か、または尊敬に考える〉と説明するのに対し、松尾『評註』は〈「られ」は、中古では可能の「る・らる」は打消を伴なうという通説に従うかぎりは、自発の意（自然ニキット御覧ニナリマショウ）と解くほかないが、この通説はなお考慮の余地がありそうであるから、しばらく可能の意にみておく〉と述べている。

(1)「可能」の意と解するのは、〈ラレは可能の助動詞。御覧になり得るでせう〉と説明している武田『新解』のほか、阪倉『旧大系』、松尾『評註』、野口『集成』、片桐『新全集』など。

(2)〈**られ**は尊敬〉と説明する南波『全書』は、「…御覧になられませうよ」と訳している。

(3)「自発」の意と解する雨海『対訳』は〈「られ」は可能・自発の二つのとり方がある。中古文の場合、多くは打消を伴って「可能」の意。ここでは「自発」〉と説明し、「…きっとご覧になれましょう」と訳している。ただし、例えば「…きっと自然とご覧になれましょう」「…きっと自然とお目に入りましょう」などと訳せば、「れ」の「自発」の意がよりはっきりと示せるだろう。

本書は「自発」「可能」「尊敬」のそれぞれに用例を示した。

なめげなるものに思しめしとどめ**られ**ぬるなむ、心にとまりはべりぬる。（七五・⑤）

＊松尾『評註』や雨海『対訳』、上坂『全評釈』が「られ」は「受身」「尊敬」「自発」のいずれの意にも解せるとしており、本書はそれぞれに用例を示した。〔↓P13「らる」の「受身」連用形（七五・⑤）に詳述。〕

可能〈訳語例〉～コトガデキル。～ラレル。

＊「可能」の意は中古ではふつう打消表現とともに用いられたといわれ、したがって、原則として未然形でのみ現れる。ただし、肯定表現で用いられている連用形「られ」の用例（六〇・⑮）については「可能」の意と解している注釈書が多い。

られ（未然形）

守り戦ふべきしたくみをしたりとも、あの国の人をえ戦はぬなり。弓矢して射**られ**じ。（六九・⑥）

＊諸注釈そろって「られ」を「可能」の意と解している。そのうち、岡『評釈』は〈「られ」は受身と見れば主語は天人になるが前後の文が皆守る人々の動作を言っているから、ここもそうとして、可能の助動詞とした。弓矢で（あの国の人を）射ることは出来ないでしょう〉と意味判別の筋道を詳しく説明している。

られ（連用形）

「…（かぐや姫ガ）心もとなくてはべらむに、ふと御幸《みゆき》して御覧ぜば、御覧ぜ**られ**なむ」（六〇・⑮）

＊「られ」の意は「可能」「尊敬」「自発」の三説がある。本書はそれぞれに用例を示した。〔↓P10「らる」の「自発」連用形（六〇・⑮）に詳述。〕

受身〈訳語例〉～レル。～ラレル。

られ（未然形）

龍《たつ》は鳴る雷《かみ》の類《るい》にこそありけれ、それが玉を取らむとて、そこらの人々の害せ**られ**むとしけり。（四八・⑮）

られ（連用形）

ある時には、風につけて知らぬ国に吹き寄せ**られ**て、鬼のやうなるものいで来て、殺さむとしき。（三一・⑨）

大納言、南海の浜に吹き寄せ**られ**たるにやあらむと思ひて、息づき臥《ふ》したまへり。（四七・⑬）

まして、龍《たつ》を捕《とら》へたらましかば、また、こともなく我は害せ**られ**なまし。（四九・①）

（石上《いそのかみ》の中納言ハ）唐櫃《からびつ》の蓋《ふた》の入れ**られ**たまふべくもあらず、御腰は折れにけり。（五五・③）

＊石上の中納言はかぐや姫の提示した難題の燕の子安貝を手に入れ損ねたうえ、瀕死の重傷を負ったのだった。用例は、その求婚譚の終わりに近い一節。野口『集成』は〈このあたり誤脱があろう。諸説もあるが、

いずれにも無理が残る〉とする。

諸説としては、三谷『評解』の〈子安貝をかぐや姫に贈るために、用意した唐櫃のふたに、子安貝は取れなかったため入れられないという意と、腰が折れたため体を入れることができないとの二つをかけた洒落である〉や、阪倉『旧大系』の〈「からひつの」あるいは「からひつのふたの」は、「入る」という語に対して枕詞風な比喩的用法に立つものと解してはいかがであろう。…したがってここは、「唐櫃の蓋の（みに入れられる）ようにはは め込めそうもないほどに（ひどく）御腰は折れてしまった」〉、室伏『創英』の〈「唐櫃の蓋の、入れられ給ふべき」と「入れられ給ふべくもあらず……」の両文を一文脈に混在させた表現。中納言を唐櫃の蓋に入れて運ぶはずであったのに、とても入れられそうもないほど……の意〉などがある。

片桐『新全集』は阪倉『旧大系』の解釈に沿って「唐櫃の蓋をぴったりと合せることができないように、御腰は折れたままで、うまくつながらない」と訳し、室伏『創英』は「唐櫃の蓋の、中にお入りになれそうもないほど、御腰は折れてしまったのであった」と訳している。

なめげなるものに思しめしとどめ**られ**ぬるなむ、心にとまりはべりぬる。（七五・⑤）

＊松尾『評註』が〈「思し召しとどめられぬる」の「られ」は自発（私の云々の事を、帝が自然とお心におとめになってしまう）・受身（私の云々の事が、帝によってお心にとめられてしまう）・尊敬（私の云々の事を、帝がお心におとめあそばしてしまう）のどれにも解けるが、やはり尊敬と解いておく〉と説明しており、雨海『対訳』や上坂『全評釈』も、「受身」「尊敬」「自発」のいずれの意にも解せるとしている。

「受身」と解する三谷『評解』は〈思し召されてしまったことがの意。「姫が帝に」と考えて「られ」を受身とする〉と説明している。「尊敬」の意と解する岡『評釈』は〈…お心におとどめになってしまわれることが〉と意味をとっている。

本書は「受身」「尊敬」「自発」のいずれにも用例を示した。

尊敬〈訳語例〉～ナサル。オ～ニナル。～レル。～ラレル。

られ（連用形）

まめなる男《をのこ》ども二十人ばかりつかはして、麻柱《あななひ》にあげ据ゑ**られ**たり。（五一・⑦）

「…（かぐや姫ガ）心もとなくてはべらむに、ふと御幸《みゆき》して御覧ぜば、御覧ぜ**られ**なむ」（六〇・⑮）

＊「られ」の意は「可能」「尊敬」「自発」の三説がある。本書はそれぞれに用例を示した。〔↓P10「らる」の「自発」連用形（六〇・⑮）に詳述。〕

なめげなるものに思しめしとどめ**られ**ぬるなむ、心にとまりはべりぬる。（七五・⑤）

＊松尾『評註』や雨海『対訳』、上坂『全評釈』が「られ」は「受身」「尊敬」「自発」のいずれの意にも解せるとしており、本書はそれぞれに用例を示した。〔↓P13「らる」の「受身」連用形（七五・⑤）に詳述。〕

らるる（連体形）

（帝ハ）「…かくたいだいしくやは慣《な》らはすべき」と仰せ**らるる**。（五八・⑮）

らるれ（已然形）

（帝ガ）「…元《もと》の御かたちとなりたまひね。それを見てだに帰りなむ」と仰せ**らるれ**ば、（六二・②）

2 使役・尊敬の助動詞

す

＊動詞＋使役の助動詞「す」は、熟して一語化したと見なせる場合がある。具体的には「合はす」「聞かす」「知らす」「取らす」などの下二段動詞であるが、これらは、もとの動詞＋使役の助動詞「す」と説明することもできる。

本書が一語の下二段動詞としてのみ扱ったものは、次に示す「あはす」「思し合はす」の計3例である。それ以外は、動詞＋使役の助動詞「す」の用例として示したうえで、＊印の注記を加えた。

かれに思し合《あは》すれば、人にもあらず。（六二・⑦）

六衛《ろくゑ》の司《つかさ》あはせて、二千人の人を、たけとりが家につかはす。（六八・⑦）

屋《や》の上に千人、家の人々多かりけるにあはせて、あける隙《ひま》もなく守らす。（六八・⑨）

使役〈訳語例〉～セル。～サセル。

せ（未然形）

（色好みの五人ハ）「さりとも、つひに男あは**せ**ざらむやは」と思ひて頼みをかけたり。（二一・⑩）

＊「あはせ」は〈下二段動詞「あはす」の未然形で、男女を合わせる＝結婚させるの意〉（雨海『対訳』）のように解されることが多い。ただし、武田『新解』が〈アハセは、合ふの使役の語法〉としているほか、岡『評釈』が〈「せ」は使役の助動詞の未然形〉と明記し、松尾『評註』も〈「合はす」（「合ふ」に使役の助動詞「す」の添ったもの。一語の下二段動詞とみてもよい）は、男に女を合わせる・女に男を合わせるの意で夫婦にすること。ここでは「男を（姫に）合わせる」〉と説明しているので、本書はここにも用例を示した。

「…しかるに、禄いまだ賜はらず。これを賜ひて、わろき家子《けこ》に賜は**せ**む」（三四・⑨）

＊用例の第二文中の「賜ひ」「賜は（せ）」）の敬語の用法には諸説があり、P156「む」の「意志」終止形（三四・⑨）に詳述した。

「せ」に関して見ると、「せ」を使役の助動詞と解するものと、「賜はせ（賜はす）」で一語の尊敬語と解するものがある。前者の立場をとるものとして阪倉『岩波文庫』や片桐『新全集』があり、用例の第二文後半を「…貧しい弟子にいただかせたい」のように訳している。

よき人にあは**せ**むと思ひはかれど、せちに、「否」といふことなれば、（四〇・⑮）

＊「あはせ」は「結婚させる」の意の一語の下二段動詞「あはす」の未然形と解する場合が多いが、岡『評釈』が「せ」を使役の助動詞と明記しているので、本書はここにも用例を示した。

足座《あぐら》を結ひあげて、（男ども《をのこ》ニ）うかがはせむに、そこらの燕子《つばくらめ》うまざらむやは。（五一・②）

中納言は、わらはげたるわざして止むことを、人に聞かせじとしたまひけれど、（五五・④）

＊「聞かせ」は、動詞「聞く」＋使役「す」とも、一語の下二段動詞「聞かす」の未然形とも解することができる。

仰せのことのかしこさに、かの童《わらは》（＝かぐや姫）を参らせむとて仕うまつれば、（六〇・⑦）

（不死の薬ヲ）すこし、形見とて、脱ぎ置く衣《きぬ》に包まむとすれば、在る天人包ませず。（七四・⑧）

せ（連用形）

「今日なむ、天竺に石の鉢取りにまかる」と聞かせて、（二五・⑬）

＊「聞かせ」は、動詞「聞く」＋使役「す」とも、一語の下二段動詞「聞かす」の連用形とも解することができる。

かぐや姫の家には、「玉の枝《えだ》取りになむまかる」といはせて、下《くだ》りたまふに、（二七・⑦）

領《し》らせたまひたるかぎり十六所《そ》をかみに、蔵をあげて、玉の枝を作りたまふ。（二八・⑧）

＊古来、『竹取物語』中随一の難解箇所とされてきたようで、諸説が多いが、本文に誤脱があるだろうといわれる。ここに示した本文試案は片桐『新全集』による。

底本（古活字十行本）の本文「しらせ給たる」の主な解釈として、「領有なさっている」（「せ」は「尊敬」の意）と「お知らせになった」（「せ」は「使役」の意）の二通りがあり、本書は「尊敬」「使役」の両方に用例を示した。〔↓P22「す」の「尊敬」連用形（二八・⑧）に詳述。〕

（くらもちの皇子《みこ》ハ）かしこき玉の枝《えだ》を作らせたまひて、官《つかさ》も賜はむと仰せたまひき。（三四・⑮）

＊次に挙げる二点から「せ」の意は「使役」と解するのが自然だろう。その第一は、「官も賜はむ」ことが「作らせたまひ」ということに対する褒美と読める文脈であること、第二は、用例に続く本文に翁の言葉として「さだかに作らせたる物と聞きつれば」（三五・⑧）とあること、である。野口『集成』は〈「作らせ」の「せ」は使役とも尊敬とも解しうるが、この訴状の趣旨からすれば、自分たちの労役を強調するほうがよりふさわしい〉と説明して「使役」を支持している。

ただし、三谷『評解』が「お作りなされて」と「せ」を「尊敬」の意で訳し、松尾『評註』も〈「せ」は使役とも解けそうだが、皇子に対する敬語として「せ」「給ふ」を重ねたとみる方が穏当であろう〉と述べているので、本書は両方に用例を示した。

翁答《こた》ふ、「さだかに作らせたる物と聞きつれば、返さむこと、いとやすし」と、うなづきをり。（三五・⑧）

「嬉しき人どもなり」といひて、禄いと多く取らせたまふ。（三六・⑦）

＊「取らせ」は、動詞「取る」＋使役「す」とも、「与える・やる」の意の一語の下二段動詞「取らす」の連用形とも解することができる。

歩《あゆ》み疾《と》うする馬をもちて走らせ迎へさせたまふ時に、（三八・⑨）

「…はや焼きて見たまへ」といへば、火の中にうちくべて焼かせたまふに、めらめらと焼けぬ。（四一・⑩）

＊「せ」は「使役」の意と解するのが通説。ただし、武田『新解』は「…お焼きになると」と「尊敬」の意で訳している。

使役の主体は誰かについて、岡『評釈』が〈姫が命じたか大臣が命じたかが問題になるが、文脈から言って姫がよい。「はや焼きて見たまへ」が大臣の言葉であり、焼かせたのも大臣であるなら、「……はや焼きて見給へといへば」は、「はや焼きて見たまへといひて」とある筈である〉と説明し、三谷『評解』も同じ。

一方、松尾『評註』は〈「焼かせ」の主語を姫とする説は、このあたり姫に敬語「給ふ」が添っていないから、疑わしい〉とし、大方は松尾『評註』と同じように「大臣が人をして焼かせなさった」と解している。

なお、片桐『新全集』は「さは申すとも、はや焼きて見たまへ」を翁の言葉ととらえている。

漆を塗り、蒔絵《まきゑ》して壁《かべ》したまひて、屋《や》の上には糸を染めて色々に葺《ふ》か**せ**て、（四四・⑮）

国に仰せたまひて、手輿《たごし》作ら**せ**たまひて、によふによふ荷《にな》はれて、（四八・⑦）

糸を葺《ふ》か**せ**作りし屋《や》は、鳶、烏の、巣に、みな食ひ持ていにけり。（四九・⑦）

（石上《いそのかみ》の中納言ハ）殿《との》より、使《つかひ》ひまなく賜はせて、「子安の貝取りたるか」と問は**せ**たまふ。（五一・⑨）

＊三谷『評解』、岡『評釈』、松尾『評註』、室伏『創英』、雨海『対訳』、片桐『新全集』など、いずれも「せ」を「使役」と解して「…お聞かせになる」「…尋ねさせなさる」などと訳しており、これが通説。

ただし、武田『新解』は「…お尋ねになる」と「尊敬」の意で訳し、また、松尾『評註』が〈「せ」は尊敬と解けぬこともないが、中納言に対する敬語として「せ」と「給ふ」と重ねるのは、中納言に対する他の例から考えてすこし丁寧すぎるようだから、使役と解しておく〉と説明して「尊敬」の意と解する余地を残しているので、本書は両方に用例を示した。

この燕《つばくらめ》の子安貝は、悪《あ》しくたばかりて取ら**せ**たまふなり。さては、え取らせたまはじ。（五二・①）

＊「せ」の意は「使役」「尊敬」のいずれにも解することができるので、本書は両方に用例を示した。

この燕の子安貝は、悪しくたばかりて取らせたまふなり。さては、え取ら**せ**たまはじ。（五二・①）

＊「せ」の意は「使役」「尊敬」のいずれにも解することができるので、本書は両方に用例を示した。

「…鳥の子うまむ間《あひだ》に、綱を吊り上げさせて、ふと子安貝を取ら**せ**たまはむなむ、よかるべき」（五二・⑥）

＊「せ」の意は「使役」と解するのが通説。ただし、武田『新解』が「…お取りになるのがい、でせう」と「尊敬」の意で訳しているので、本書は両方に用例を示した。

「…さて七度《しちど》めぐらむをり、引きあげて、そのをり、子安貝は取ら**せ**たまへ」（五二・⑬）

＊「せ」の意は「使役」と解するのが通説。ただし、武田『新解』が「…お取りなさい」と「尊敬」の意で訳しているので、本書は両方に用例を示した。

よろづの人にも知ら**せ**たまはで、みそかに寮《つかさ》にいまして、（五二・⑭）

＊「知らせ」は、動詞「知る」＋使役「す」とも、一語の下二段動詞「知らす」の連用形とも解することができる。

人に紙を持た**せ**て、苦しき心地に、からうじて書きたまふ。（五六・①）

さやうの宮仕へつかまつらじと思ふを、しひて仕うまつら**せ**たまはば、消え失《う》せなむず。（五九・⑩）

なほそらごとかと、仕うまつら**せ**て、死なずやあると、見たまへ。（五九・⑮）
（かぐや姫ハ）みやつこまろが手にうま**せ**たる子にてもあらず。（六〇・⑧）
（私ガ）この国に生れぬるとならば、（ご両親様ヲ）嘆か**せ**たてまつらぬほどまで侍らん。（七三・⑫）
＊室伏『創英』が〈「嘆かせ奉らぬ程」とは、両親が生きている間なら生き別れとなって嘆かせることになるから、両親が亡くなるまで、の意〉と説明を加えている。
天人の中に、持た**せ**たる箱あり。天《あま》の羽衣《はごろも》入れり。（七四・③）
あの書き置きし文を読みて（翁・嫗ニ）聞か**せ**けれど、（七六・③）

す（終止形）

妻《め》の嫗にあづけてやしなは**す**。（一七・⑩）
かの唐土《もろこし》にをる王けいに金《かね》をとら**す**。（三七・⑪）
＊「とらす」は、動詞「とる」＋使役「す」とも、「与える・やる」の意の一語の下二段動詞「とらす」の終止形とも解することができる。
（かぐや姫の歌ヲ、石上《いそのかみ》の中納言ニ）読みて聞か**す**。（五五・⑭）
築地《ついぢ》の上に千人、屋《や》の上に千人、家の人々多かりけるにあはせて、あける隙《ひま》もなく守ら**す**。（六八・⑨）
屋《や》の内には、嫗どもを、番《ばん》に下《お》りて守ら**す**。（六八・⑩）
（かぐや姫ハ）壺の薬そへて、頭中将呼び寄せて奉ら**す**。（七五・⑨）

する（連体形）

「…龍殺《たつ》して、そが頸《くび》の玉取れるとや聞く」と、問は**する**に、船人《ふなびと》、答へていはく、（四五・⑨）

疾風《はやて》も、龍《りゅう》の吹か**する**なり。（四七・①）

尊敬〈訳語例〉～ナサル。オ～ニナル。～テイラッシャル。

＊「す」が「尊敬」の意を表す場合、中古では例外なく下に尊敬の補助動詞を伴い、連用形でのみ用いられる。『竹取物語』では「せたまふ」の形でのみ現れるが、一般には「せおはします」の形もしばしば見られ、「せおはす」「せまします」などの形の用例も少数ながらある。

せ（連用形）

領《し》ら**せ**たまひたるかぎり十六所《そ》をかみに、蔵をあげて、玉の枝《えだ》を作りたまふ。（二八・⑧）

＊古来、『竹取物語』中随一の難解箇所とされてきたようで、諸説が多いが、本文に誤脱があるだろうと言われる。ここに示した本文試案は片桐『新全集』によるもので、その口語訳は「領有なさっている土地のすべて十六か所をはじめ、蔵の全財産を投じて、玉の枝をお作りになる」。多くの注釈書が「せ」を「尊敬」の意と解し、底本（古活字十行本）の本文「しらせ給たる限十六そ」を「領有なさっている土地（荘園）のすべて十六か所」などと訳すが、室伏『創英』は同じく「せ」を「尊敬」の意と解しつつ「ご存じの十六か所すべて」と訳す。「せ」を「使役」の意と解するものに、雨海『対訳』の訳「このたくらみをお知らせになった者すべて十

六人」や、大井田『対照』の訳「企てをお知らせになった者ばかり十六人」がある。本書は「尊敬」「使役」の両方に用例を示した。

（くらもちの皇子《みこ》ハ）かしこき玉の枝《えだ》を作ら**せ**たまひて、官《つかさ》も賜はむと仰せたまひき。（三四・⑮）

＊「せ」を「使役」の意と解するものが多いが、松尾『評註』など、「尊敬」と解するものもあるので、本書は両方に用例を示した。〔↓P18「す」の「使役」連用形（三四・⑮）に詳述。〕

「…人ないたくわびさせたてまつら**せ**たまひそ」（四〇・⑪）

＊「たてまつらせたまひ」は、⑴謙譲の補助動詞「たてまつらせ」＋尊敬の補助動詞「たまひ」、⑵謙譲の補助動詞「たてまつら」＋尊敬の助動詞「す」の連用形「せ」＋尊敬の補助動詞「たまひ」の二通りの解し方がある。

⑵と解する野口『集成』は〈「給ふな」が強い高圧的な禁止命令であるのに対し、この「な……給ひそ」の形は、女性相手のやさしい口調、あるいは下手に出ての懇願的な口調である。ことにここでは「せ給ひ」という二重敬語が姫に向って用いられており、なだめすかそうとする翁の心情がうかがわれる〉と説明を加えている。

「…はや焼きて見たまへ」といへば、火の中にうちくべて焼か**せ**たまふに、めらめらと焼けぬ。（四一・⑩）

＊「せ」の意は「使役」と解するのが通税だが、武田『新解』が『尊敬』の意で訳しているので、本書はここにも用例を示した。〔↓P18「す」の「使役」連用形（四一・⑩）に詳述。〕

(石上《いそのかみ》の中納言ハ)殿《との》より、使《つかひ》ひまなく賜はせて、「子安の貝取りたるか」と問は**せ**たまふ。(五一・⑨)

＊「せ」の意は「使役」と解するのが通説。ただし、「尊敬」と解し得る余地を残している注釈書もあるので、本書は両方に用例を示した。〔↓P19「す」の「使役」連用形(五一・⑨)に詳述。〕

この燕《つばくらめ》の子安貝は、悪《あ》しくたばかりて取ら**せ**たまふなり。さては、え取らせたまはじ。(五二・①)

＊「せ」の意は「使役」「尊敬」のいずれにもとれるので、本書は両方に用例を示した。

この燕の子安貝は、悪しくたばかりて取らせたまふなり。さては、え取ら**せ**たまはじ。(五二・①)

＊「せ」の意は「使役」「尊敬」のいずれにもとれるので、本書は両方に用例を示した。

「…鳥の子うまむ間《あひだ》に、綱を吊り上げさせて、ふと子安貝を取ら**せ**たまはむなむ、よかるべき」(五二・⑥)

＊「せ」の意は「使役」と解するのが通説。ただし、武田『新解』が「…お取りになるのがい丶でせう」と「尊敬」の意で訳しているので、本書はここにも用例を示した。

「…さて七度《しちど》めぐらむをり、引きあげて、そのをり、子安貝は取ら**せ**たまへ」(五二・⑬)

＊「せ」の意は「使役」と解するのが通説。ただし、武田『新解』が「…お取りなさい」と「尊敬」の意で訳しているので、本書はここにも用例を示した。

(帝ハ)あかず口惜しく思しけれど、魂《たましひ》をとどめたる心地してなむ、帰ら**せ**たまひける。(六二・⑨)

さりとて、夜《よ》を明かしたまふべきにあらねば、(帝ハ)帰ら**せ**たまひぬ。(六三・④)

かぐや姫の御もとにぞ、御文《おほんふみ》を書きてかよはさ**せ**たまふ。(六三・⑩)

「…いみじく思し嘆くことあるべし。よくよく見たてまつら**せ**たまへ」（六四・⑦）

＊用例は、竹取の翁に対し、使用人がかぐや姫の様子を危惧する旨を述べた会話文の一部である。「たてまつらせ」を一語の謙譲語と見て、発話者である使用人が、かぐや姫に対して高い敬意を表したと解するのが自然だろうが、謙譲語「たてまつら」＋尊敬の助動詞「す」の連用形「せ」＋尊敬の補助動詞「たまふ」と見て、会話文においては比較的自由に用いられる二重敬語の表現を竹取の翁に対して用いたとの解し方も排除できないので、本書はここにも用例を示した。

このことを、帝、聞《きこ》しめして、たけとりが家に、御使《おほんつかひ》つかはさ**せ**たまふ。（六七・⑤）

＊阪倉『岩波文庫』は〈「つかはす」の敬語か。異例の言い方である〉と述べ、野口『集成』が〈「つかはす」は貴人が下位の者に使者を派遣する意で、この語自体が敬語なので、さらに「す」や「給ふ」はつかないのが例。ここは後世「つかはす」の敬意が十分感じられなくなってからの添加か〉と説明を加えている。

尊く問は**せ**たまふ。（六七・⑬）

（帝ハ、文ヲ）ひろげて御覧じて、いとあはれがら**せ**たまひて、物もきこしめさず。（七六・⑧）

（帝ハ）大臣、上達部《かんだちべ》を召して、「いづれの山か天に近き」と問は**せ**たまふに、ある人奏す、（七六・⑪）

「駿河の国にあるなる山なむ、…天も近くはべる」と奏す。（帝ハ）これを聞か**せ**たまひて、（七六・⑫）

さす

使役〈訳語例〉～セル。～サセル。

させ（未然形）

「…この十五日は、人々賜はりて、月の都の人まうで来《こ》ば、捕《とら》へ**させ**む」（六七・⑭）

させ（連用形）

よきほどなる人になりぬれば、髪あげなどとかくして髪あげ**させ**、裳着《もき》す。（一八・⑪）

くらもちの皇子《みこ》、（工匠《たくみ》らヲ）血の流るるまで打《ちやう》ぜ**させ**たまふ。（三六・⑩）

＊野口『集成』は〈「させ」は使役とも尊敬ともとれるが、庫持の皇子には二重敬語を用いるのが例ではないので、使役と解しておく〉と説明しており、同様に「使役」と解する注釈書が多い。

しかし、松尾『評註』は〈「させ」は、「従者をして…させる」の意とも解けるが、皇子に対して「させ給ふ」と敬語を重ねたものと解くのが穏当であろう。（皇子が直接手を下してこらしめたのでなくても、それが皇子の意志に出た場合、特に「人に…させて」といったふうな、使役的な表現をしないで、皇子自身の行動として表現することは、現代語に至るまで例が多い）〉としており、大井田『対照』も「尊敬」の意で訳している。本書は両方に用例を示した。

なお、「打ぜ」（打つの意）は、底本（古活字十行本）の本文では「調ぜ」（仏教語で、調伏するの意）

であり、これを「懲ぜ」(懲らしめるの意)と解するものも多い。

(工匠らハ)禄得し甲斐もなく、(くらもちの皇子ガ)みな取り捨て**させ**たまひてければ、(三六・⑪)

*多くが「させ」を「使役」の意と解しているが、南波『全書』、松尾『評註』、大井田『対照』が「尊敬」の意と解しているので、本書は両方に用例を示した。

歩《あゆ》み疾《と》うする馬をもちて走らせ迎へ**させ**たまふ時に、(三八・⑨)

(翁ハ、かぐや姫ニ)「…人ないたくわび**させ**たてまつらせたまひそ」といひて、(四〇・⑪)

せ**させ**たまふべきやうは、この麻柱《あななひ》をこほちて、人みな退《しりぞ》きて、(五二・③)

*「させ」の意を「尊敬」と解するものが多い。ただし、南波『全書』が〈おさせ(使役)になるとよい方法。**させ**は尊敬とも見られるが、下文では使役の意の方が多い〉と説明するなど、「使役」と解しているものもあるので、本書は両方に用例を示した。〔→P29「さす」の「尊敬」連用形(五二・③)に詳述。〕

「…鳥の子うまむ間《あひだ》に、綱を吊り上げ**させ**て、ふと子安貝を取らせたまはむなむ、よかるべき」(五二・⑤)

荒籠《あらこ》に人をのぼせて、吊り上げ**させ**て、燕《つばくらめ》の巣に手をさし入れさせてさぐるに、(五三・⑩)

燕の巣に手をさし入れ**させ**てさぐるに、「物もなし」と申すに、(五三・⑩)

かくあまたの人を賜ひて、(私かぐや姫ヲ)とどめ**させ**たまへど、許さぬ迎へまうで来て、(七四・⑮)

*「させ」の意は「使役」「尊敬」の両説があり、本書は両方に用例を示した。〔→P29「さす」の「尊敬」連用形(七四・⑮)に詳述。〕

さす（終止形）

名を、御室戸斎部《みむろどいむべ》の秋田をよびて、つけ**さす**。秋田、なよ竹のかぐや姫と、つけつ。（一九・④）

「…昔、山にて見つけたる。かかれば、心ばせも世の人に似ずはべり」と奏せ**さす**。（六〇・⑩）

＊「奏せさす」で一語の謙譲語と見るものも少なくないが、南波『全書』は「一説」として〈伝奏、近侍をして奏させる〉との説明を加え、阪倉『岩波文庫』も〈伝奏者に奏上してもらう意か〉と注記している。その他、野口『集成』、雨海『対訳』、室伏『創英』、堀内『新大系』などが「使役」と解しているので、本書はここに用例を示した。

なお、「使役」説をとる野口『集成』は〈「奏す」がすでに最高敬語なのであるから、「さす」は使役で、翁が人を介して奏上した意と解すべきである。翁の身分からしてもそれが自然である〉と説明しているが、同じく「使役」説をとるものの、雨海『対訳』は〈姫を説得できなかったため、翁は帝に直接奏上しづらく、人を介して申上げたと解せる〉と説明していて、両者の解釈の仕方は同じではない。

一方、三谷『評解』は〈「さす」は使役と考え、他の人に奏上してもらうとも考えられるが、他例はすべて翁が直接申し上げているのであるからおかしい〉と「使役」説に対し疑義を呈している。

尊敬　〈訳語例〉～ナサル。オ～ニナル。～テイラッシャル。

＊「尊敬」の意の場合、中古では例外なく下に尊敬の補助動詞を伴うので連用形でのみ現れる。『竹取物語』では「させたまふ」の形の用例のみだが、一般には「させおはします」の形もあり、「させ

おはす」「させまします」「させ御座候ふ」の形の用例も数は少ないがある。

させ（連用形）

くらもちの皇子《みこ》、（工匠《たくみ》らヲ）血の流るるまで打《ちやう》ぜ**させ**たまふ。（三六・⑩）

＊多くの注釈書が「させ」を「使役」の意と解するが、松尾『評註』、大井田『対照』が「尊敬」の意と解しているので、本書は両方に用例を示した。〔→P26「さす」の「使役」連用形（三六・⑩）に詳述。〕

（工匠らハ）禄得し甲斐もなく、（くらもちの皇子ガ）みな取り捨て**させ**たまひてければ、（三六・⑪）

＊多くが「させ」を「使役」の意と解するが、南波『全書』、松尾『評註』、大井田『対照』が「尊敬」の意と解しているので、本書は両方に用例を示した。

せ**させ**たまふべきやうは、この麻柱《あななひ》をこほちて、人みな退《しりぞ》きて、（五二・③）

＊片桐『新全集』と野口『集成』の訳「なさるべき方法は…」や、三谷『評解』の訳「そこでおやりにならねばならぬ方法は…」などのように、「させ」を「尊敬」の意と解するものが多い。他に、武田『新解』、岡『評釈』、雨海『対訳』、室伏『創英』、堀内『新大系』、上坂『全評釈』、大井田『対照』が「尊敬」の意と解している。

一方、南波『全書』は〈おさせ（使役）になるとよい方法。**させ**は尊敬とも見られるが、下文では使役の意の方が多い〉とし、松尾『評註』も「使役」の意で訳している。

本書は両方に用例を示した。

（帝ハ、かぐや姫ヲ）類《たぐひ》なくめでたくおぼえ**させ**たまひて、「ゆるさじとす」とて、（六一・⑤）

かくあまたの人を賜ひて、（私かぐや姫ヲ）とどめ**させ**たまへど、許さぬ迎へまうで来て、（七四・⑮）

＊「させ」の意は「尊敬」「使役」の両説がある。

三谷『評解』は〈「させ」は使役の意のようにも考えられるが、尊敬の意にとっておく〉とし、松尾『評註』も〈「させ」は使役とも解けようが、帝に対する手紙であるから、最高の敬語を使ったものとみて、尊敬と解するのが穏当であろう〉として、ともにやや消極的態度で「尊敬」説を述べているが、野口『集成』は〈「させ」は、帝の行為としての尊敬の用法。「させ給ふ」と二重の敬語で、強い敬意を表わす〉と明確に「尊敬」説を主張している。「尊敬」と解するものとして、他に武田『新解』、岡『評釈』、室伏『創英』、雨海『対訳』、上坂『全評釈』、大井田『対照』などがあり、「私を引き留めなさいますが」などと訳している。

一方、「私を引き留めさせなさいますが」などと「させ」を「使役」の意と解して訳しているのは、中河『角川文庫』、片桐『新全集』、堀内『新大系』など。

本書は両方に用例を示した。

峰にてすべきやう教へ**させ**たまふ。（七七・③）

しむ

使役〈訳語例〉〜セル。〜サセル。

しめ（連用形）

「…さてこそ（燕《つばくらめ》の子安貝ヲ）取ら**しめ**たまはめ」（五一・③）

＊「しめ」の意は「使役」と解するのが通説である。

ただし、〈使役または尊敬の意を持つが、ここの場合はいずれとも解しうる〉としつつ「使役」の意で訳す片桐『新全集』や、〈「しめ」は尊敬とも解けるが、ここでは実際に「取る」行為をする人を意識することがつよいようだから使役に解いておく〉とする松尾『評註』のようなやや消極的支持と、「しめ」の意を「使役」と明記したうえで「…お取らせになるのがよいでしょう」のように訳す三谷『評解』や岡『評釈』などの積極的支持とがある。

他に、室伏『創英』、雨海『対訳』、堀内『新大系』、大井田『対照』などが「使役」と解する。

なお、〈「しめ給ふ」は、かしこまった敬意の表現〉としつつ「その時こそお取らせになったらよろしい」と訳す野口『集成』や、〈シメは使役の助動詞〉としつつ「さうしてお取りになるべきでせう」と訳す武田『新解』もある。

以上を踏まえ、本書は「使役」「尊敬」の両方に用例を示した。

男《をのこ》どもの中にまじりて、夜《よる》を昼になして取ら**しめ**たまふ。（五三・①）

＊「しめ」の意を「使役」と解するのは、武田『新解』、岡『評釈』、松尾『評註』、室伏『創英』、雨海『対訳』、片桐『新全集』、上坂『全評釈』、大井田『対照』など。

ただし、このうちの松尾『評註』は〈「しめ」は尊敬と解けないこともない。ことに「男どもの中にまじりて」とまであるから（直接手は下さぬまでも）中納言の意志の方を重く見て「中納言自身がお取りあそばす」というふうに解く方がよさそうにも見えるが、ここだけ中納言に対する敬語が、特に二重であるのは不自然だから、前に度々みえた「しむ」同様に取扱っておいた方がよかろう〉と「使役」と解しつつも「尊敬」と解する可能性をも指摘しており、また、三谷『評解』が「…昼夜兼行で子安貝をお取りになる」と「尊敬」の意で訳してもいるので、本書は「使役」「尊敬」の両方に用例を示した。

尊敬　〈訳語例〉～ナサル。オ～ニナル。～テイラッシャル。

＊「尊敬」の意の場合、「す」「さす」同様に下に尊敬の補助動詞を伴うので連用形でのみ用いられる。

しめ（連用形）

「…さてこそ（燕《つばくらめ》の子安貝ヲ）取ら**しめ**たまはめ」（五一・③）

＊「しめ」の意を「使役」と解するものが多いが、片桐『新全集』、松尾『評註』が「尊敬」の意と解する余地があることを示唆しているので、本書はここにも用例を示した。〔↓P31「しむ」の「使役」連用形（五一・③）に詳述。〕

男どもの中にまじりて、夜を昼になして取ら**しめ**たまふ。（五三・①）

＊「しめ」を「使役」の意と解するものが多いが、三谷『評解』が「尊敬」の意で訳すなどしているので、本書はここにも用例を示した。〔→P32「しむ」の「使役」連用形（五三・①）に詳述。〕

3　打消の助動詞

ず

打消〈訳語例〉～ナイ。～ズ。

ず（未然形）

この皮衣《かはぎぬ》は、火に焼かむに、焼け**ず**はこそ、まことならめと思ひて、人のいふことにも負けめ。（四一・③）

＊順接の仮定条件を表す「ずは」の解し方には、(1)連用形「ず」＋係助詞「は」と、(2)未然形「ず」＋接続助詞「ば」の清音、の二通りがあるので、本書は未然形・連用形の両方に用例を示した。（↓P38「ず」の連用形（四一・③）に詳述。）

（大伴の大納言ガ）「龍《たつ》の頸《くび》の玉取り得**ず**は帰り来《く》な」と、のたまへば、（四四・⑥）

＊「ず」は未然形・連用形の二通りの解し方があるので、本書は両方に用例を示した。（↓P38「ず」の連

用形（四一・③参照。）

御船《みふね》海の底に入らずは、雷《かみ》落ちかかりぬべし。（四六・⑦）

＊「ず」は未然形・連用形の二通りの解し方があるので、本書は両方に用例を示した。〔↓P38「ず」の連用形（四一・③参照。）〕

ざら（未然形）

（色好みの五人ハ）「さりとも、つひに男《をとこ》あはせ**ざら**むやは」と思ひて頼みをかけたり。（二一・⑩）

かぐや姫、（翁ニ）「何事をか、のたまはむことは、うけたまは**ざら**む。…」といふ。（二二・①）

いたづらに身はなしつとも玉の枝《え》を手折《たを》らでさらに帰ら**ざら**まし（二九・⑪）

足座《あぐら》を結ひあげて、うかがはせむに、そこらの燕子《つばくらめ》うま**ざら**むやは。（五一・③）

などか、翁のおほしたてたらむものを、心にまかせ**ざら**む。（五九・④）

「…この女、もし、奉りたるものならば、翁に、かうぶりを、などか賜はせ**ざら**む」（五九・⑥）

などか宮仕へをしたまは**ざら**む。（五九・⑭）

「…（翁・嫗ガ）老いおとろへたまへるさまを見たてまつら**ざら**むこそ恋しからめ」（七〇・⑨）

ず（連用形）

（かぐや姫ヲ）帳の内よりもいださ**ず**、いつきやしなふ。（一八・⑫）

よろづの遊びをぞしける。男《をとこ》はうけきらは**ず**招《よ》び集《つど》へて、いとかしこく遊ぶ。（一九・⑤）

（世界の男《をのこ》ハ）夜《よる》は安きいも寝**ず**、闇の夜《よ》にいでても、穴をくじり、垣間見、惑《まと》ひあへり。（一九・⑪）

おろかなる人は、「用なき歩《あり》きは、よしなかりけり」とて来《こ》**ず**なりにけり。（二〇・⑥）
かぐや姫を見まほしうて、物も食は**ず**思ひつつ、かの家に行きて、たたずみ歩《あり》きけれど、（二〇・⑬）
十一月《しもつき》、十二月《しはす》の降り凍り、六月《みなづき》の照りはたたくにも、（色好みの五人ハ）障《さは》ら**ず**来たり。（二一・④）
（翁ハ）「おのが生《な》さぬ子なれば、心にもしたがは**ず**なむある」といひて、月日すぐす。（二一・⑦）
かぐや姫、「…変化《へんぐゑ》の者にてはべりけむ身とも知ら**ず**、親とこそ思ひたてまつれ」といふ。（二二・①）
かぐや姫、（石作《いしつくり》の皇子《みこ》ニ）返しもせ**ず**なりぬ。（二六・⑮）
（くらもちの皇子《みこ》ハ）玉の枝《えだ》を作りたまふ。かぐや姫ののたまふやうに違《たが》は**ず**作りいでつ。（二八・⑪）
この皇子《みこ》に申したまひし蓬萊の玉の枝《えだ》を、一つの所あやまた**ず**持ておはしませり。（二九・⑮）
旅の御姿ながら、わが御家《おほんいへ》へも寄りたまは**ず**しておはしましたり。（三〇・②）

＊〈「ずして」は、漢文訓読調的な硬い言い方。女流の仮名文学語では、「で」を用いる〉と片桐『新全集』が解説している。

（かぐや姫ハ）物もいは**ず**、頬杖《つらづゑ》をつきて、いみじく嘆かしげに思ひたり。（三〇・⑤）
難波より船に乗りて、海の中にいでて、行かむ方《かた》も知ら**ず**おぼえしかど、（三一・③）
ある時には、来《き》し方《かた》行く末も知ら**ず**、海にまぎれむとしき。（三一・⑪）
「…女を得**ず**なりぬるのみにあらず、天下の人の、見思はむことのはづかしきこと」（三六・⑭）
「…女を得ずなりぬるのみにあら**ず**、天下の人の、見思はむことのはづかしきこと」（三六・⑭）
（くらもちの皇子《みこ》ハ）御死《おほんし》にもやしたまひけむ、え見つけたてまつら**ず**なりぬ。（三七・②）

この皮衣《かはぎぬ》は、火に焼かむに、焼け**ず**はこそ、まことならめと思ひて、人のいふことにも負けめ。（四一・③）

＊順接の仮定条件を表す「ずは」の解し方には、⑴連用形「ず」＋係助詞「は」と、⑵未然形「ず」＋接続助詞「ば」の清音、の二通りがある。⑴と解すれば、打消の助動詞「ず」の未然形に「ず」はなく、「ざら」一つのみとなり、⑵と解すれば、「ず」の未然形は「ず」「ざら」の二つとなる。本書は「ずは」の用例を「ず」の連用形・未然形の両方に示した。

なお、「焼けずはこそ」の係助詞「こそ」の結びについては、P170「む」の「意志」已然形（四一・④）に詳述。

（大伴の大納言ガ）「龍の頸《たつのくび》の玉取り得**ず**は帰り来《く》な」と、のたまへば、（四四・⑥）

＊連用形「ず」＋係助詞「は」で順接の仮定条件を表すが、「ず」を未然形とする説もある。〔↓P38「ず」の連用形（四一・③）参照。〕

（疾《はや》き風ハ）いづれの方《かた》とも知ら**ず**、船を海中《うみなか》にまかり入りぬべく吹き廻《まは》して、（四六・②）

＊「船を」も「海中にまかり入りぬべく」も、それぞれ連用修飾語として「吹き廻して」にかかっている。

御船《みふね》海の底に入ら**ず**は、雷《かみ》落ちかかりぬべし。（四六・⑦）

＊連用形「ず」＋係助詞「は」で順接の仮定条件を表すが、「ず」を未然形とする説もある。〔↓P38「ず」の連用形（四一・③）参照。〕

大納言起きゐて、のたまはく、「汝ら、（龍の頸の玉ヲ）よく持て来《こ》**ず**なりぬ。…」とて、（四八・⑬）

龍《たつ》を捕《とら》へたらましかば、また、こともなく我は害せられなまし。よく捕へずなりにけり。（四九・②）

（石上《いそのかみ》の中納言ハ）唐櫃《からびつ》の蓋《ふた》の入れられたまふべくもあらず、御腰は折れにけり。（五五・③）

＊石上の中納言は子安貝を手に入れ損ねたうえ瀕死の重傷を負ったが、用例はその求婚譚の末尾に近い一節。「唐櫃の蓋の入れられたまふべくもあらず」については諸説がある。〔↓P12「らる」の「受身」連用形（五五・③）に詳述。〕

貝をえ取らずなりにけるよりも、人の聞き笑はむことを日にそへて思ひたまひければ、（五五・⑧）

かぐや姫のかたちの、世に似ずめでたきことを、帝聞《きこ》しめして、（五六・⑧）

顔かたちよしと聞しめして、御使賜《おほんつかひ》びしかど、かひなく、見えずなりにけり。（五八・⑬）

この女《め》の童《わらは》は、絶えて宮仕へつかうまつるべくもあらずはんべるを、もてわづらひはべり。（五九・①）

（かぐや姫ガ）「なほそらごとかと、仕うまつらせて、死なずやあると、見たまへ。…」といへば、（六〇・①）

「…（かぐや姫は、翁ガ）昔、山にて見つけたる。かかれば、心ばせも世の人に似ずはべり」（六〇・⑩）

御文《おほんふみ》を書きてかよはさせたまふ。御返り、さすがに憎からず聞えかはしたまひて、（六三・⑩）

かぐや姫、いといたく泣きたまふ。人目も、今はつつみたまはず泣きたまふ。（六五・⑧）

「…さらずまかりぬべければ、思し嘆かむが悲しきことを、この春より、思ひ嘆きはべるなり」（六六・①）

かの国の父母《ちちはは》のこともおぼえ**ず**、ここには、かく久しく遊びきこえて、慣らひたてまつれり。（六六・⑪）

＊「ず」を終止形と解して下に句点を打ち、ここで文を結ぶものもある。本書は連用形・終止形の両方に用例を示した。

いみじからむ心地もせ**ず**、悲しくのみある。（六六・⑫）

＊「ず」を終止形と解して下に句点を打ち、ここで文を結ぶものもある。本書は連用形・終止形の両方に用例を示した。

（かぐや姫ハ）「…おのが心なら**ず**まかりなむとする」といひて、もろともにいみじう泣く。（六六・⑬）

（使はるる人ハ）恋しからむことの堪へがたく、湯水《ゆみづ》飲まれ**ず**、同じ心に嘆かしがりけり。（六七・②）

かの都の人は、いとけうらに、老いをせ**ず**なむ。思ふこともなくはべるなり。（七〇・⑦）

宮仕へ仕うまつら**ず**なりぬるも、かくわづらはしき身にてはべれば。（七五・②）

（帝ハ）心得**ず**思しめされつらめども。（七五・③）

心強くうけたまはら**ず**なりにしこと、なめげなるものに思しめしとどめられぬるなむ、（七五・④）

（中将ハ）帰り参りて、かぐや姫を、え戦ひとめ**ず**なりぬること、こまごまと奏す。（七六・⑦）

ざり（連用形）

かぐや姫、返しもせずなりぬ。耳にも聞き入れ**ざり**ければ、いひかかづらひて帰りぬ。（二六・⑮）

山はかぎりなくおもしろし。世にたとふべきにあら**ざり**しかど、（三三・⑤）

皇子《みこ》の、御供《おほんとも》に隠したまはむとて、年ごろ見えたまは**ざり**けるなりけり。（三七・③）
松原に御筵《おほんむしろ》敷きて、おろしたてまつる。その時にぞ、南海にあら**ざり**けりと思ひて、（四八・③）
（男《をのこ》どもハ）「龍《たつ》の頸《くび》の玉をえ取ら**ざり**しかばなむ、殿《との》へもえ参らざりし。…」と申す。（四八・⑩）
（男どもハ）「龍の頸の玉をえ取らざりしかばなむ、殿へもえ参ら**ざり**し。…」と申す。（四八・⑪）
「をかしきことにもあるかな。もつともえ知ら**ざり**けり。興あること申したり」とのたまひて、（五一・⑤）

＊「もつとも～打消」で、「少しも～ない」「まったく～ない」の意。

あまたの人の心ざしおろかなら**ざり**しを、むなしくなしてしこそあれ。（六〇・①）
かぐや姫、きと影になりぬ。はかなく口惜しと思して、げにただ人にはあら**ざり**けりと思して、（六一・⑭）
御心《みこころ》は、さらにたち帰るべくも思され**ざり**けれど、さりとて、夜《よ》を明かしたまふべきにあらねば、（六三・③）
つねに仕うまつる人を見たまふに、かぐや姫のかたはらに寄るべくだにあら**ざり**けり。（六三・⑥）

ず（終止形）

（男《をのこ》どもハ）人の物ともせぬ所に惑《まと》ひ歩《あり》けども、何のしるしあるべくも見え**ず**。（二〇・②）
家の人どもに物をだにいはむとて、いひかくれども、ことともせ**ず**。（二〇・④）
物も食はず思ひつつ、かの家に行きて、たたずみ歩《あり》きけれど、甲斐あるべくもあら**ず**。（二一・①）

我が子の仏。変化《へんぐゑ》の人と申しながら、ここら大きさまでやしなひたてまつる心ざしおろかならず。（二一・⑭）

この人々、家に帰りて、物を思ひ、祈りをし、願を立つ。思ひ止むべくもあらず。（二一・⑨）

（色好みの五人ハ）文を書きて、やれども、（かぐや姫ハ）返りごともせず。（二一・②）

翁、年七十に余りぬ。今日とも明日《あす》とも知らず。（二二・④）

この国に在る物にもあらず。（二四・⑮）

皇子《みこ》、「いと忍びて」とのたまはせて、人もあまた率《ゐ》ておはしまさず。（二七・⑩）

この皇子《みこ》、「今さへ、なにかといふべからず」といふままに、縁《えん》に這ひのぼりたまひぬ。（三〇・⑦）

旅の空に、助けたまふべき人もなき所に、いろいろの病《やまひ》をして、行《ゆ》く方《かた》そらもおぼえず。（三一・⑮）

＊「行く方そら」について、三谷『評解』は〈「行く方、行く空も覚えず」で、「方」は方角。「空」は漠然と場所を示す。なおこれは「すら」と同じ副助詞「そら」であるとする説もある〉と説明しているが、野口『集成』は〈「行く方、行く空」の意とする説が多いが、「そら」は訓読語で、仮名文の「すら」と同じと認めてよい〉としている。他に、阪倉『旧大系』、岡『評釈』、室伏『創英』、片桐『新全集』、堀内『新大系』、大井田『対照』などが副助詞と解している。このうち、室伏『創英』は〈両方の意をかけたとも見られる〉と留保的な説明も加えている。

玉の木を作り仕うまつりしこと、五穀を断ちて、千余日に力をつくしたること、すくなからず。（三四・⑧）

しかるに、禄いまだ賜はら**ず**。（三四・⑧）

かぐや姫の、皮衣《かはぎぬ》を見て、いはく、「うるはしき皮なめり。わきてまことの皮ならむとも知ら**ず**」。（四〇・⑧）

「皮は、火にくべて焼きたりしかば、めらめらと焼けにしかば、かぐや姫あひたまは**ず**」（四二・⑥）

（龍《たつ》の頸《くび》の玉ハ）天竺、唐土《もろこし》の物にもあら**ず**。この国の海山より、龍は下《お》り上《のぼ》るものなり。（四三・⑤）

つかはしし人は、夜昼《よるひる》待ちたまふに、年越ゆるまで、音もせ**ず**。（四五・⑤）

大納言心惑《まと》ひて、「まだ、かかるわびしき目、見**ず**。いかならむとするぞ」とのたまふ。（四六・⑤）

楫取《かぢとり》答へて申す、「ここら船に乗りてまかり歩《あり》くに、まだかかるわびしき目を見**ず**。…」（四六・⑦）

この吹く風は、よき方《かた》の風なり。悪《あ》しき方の風にはあら**ず**。（四七・⑩）

大納言は、これを聞き入れたまは**ず**。（四七・⑪）

いな、さもあら**ず**。（四九・⑫）

燕《つばくらめ》も、人のあまたのぼりゐたるに怖《お》ぢて巣にものぼり来《こ》**ず**。（五一・⑩）

麻柱《あななひ》におどろおどろしく二十人の人ののぼりてはべれば、（燕ハ）あれて寄りまうで来**ず**。（五二・③）

貝にもあら**ず**と見たまひけるに、御心地《みここち》も違《たが》ひて、（五五・②）

かぐや姫、「よきかたちにもあら**ず**。いかでか見ゆべき」といへば、（五七・⑧）

「…帝の召してのたまはむこと、かしこしとも思は**ず**」（五七・⑪）

さらに見ゆべくもあら**ず**。（五七・⑫）

いと心はづかしげに、おろそかなるやうにいひければ、心のままにもえ責め**ず**。（五七・⑬）
これを聞きて、まして、かぐや姫聞くべくもあら**ず**。（五八・⑥）
みやつこまろが手にうませたる子にてもあら**ず**。（六〇・⑨）
異人《ことひと》よりはけうらなりと思しける人も、かれに思し合《あは》すれば、人にもあら**ず**。（六二・⑦）
よしなく御方々《おほんかたがた》にも渡りたまは**ず**。（六三・⑨）
使ふ者ども、「なほ物思すことあるべし」と、ささやけど、親をはじめて、何事とも知ら**ず**。（六五・⑤）
おのが身は、この国の人にもあら**ず**。月の都の人なり。（六五・⑬）
かの国の父母《ちちはは》のこともおぼえ**ず**。ここには、かく久しく遊びきこえて、慣《な》らひたてまつれり。（六六・⑪）

＊「ず」を連用形と解して、下に読点を打つものもあるので、本書は終止形・連用形の両方に用例を示した。

いみじからむ心地もせ**ず**。悲しくのみある。（六六・⑫）

＊「ず」を連用形と解して、下に読点を打つものもあるので、本書は終止形・連用形の両方に用例を示した。

さる所へまからむずるも、いみじくはべら**ず**。（七〇・⑧）
立てる人どもは、装束《さうぞく》のきよらなること物にも似**ず**。（七一・⑧）
（不死の薬ヲ）すこし、形見とて、脱ぎ置く衣《きぬ》に包まむとすれば、在る天人包ませ**ず**。（七四・⑧）
（翁・嫗ハ）薬も食は**ず**。やがて起きもあがらで、病み臥《ふ》せり。（七六・④）

（帝ハ、かぐや姫の文ヲ）ひろげて御覧じて、いとあはれがらせたまひて、物もきこしめさ**ず**。（七六・⑨）

ぬ（連体形）

人の物ともせ**ぬ**所に惑《まと》ひ歩《あり》けども、何のしるしあるべくも見えず。（二〇・①）

あたりを離れ**ぬ**君達《きんだち》、夜を明かし、日を暮らす、多かり。（二〇・④）

（翁ハ）「おのが生《な》さ**ぬ**子なれば、心にもしたがはずなむある」といひて、月日すぐす。（二一・⑦）

よくもあら**ぬ**かたちを、深き心も知らで、あだ心つきなば、後《のち》くやしきこともあるべきを、（二二・⑫）

「…（色好みの五人ハ）かばかり心ざしおろかなら**ぬ**人々にこそあめれ」（二三・③）

翁の命、今日明日とも知ら**ぬ**を、かくのたまふ君達《きんだち》にも、よく思ひさだめて仕うまつれ。（二三・⑮）

「おいらかに、『あたりよりだにな歩《あり》きそ』とやはのたまは**ぬ**」（二五・⑤）

「天竺に在る物も持て来《こ》**ぬ**ものかは」（二五・⑦）

この国に見え**ぬ**玉の枝《えだ》なり。（三〇・⑨）

ある時には、風につけて知ら**ぬ**国に吹き寄せられて、（三一・⑨）

皇子《みこ》は、我にもあら**ぬ**気色《けしき》にて、肝《きも》消えゐたまへり。（三四・⑪）

音《おと》には聞けども、いまだ見**ぬ**物なり。（三八・②）

もし、金《かね》賜は**ぬ**ものならば、かの衣《ころも》の質《しち》、返したべ。（三九・③）

火に焼け**ぬ**ことよりも、けうらなることかぎりなし。（三九・⑪）

かぎりなき 思ひに焼け**ぬ** 皮衣《かはごろも》 袂《たもと》かわきて 今日こそは着め（四〇・②）

＊片桐『新全集』が〈「焼けぬ」の「ぬ」は打消の助動詞「ず」の連体形で、「皮衣」に続く〉と説明しているのと同様に、武田『新解』、阪倉『旧大系』、岡『評釈』、室伏『創英』、堀内『新大系』、大井田『対照』など、多くが「ぬ」を打消「ず」の連体形とのみ説明したり、その意で訳したりしている。

これに対し、三谷『評解』は〈「ぬ」は、「限りもなく姫を思う。その恋の情火に焦れた」と、上を受ければ完了の助動詞「ぬ」の終止形であり、下には、その「思ひ」の「ひ(火)」に焼けない」と続いた打消の助動詞「ず」の連体形となって、「裘」の連体修飾語になる。「焼けぬ」が懸詞なのである〉と説明しており、雨海『対訳』も〈「ぬ」は完了の助動詞終止形と打消の助動詞連体形との掛詞〉と説明している。本書は「打消」「完了」の両方に用例を示した。

なお、一つの「ぬ」に「打消」「完了」の両義をかけた他作品の例として次のようなものがある。

・あられ降る 交野のみのの かりごろも 濡れ**ぬ**宿貸す 人もなければ〔あられが降る交野のお狩り場では蓑を借りることもできず狩衣がすっかり濡れてしまった。雨に濡れることのない雨宿りの場所を貸してくれる人もいないので。〕（古本説話集・上二六）

世の中に見え**ぬ**皮衣《かはぎぬ》のさまなれば、これをと思ひたまひね。（四〇・⑩）

事ゆか**ぬ**物ゆゑ、大納言をそしりあひたり。（四四・⑪）

内々《うちうち》のしつらひには、いふべくもあら**ぬ**綾織物に絵をかきて、間毎《まごと》に張りたり。（四五・①）

家にすこし残りたりける物どもは、龍《たつ》の玉を取らぬ者どもに賜びつ。（四九・⑤）

世にあはぬことをば、「あな、たへがた」とはいひはじめける。（五〇・①）

物はすこしおぼゆれど、腰なむ動かれぬ。（五四・⑩）

年を経て 浪立ちよらぬ 住の江の まつかひなしと 聞くはまことか（五五・⑪）

＊用例は、燕の子安貝を取り損ねた石上の中納言に、かぐや姫が詠んで贈った歌である。「住の江」は住吉大社あたりにあった海岸で、『古今和歌集』では松の名所として詠まれている。「浪立ちよる」も「住の江」に多い和歌的表現で、中納言がかぐや姫の家に「立ちよらぬ」の意を掛ける。「松」と「待つ」、「甲斐」と「貝」が掛詞。

かひはかくありけるものを わびはてて 死ぬる命を すくひやはせぬ（五六・③）

「…いはれぬこと、なしたまひそ」（五八・⑤）

＊「いはれぬこと」の解釈については、P5「る」の「可能」未然形（五八・⑤）参照。

かぐや姫に語らふやう、「かくなむ帝の仰せたまへる。なほやは仕うまつりたまはぬ」といへば、（五九・⑧）

夕やみには、物思はぬ気色《けしき》なり。（六五・③）

一目《ひとめ》見たまひし御心《みこころ》にだに忘れたまはぬに、（六八・③）

鎖《さ》し籠《こ》めて、守り戦ふべきしたくみをしたりとも、あの国の人をえ戦はぬなり。（六九・⑤）

今年ばかりの暇《いとま》を申しつれど、さらにゆるされぬによりてなむ、かく思ひ嘆きはべる。（七〇・⑤）

罪の限りはてぬれば、かく迎ふるを、翁は泣き嘆く。あたは**ぬ**ことなり。（七二・⑧）

＊「あたはぬことなり」について松尾『評註』が〈姫の昇天をとめることはとうてい不可能のことだ、の意と解くのが穏当であろう。解には「道理《ことわり》にかなはぬ由を、能はぬ事と云へるか」とも言っているが、疑わしい〉と説明している。なお、「解」は田中大秀『竹取翁物語解』のこと（P53参照）。

（私ガ）この国に生れぬるとならば、（ご両親様ヲ）嘆かせたてまつら**ぬ**ほどまで侍らん。（七三・⑫）

＊室伏『創英』が〈「嘆かせ奉らぬ程」とは、両親が生きている間なら生き別れとなって嘆かせることになるから、両親が亡くなるまで、の意〉と説明を加えている。

かぐや姫、「物知ら**ぬ**こと、なのたまひそ」とて、（七四・⑬）

いみじく静かに、朝廷《おほやけ》に御文奉りたまふ。あわて**ぬ**さまなり。（七四・⑭）

許さ**ぬ**迎へまうで来て、取り率《ゐ》てまかりぬれば、口惜しく悲しきこと。（七四・⑮）

あふことも なみだにうかぶ 我が身には 死な**ぬ**薬も 何にかはせむ（七六・⑭）

ざる（連体形）

ざ（連体形の撥音便無表記）

多くの人の身をいたづらになしてあは**ざ**なるかぐや姫は、いかばかりの女ぞと、（五六・⑪）

＊底本（古活字十行本）から、用例部分の本文をそのまま引くと、「おほくの人の身をいたつらになしてあはさるかくやひめはいかはかりの女そと」である。

用例中の「あはざなる」について、片桐『新全集』は頭注で〈底本「あはざる」とあるが、諸本によって改めた。無表記の「ん」を入れて「あはざんなる」と読む。「なる」は伝聞の助動詞「なり」の連体形〉と説明している。

このごろとなりては、ただごとにもはべら**ざ**めり。（六四・⑥）

ね（已然形）

いづれも劣《おと》り優《まさ》りおはしまさ**ね**ば、（二四・②）

せちに、「否《いな》」といふことなれば、えしひ**ね**ば、（四一・①）

神なら**ね**ば、何わざをか仕うまつらむ。（四六・⑭）

さりとて、夜《よ》を明かしたまふべきにあら**ね**ば、（帝八）帰らせたまひぬ。（六三・④）

ざれ（已然形・命令形）

＊「ず」の活用は、ナ行四段型「（な）／（に）／○／ぬ／ね／○」、無変化型「（ず）／ず／ず／○／○／○」、ラ変型「ざら／ざり／○／ざる／ざれ／ざれ」の三つの系列から成る。

このうちのラ変型について、林巨樹が〈平安時代に限っていえば、未然形「ざら」連用形「ざり」はひろく用いられたが、已然形「ざれ」命令形「ざれ」は漢文訓読語に限られていたようで、鎌倉時代以降も文章語として広がっていったらしい〉（『古典語 現代語 助詞助動詞詳説』昭44・學燈社）と記している。『竹取物語』にも已然形「ざれ」・命令形「ざれ」の用例はない。

4 過去の助動詞

＊過去の助動詞は、一般に「き」＝経験過去、「けり」＝伝聞過去と説明されることが多い。しかし、こうした説明は小学館『古語大辞典』（昭58）が〈「き」「けり」の用例の量的側面から帰納された現象的結論〉と指摘したとおり、両語の本質的な働きをとらえたものとはいえない。本書は、
「き」＝現在とは断絶した純然たる過去を表す
「けり」＝「き＋あり」を語源として、過去性と現在性とを併せ持つことを元来の働きとするととらえて、意味の分類をした。

き

過去〈訳語例〉～タ。

せ（未然形）

名残りなく 燃ゆと知り**せ**ば 皮衣《かはごろも》 思ひのほかに おきて見ましを（四一・⑮）

＊サ行系列の未然形「せ」は反実仮想「〜せば〜まし」の形でのみ用いられた。

き（終止形）

海山《うみやま》の 道に心を つくしはて ないしのはちの 涙ながれ**き**（二六・⑥）

鬼のやうなるものいで来て、殺さむとし**き**。（三一・⑩）

ある時には、来《き》し方《かた》行く末も知らず、海にまぎれむとし**き**。（三一・⑪）

ある時には、糧《かて》つきて、草の根を食物《くひもの》とし**き**。（三一・⑫）

ある時は、いはむ方《かた》なくむくつけげなる物来て、食ひかからむとし**き**。（三一・⑬）

（くらもちの皇子《みこ》ハ）かしこき玉の枝《えだ》を作らせたまひて、官《つかさ》も賜はむと仰せたまひ**き**。（三五・①）

し（連体形）

海山の 道に心を つくしはて ない**し**のはちの 涙ながれき（二六・⑥）

＊「ないし」は、多くが「泣きし」（動詞＋「き」）のイ音便形と「石」の掛詞とし、松尾『評註』は〈歌には、俗語である音便語は用いないのが普通であるが、かけことばなので用いたのである〉と説明している。また、「はち」は「鉢」と「血」の掛詞。さらに、片桐『新全集』は頭注で「はてない」の意も込められているとして〈「筑紫を出発してから海山の道の苦しさに、心を尽くしはて、果てのない旅で、泣いて、石のはちを取るために血の涙を流した」と、掛詞をふんだんに用いている〉と説明している。

なお、岡『評釈』は〈「ないしの鉢」という語がないので、やはり大秀の校訂が正しいかと思われる〉と述べ、本文を「みいしのはち」としており、上坂『全評釈』も同じとらえ方をしている。「御石の鉢」の誤写だとすると、「し」は過去の助動詞ではないことになる。

ちなみに岡『評釈』の引用文中の「大秀」は本居宣長の門人で『竹取翁物語解』（天保二年刊）の著者の田中大秀のこと。同書は〈それまでの、乱れた、意味のとりにくい点の多い本文を、諸本を参考して校訂し、これまでの説を大成して注解を加えたもの〉（阪倉『旧大系』）と評される。

この皇子《みこ》に申したまひ**し**蓬萊の玉の枝《えだ》を、一つの所あやまたず持ておはしませり。（二九・⑭）

海に漕ぎただよひ歩《あり》きて、我が国のうちを離れて歩きまかり**し**に、（三一・⑧）

ある時には、来《き》**し**方《かた》行く末も知らず、海にまぎれむとしき。（三一・⑪）

この取りて持ちてまうで来たり**し**はいとわろかりしかども、（三三・②）

のたまひ**し**に違《たが》はましかばと、この花を折りてまうで来たるなり。（三三・③）

船に乗りて、追風《おひかぜ》吹きて、四百余日になむ、まうで来《き》に**し**。（三三・⑦）

くれたけの よよのたけとり 野山にも さやはわびしき ふしをのみ見**し**（三三・⑫）

玉の木を作り仕うまつり**し**こと、五穀を断ちて、千余日に力をつくしたること、すくなからず。（三四・⑦）

かの愁訴《うれへ》せ**し**工匠《たくみ》をば、かぐや姫呼びすゑて、「嬉しき人どもなり」といひて、（三六・⑥）

＊「き」の特殊な接続の例（サ変動詞「す」の未然形「せ」＋連体形「し」）。また、この「き」は表現者の直接体験を表すものではなく、先行記事を受けての用法である。

（工匠らハ）禄得**し**甲斐もなく、（くらもちの皇子ガ）みな取り捨てさせたまひてければ、（三六・⑪）

＊表現者の直接体験を表すものではなく、先行記事を受けての用法の「き」。

つかは**し**し人は、夜昼《よるひる》待ちたまふに、年越ゆるまで、音もせず。（四五・④）

＊表現者の直接体験を表すものではなく、先行記事を受けての用法の「き」。

いかでか聞きけむ、つかはし**し**男《をのこ》ども参りて申すやう、（四八・⑨）

＊表現者の直接体験を表すものではなく、先行記事を受けての用法の「き」。

龍《たつ》の頸《くび》の玉をえ取らざりしかばなむ、殿《との》へもえ参らざり**し**。（四八・⑪）

「…（大伴の大納言ガ）玉の取り難かり**し**ことを知りたまへればなむ、勘当《かんだう》あらじとて参りつる」（四八・⑪）

これを聞きて、離れたまひ**し**元《もと》の上《うへ》は、腹を切りて笑ひたまふ。（四九・⑥）

＊表現者の直接体験を表すものではなく、先行記事を受けての用法の「き」。

糸を葺《ふ》かせ作り**し**屋《や》は、鳶、烏の、巣に、みな食ひ持ていにけり。（四九・⑦）

＊表現者の直接体験を表すものではなく、先行記事を受けての用法の「き」。

あまたの人の心ざしおろかならざり**し**を、（私かぐや姫ハ）むなしくなしてしこそあれ。（六〇・②）

あまたの人の心ざしおろかならざりしを、（私かぐや姫ハ）むなしくなして**し**こそあれ。（六〇・②）

＊「むなしくなしてしこそあれ」の「てし」の解し方には、⑴接続助詞「て」＋強意の副助詞「し」、⑵完了の助動詞「つ」の連用形＋過去の助動詞「き」の連体形、の二説がある。

⑴と解する武田『新解』は〈下のシは強意の助詞で、むなしくなしてを強調してゐる〉と説明し、松尾『評

註』も〈「空しくなしてあり（空しくなしたり）」を「し」と「こそ」で強めたもの〉としている。

一方、⑵と解する阪倉『旧大系』は〈「…ことこそあれ」の意〉と注を加えており、それを踏まえた上坂『全評釈』は〈「てしこそ」の「し」は過去助動詞、「こそ」は強意助詞。「空《むな》しくなる」でなく「むなしくなす」として、姫が死なせたように表現していることに先ず注意し、さらにそれを強めての係結で逆接の気持を漂わせている。『大系』補注のように「むなしくなしてしことこそあれ」の意で「し」（連体形）の下に「こと」が省かれているとみる〉と説明している。

なお、島原本などにより、この部分の本文を「むなしくなしてこそあれ」としている注釈書もある。

菜種《なたね》の大きさおはせ**し**を、わが丈《たけ》立ちならぶまでやしなひたてまつりたる我が子を、（六六・⑤）

＊「き」の特殊な接続の例（サ変動詞「おはす」の未然形「おはせ」＋連体形「し」）。

「一目《ひとめ》見たまひ**し**御心《みこころ》にだに忘れたまはぬに、……」（六八・②）

＊用例は帝の述べた会話文の一部である。この箇所における敬語法について、室伏『創英』は〈このあたり「見給ひし」「御心」「忘れ給はぬ」と帝が自己を敬う用法が重なる。この時代には少ない敬語表現で、語り手の意識の投影と見る説もあるが、特異な自敬表現と考えたい〉と説明している。

いささかなる功徳を、翁つくりけるによりて、汝が助けにとて、かた時のほどとてくだし**し**を、（七二・②）

心強くうけたまはらずなりに**し**こと、なめげなるものに思しめしとどめられぬるなむ、（七五・④）

あの書き置き**し**文を読みて（翁・嫗二）聞かせけれど、（七六・②）

＊表現者の直接体験を表すものではなく、先行記事を受けての用法の「き」。
思ふこと成らで世の中に生きて何かせむと思ひ**しか**ば、ただ、むなしき風にまかせて歩《あり》く。（三一・⑤）

しか（已然形）

難波より船に乗りて、海の中にいでて、行《い》かむ方《かた》も知らずおぼえ**しか**ど、（三一・④）
この取りて持ちてまうで来たりしはいとわろかり**しか**ども、（三三・②）
山はかぎりなくおもしろし。世にたとふべきにあらざり**しか**ど、（三三・⑤）
この枝を折りて**しか**ば、さらに心もとなくて、（三三・⑥）
価《あたひ》の金《かね》少なしと、国司《こくし》、使《つかひ》に申し**しか**ば、王けいが物くはへて買ひたり。（三九・①）
「皮は、火にくべて焼きたり**しか**ば、めらめらと焼けにしかば、かぐや姫あひたまはず」（四二・⑤）
「皮は、火にくべて焼きたりしかば、めらめらと焼けに**しか**ば、かぐや姫あひたまはず」（四二・⑥）
龍《たつ》の頸《くび》の玉をえ取らざり**しか**ばなむ、殿《との》へもえ参らざりし。（四八・⑩）
顔かたちよしと聞《きこ》しめして、御使《おほんつかひ》賜び**しか**ど、かひなく、見えずなりにけり。（五八・⑬）
さきざきも申さむと思ひ**しか**ども、かならず心惑《まと》はしたまはむものぞと思ひて、（六五・⑩）
竹の中より見つけきこえたり**しか**ど、（六六・④）
「月の都の人にて父母《ちちはは》あり。かた時の間《あひだ》とて、かの国よりまうで来《こ》**しか**ども、…」（六六・⑨）
＊「き」の特殊な接続（カ変動詞「来《く》」の未然形＋已然形「しか」）の例。したがって、「来」の読みは「こ」。

けり

＊「けり」の意味の分類について、主な高校古典文法書と本書とを比較対照すると次のとおり。
(1)高校古典文法書「過去」＝本書「過去からの継続」「伝承・昔語り」「伝聞などによる過去」
(2)高校古典文法書「詠嘆」＝本書「気づき」

過去からの継続〈訳語例〉～テキタ。～タ。

＊「きあり」を語源とする「けり」の原義は「過去からの継続」と考えられる。

「過去からの継続」の意の「けり」によって表される事柄は、以前から発話時点まで続いてきたことで、原則として発話時点において現前している事実（または、発話直前まで続いてきた事実）であり、話題の事柄が過去のある一時点・一時期に生起したことを表す「き」や「伝聞などによる過去」の意の「けり」などと区別される。

けり（終止形）
「…心幼く、龍《たつ》を殺さむと思ひ**けり**。今より後《のち》は、毛の一筋をだに動かしたてまつらじ」（四七・④）
＊「過去からの継続」を表現している部分「心幼く、龍を殺さむと思ひけり」（今までずっと、幼稚にも龍を殺そうと思ってきた、ということ）と、将来への決意・抱負を表す部分「今より後は、毛の一筋をだに

動かしたてまつらじ」（今後は、龍の毛一本さえうごかすつもりはない、ということ）が明確に対比されている。

ただし、松尾『評註』が〈この「けり」は心幼かったことを今気づいたというようなきもちをあらわすとみられよう〉と解しているので、本書は「気づき」の意にも用例を示した。

ける（連体形）

皇子《みこ》の、御供《おほんとも》に隠したまはむとて、年ごろ見えたまはざり**ける**なりけり。（三七・③）

＊用例の「年ごろ」以下を、「ける」の「過去からの継続」と文末の「けり」の「気づき」のニュアンスを生かして訳せば、「何年もの間、姿をお見せにならずにきたのであったのだ」などとなる。

帝、聞《きこ》しめして、「多くの人殺して**ける**心ぞかし」とのたまひて、止みにけれど、（五八・⑩）

＊「ける」の意は「過去からの継続」のほか、「気づき」「伝聞などによる過去」とも解されているので、本書はそれぞれに用例を示した。

「過去からの継続」の意と解すれば、会話文の意は「今に至るまで多くの人々を殺してしまってきた心だよ」となる。〔↓P63・70「けり」の「気づき」および「伝聞などによる過去」連体形（五八・⑩）参照。〕

異人《ことひと》よりはけうらなりと思し**ける**人も、かれに思し合《あは》すれば、人にもあらず。（六三・⑥）

＊「前々から今に至るまでずっと、ほかの人よりも素晴らしいと思ってきた人も…」ということ。

築地《ついぢ》の上に千人、屋《や》の上に千人、家の人々多かり**ける**にあはせて、あける隙《ひま》もなく守らす。（六八・⑨）

＊用例の直前の一文「二千人の人を、たけとりが家につかはす」の述語「つかはす」や、用例末尾の述語「守らす」などに「けり」が付いていないこととの違いに着目して解釈すれば、「…翁の家の下人たちがすでに多く守備についてきていたのにあわせて、…」という人員配置の経緯を表現していると考えられ、「ける」の「過去からの継続」の意が効果的に用いられていることがわかる。
ただし、単に「竹取の家の人々が多かったのに合わせて」（室伏『創英』）のように訳しているものも多く、本書は「過去からの継続」「伝承・昔語り」の両方に用例を示した。

なお、松尾『評註』は挿入句であるかのように、口語訳にハイフンを補って「――竹取の家の（召使の）人々がたくさんいたのだったのに合わせて――」と訳しており、「ける」を「気づき」の意と解しているのかもしれない。

気づき 〈訳語例〉～タノダ。～コトダナア。

けり（終止形）
おろかなる人は、「用なき歩《あり》きは、よしなかり**けり**」とて来《こ》ずなりにけり。（二〇・⑤）
「船に乗りて帰り来《き》に**けり**」と殿《との》に告げやりて、いといたく苦しがりたるさましてゐたまへり。（二八・⑬）
＊上坂『全評釈』は〈「けり」は過去詠嘆。「ぬ」は動作の現在完了を示すから「今帰って来た！」という意味。長途の海路をしのいで今、遂に帰りついたとの詠嘆を含むわけである〉と説明している。

御使《おほんつかひ》とおはしますべきかぐや姫の要《えう》じたまふべきなりけりとうけたまはりて。(三五・②)
皇子《みこ》の、御供《おほんとも》に隠したまはむとて、年ごろ見えたまはざりけるなりけり。(三七・③)
今の世にも昔の世にも、この皮は、たやすくなき物なりけり。(三八・⑬)
「さればこそ、異物《こともの》の皮なりけり」といふ。(四一・⑪)

＊会話文の末尾を「けれ」とする本文はなく、「けり」は「こそ」の結びではない。「さればこそ」は「思ったとおりだ」の意の慣用表現。ここでは下に「言ひつれ」を補うことができ、読点を句点に変えるとわかりやすい。

文末の「いふ」の主語について、片桐『新全集』は〈かぐや姫が「いふ」とする説がふつうだが、次に「かぐや姫は」とあるので翁の動作とみておく〉とするのに対し、野口『集成』は〈これを翁の言葉とする説もあるが、「さればこそ」の語調からして従いがたい〉としている。

「…心幼く、龍《たつ》を殺さむと思ひけり。今より後《のち》は、毛の一筋をだに動かしたてまつらじ」(四七・④)

＊「けり」は「過去からの継続」の意と解すべきと思われるが、松尾『評註』が「気づき」の意と解しているので、本書は両方に用例を示した。〔→P57「けり」の「過去からの継続」(四七・④)に詳述。〕

浜を見れば、播磨《はりま》の明石《あかし》の浜なりけり。大納言、南海の浜に吹き寄せられたるにやあらむと思ひて、(四七・⑬)

＊ここでの「けり」の用い方について、高田祐彦「竹取物語の文法」(『国文法講座4』昭62・明治書院)が次のように丁寧に読み解いている。

一般に、この「けり」は語り手が大納言と一体化することによって、大納言の判断を地の文として示すものといわれている。しかしながら、直後に「南海の浜に吹き寄せられたるにやあらむ」という大納言の心内語がある以上、大納言の認識とするのは承認しがたい。確かに「浜を見れば」という叙述は、大納言を主語とするのが自然である。と同時に、その主語は大納言に同化した語り手でもある。しかし、「播磨の明石の浜なりけり」に至って語り手は大納言から離れ、全知視点に復帰する。それによって、恐怖のあまり誤った判断しか下せない大納言が、生彩な相貌を持ってくるのである。ここでは、語り手はその語りのあり方において、作中人物を利用しているとさえ言えるのであって、その自在なあり方は後の『源氏物語』をすら想起させるものがある。

その時にぞ、南海にあらざり**けり**と思ひて、からうじて起きあがりたまへるを見れば、（四八・③）

＊「その時にぞ」の係助詞「ぞ」について、松尾『評註』は〈「ぞ」は「思ふ」にかかるのであるが、「思ひて」となって下文につづくので、結びは流れている〉と説明している。それを踏まえたうえで、上坂『全評釈』が〈「起き上がり給へる（を）」にかかるとの解もある。その場合も同じように、いわゆる「係り捨て」で、流れている〉と説明を加えている。

龍《たつ》は鳴る雷《かみ》の類《るい》にこそありけれ、それが玉を取らむとて、そこらの人々の害せられむとし**けり**。（四八・⑮）

＊岡『評釈』は〈「けり」は気づいて驚く意。殺されてしまおうとしたのだ〉と説明し、上坂『全評釈』も〈「けり」は今更驚く感じを表わす〉と説明している。

（龍《たつ》ヲ）よく捕《とら》へずなりに**けり**。（四九・②）

＊この用例を片桐『新全集』は「よく捕えずにおいてくれたことだ」と訳し、野口『集成』も「よく捕えずにいてくれたものだ」と訳しており、それぞれ「けり」の「気づき」の意のニュアンスをよく生かしている。

かぐや姫てふ大盗人《おほぬすびと》の奴《やつ》が人を殺さむとするなり**けり**。（四九・③）

をかしきことにもあるかな。もつともえ知らざり**けり**。（五一・⑤）

御手を広げたまへるに、燕《つばくらめ》のまり置ける古糞《ふるくそ》を握りたまへるなり**けり**。（五四・⑬）

（帝ハ、かぐや姫ヲ）げにただ人にはあらざり**けり**と思して、（六一・⑭）

つねに仕うまつる人を見たまふに、かぐや姫のかたはらに寄るべくだにあらざり**けり**。（六三・⑥）

いますかりつる心ざしどもを、思ひも知らで、まかりなむずることの口惜しうはべり**けり**。（六九・⑮）

内外《うちと》なる人の心ども、物におそはるるやうにて、あひ戦はむ心もなかり**けり**。（七一・③）

「衣《きぬ》着せつる人は、心異《こと》になるなりといふ。物一言《ひとこと》いひ置くべきことあり**けり**」といひて、文書く。（七四・⑩）

ける（連体形）

まことかと聞きて見つれば言の葉をかざれる玉の枝《え》にぞあり**ける**（三六・①）

かひはかくあり**ける**ものをわびはてて死ぬる命をすくひやはせぬ（五六・②）

＊用例は、先にかぐや姫から贈られてきた歌への、石上の中納言からの返歌である。

中納言が「かひはかく ありけるものを」と詠んだのは、かぐや姫が「…まつかひなしと 聞くはまことか」と詠み掛けてきたのに応じたもので、「あなた（＝かぐや姫）は『貝なし』とおっしゃるが、あなたからお手紙をいただき、甲斐はあったのだ」と述べたもの。このように「気づき」の「けり」が文の途中（文末や句末以外）に用いられることもある。

帝、聞《きこ》しめして、「多くの人殺して**ける**心ぞかし」とのたまひて、止みにけれど、（五八・⑩）

＊松尾『評註』は〈今「ける」は過去に行われた事に今はじめて気が付いたというきもち。「今気がついてみれば、多くの人を殺してしまったのだった、その心なのだ。（たしかにそうだったとお前も思うだろうが。）」といったような意〉と説明し、「ける」の意を「気づき」と解しているが、「ける」は「過去からの継続」「伝聞などによる過去」とも解し得るので、本書はそれぞれに用例を示した。〔↓P58・70「けり」の「過去からの継続」および「伝聞などによる過去」の連体形（五八・⑩）参照。〕

かくこの国にはあまたの年を経ぬるになむあり**ける**。（六六・⑩）

翁、今年は五十ばかりなりけれども、物思ひには、かた時になむ、老いになりに**ける**と見ゆ。（六七・⑨）

今はとて 天《あま》の羽衣《はごろも》 着るをりぞ 君をあはれと 思ひいで**ける**（七五・⑧）

けれ（已然形）

「…かくあさましきそらごとにてあり**けれ**ば、はや返したまへ」（三五・⑦）

＊「気づき」の「けり」が文の途中（文末や句末以外）に用いられた例。

（阿倍の右大臣ハ）「うべ、かぐや姫好もしがりたまふにこそあり**けれ**」とのたまひて、（三九・⑫）

これは、龍《たつ》のしわざにこそあり**けれ**。（四七・⑨）

＊野口『集成』が〈係助詞「こそ」を除けば、ここは「なりけり」である。結果から推して、やっぱり……だったのだな、と納得する気持〉と説明を加えている。

龍《たつ》は鳴る雷《かみ》の類《るい》にこそあり**けれ**、それが玉を取らむとて、そこらの人々の害せられむとしけり。（四八・⑭）

＊（四七・⑨）の用例の「にこそありけれ」について、野口『集成』が指摘した〈係助詞「こそ」を除けば、ここは「なりけり」である〉ということが、この用例にも当てはまる。

伝承・昔語り〈訳語例〉～タソウダ。～タ。

＊「伝承・昔語り」の意は、伝承的な過去の事柄を現在の語りの場に引き出す働きをする。

ところで、そのような語りを表現の核としている『竹取物語』のような物語文学においては、そこで用いられる「けり」は表現者の立つ立場から次の三つに分けることができる。

(1)物語を「物語る場」で語り手の用いる「けり」

(2)物語の「作中世界」の登場人物が用いる「けり」

(3)「日常世界」に生きる者としての語り手が用いる「けり」（語り手の感想・補足説明など）

このうちの(1)が「伝承・昔語り」の意の「けり」である。

けり（終止形）

いまはむかし、たけとりの翁といふものあり**けり**。（一七・①）

野山にまじりて竹をとりつつ、よろづのことにつかひ**けり**。（一七・③）

（翁ハ）この子を見れば苦しきこともやみぬ。腹立たしきこともなぐさみ**けり**。（一八・⑮）

翁、竹を取ること、久しくなりぬ。勢《いきほひ》、猛《まう》の者になりに**けり**。（一九・②）

おろかなる人は、「用なき歩《あり》きは、よしなかりけり」とて来《こ》ずなりに**けり**。（二〇・⑥）

色好みといはるるかぎり五人、思ひやむ時なく、夜昼《よるひる》来たり**けり**。（二〇・⑧）

「くらもちの皇子《みこ》は優曇華《うどんぐゑ》の花持ちて上《のぼ》りたまへり」とののしり**けり**。（二九・①）

これを、かぐや姫聞きて、我はこの皇子《みこ》に負けぬべしと、胸つぶれて思ひ**けり**。（二九・④）

（工匠《たくみ》らハ）逃げうせに**けり**。（三六・⑫）

右大臣阿倍御主人《あべのみうし》は、財《たから》豊かに家広き人にておはし**けり**。（三七・⑦）

かの唐船《もろこしぶね》来**けり**。（三八・⑧）

されば、（阿倍の右大臣ハ）帰りいましに**けり**。（四二・②）

（大伴の大納言ハ）「…この玉取り得では、家に帰り来《く》な」とのたまはせ**けり**。（四四・④）

糸を葺《ふ》かせ作りし屋《や》は、鳶、烏の、巣に、みな食ひ持ていに**けり**。（四九・⑧）

（石上《いそのかみ》の中納言ノ）御腰は折れに**けり**。（五五・③）

（石上の中納言ハ）それを病《やまひ》にて、いと弱くなりたまひに**けり**。（五五・⑥）

（石上《いそのかみ》の中納言ハ）ただに病み死ぬるよりも、人聞《ぎ》きはづかしくおぼえたまふなり**けり**。（五五・⑨）

これを聞きて、かぐや姫、すこしあはれとおぼし**けり**。（五六・⑤）

（使はるる人モ）堪へがたく、湯水《ゆみづ》飲まれず、（翁・嫗ト）同じ心に嘆かしがり**けり**。（六七・③）

（翁ハ）このことを嘆くに、鬚も白く、腰もかがまり、目もただれに**けり**。（六七・⑧）

（帝ハ）物もきこしめさず。御遊びなどもなかり**けり**。（七六・⑨）

ける（連体形）

名をば、さぬきのみやつことなむいひ**ける**。（一七・④）
その竹の中に、もと光る竹なむ一すぢあり**ける**。（一七・⑤）
　＊用例中の「ありける」は、底本（古活字十行本）に「ありけり」とあるのを、片桐『新全集』が「なむ」の結びとして「ありける」と改めたものである。
三日、うちあげ遊ぶ。よろづの遊びをぞし**ける**。（一九・⑤）
その中に、なほいひ**ける**は、色好みといはるるかぎり五人、思ひやむ時なく、（二〇・⑦）
仕うまつるべき人々、みな難波まで御送りし**ける**。（二七・⑨）
その時、一《いち》の宝なり**ける**鍛冶工匠《かぢたくみ》六人を召しとりて、（二八・③）
この玉の枝《えだ》に、文ぞつけたり**ける**。（二九・⑩）
かぐや姫聞きて、「この奉る文を取れ」といひて、見れば、文に申し**ける**やう、（三四・⑬）
その年来たり**ける**唐船《もろこしぶね》の王けいといふ人のもとに文を書きて、（三七・⑦）

かのよみたまひ**ける**歌の返し、箱に入れて、返す。（四一・⑭）
「名残りなく 燃ゆと知りせば 皮衣《かはごろも》 思ひのほかに おきて見ましを」とぞあり**ける**。（四二・②）
（世の人々ハ）これを聞きてぞ、とげなきものをば、「あへなし」といひ**ける**。（四二・⑦）
家にすこし残りたり**ける**物どもは、龍《たつ》の玉を取らぬ者どもに賜びつ。（四九・④）
世界の人のいひ**ける**は、（四九・⑨）
（石上の中納言ハ）貝にもあらずと見たまひ**ける**に、御心地《みここち》も違《たが》ひて、（五五・②）
貝をえ取らずなりに**ける**よりも、人の聞き笑はむことを日にそへて思ひたまひければ、（五五・⑦）
（帝ハ）あかず口惜しく思しけれど、魂《たましひ》をとどめたる心地してなむ、帰らせたまひ**ける**。（六二・⑩）
築地《ついぢ》の上に千人、屋《や》の上に千人、家の人々多かり**ける**にあはせて、あける隙《ひま》もなく守らす。（六八・⑨）

＊本書の分類に従えば、この用例の「ける」は「過去からの継続」の意と解すべきものと考えられるが、諸注を踏まえ、「伝承・昔語り」にも用例を示した。〔↓P58「けり」の「過去からの継続」連体形（六八・⑨）に詳述。〕

けれ（已然形）

すこしもかたちよしと聞きては、見まほしうする人どももなり**けれ**ば、（二〇・⑫）
（色好みの五人ハ）かの家に行きて、たたずみ歩《あり》き**けれ**ど、甲斐あるべくもあらず。（二〇・⑬）
（石作《いしつくり》の皇子《みこ》ハ）この女見では世にあるまじき心地のし**けれ**ば、（二五・⑥）

（石作《いしつくり》の皇子《みこ》ガ、仏の御石の鉢ヲ）かぐや姫の家に持て来て、見せ**けれ**ば、（二六・②）

（かぐや姫ガ）耳にも聞き入れざり**けれ**ば、（石作の皇子ハ）いひかかづらひて帰りぬ。（二六・⑮）

（くらもちの皇子《みこ》ハ）かねて、事みな仰せたり**けれ**ば、（二八・②）

（くらもちの皇子ガ）みな取り捨てさせたまひて**けれ**ば、（工匠《たくみ》らハ）逃げうせにけり。（三六・⑪）

ある人のいはく、「…かぐや姫あひたまはず」といひ**けれ**ば、（四二・⑥）

世界の人のいひけるは、「…李《すもも》のやうなる玉をぞ添へていましたる」といひ**けれ**ば、（四九・⑭）

中納言は、わらはげたるわざして止むことを、人に聞かせじとしたまひ**けれ**ど、（五五・④）

貝をえ取らずなりにけるよりも、人の聞き笑はむことを日にそへて思ひたまひ**けれ**ば、（五五・⑧）

いと心はづかしげに、おろそかなるやうにいひ**けれ**ば、心のままにもえ責めず。（五七・⑬）

（内侍《ないし》ガ）言葉はづかしくいひ**けれ**ば、これを聞きて、まして、かぐや姫聞くべくもあらず。（五八・⑤）

帝、聞《きこ》しめして、「多くの人殺してける心ぞかし」とのたまひて、止みに**けれ**ど、（五八・⑩）

（帝ハ）あかず口惜しく思し**けれ**ど、魂《たましひ》をとどめたる心地してなむ、帰らせたまひける。（六二・⑨）

御心《みこころ》は、さらにたち帰るべくも思されざり**けれ**ど、さりとて、夜《よ》を明かしたまふべきにあらねば、（六三・③）

在る人の「月の顔見るは、忌むこと」と制し**けれ**ども、（六四・①）

翁、今年は五十ばかりなり**けれ**ども、物思ひには、かた時になむ、老いになりにけると見ゆ。

中に、心さかしき者、念じて射むとすれども、ほかざまへいき**けれ**ば、荒れも戦はで、（六七・⑧）

この衣《きぬ》着つる人は、物思ひなくなりに**けれ**ば、車に乗りて、百人ばかり天人具して、のぼりぬ。（七一・⑥）（七五・⑫）

あの書き置きし文を読みて（翁・嫗二）聞かせ**けれ**ど、（七六・③）

伝聞などによる過去〈訳語例〉〜タソウダ。〜タ。

＊物語文学一般において、「作中世界」の登場人物が用いた「けり」や「日常世界」に生きる者としての語り手が感想や補足説明を述べる中で用いた「けり」の中に、「伝聞などによる過去」の意が現れる。『竹取物語』では、登場人物の会話文や心中語のほか、作者による語源紹介などに「伝聞などによる過去」の意の「けり」が現れることになる。

けり（終止形）

その名ども、石作《いしつくり》の皇子《みこ》、くらもちの皇子、…中納言石上麿足《いそのかみのまろたり》、この人々なり**けり**。（二〇・⑩）

（かぐや姫ノ）顔かたちよしと聞《きこ》しめして、御使《おほんつかひ》賜びしかど、かひなく、見えずなりに**けり**。（五八・⑭）

ける（連体形）

さる時よりなむ、「よばひ」とはいひ**ける**。（一九・⑫）

＊「さる時」から「よばひ」と言いはじめて現在にまで至っていることを表現しており、「過去からの継続」の意を含み持っている。（二七・③）（五五・①）（五六・⑦）も同様の表現。

かの鉢を捨てて、またいひ**ける**よりぞ、面《おも》なきことをば、「はぢをすつ」とはいひける。（二七・②）

かの鉢を捨てて、またいひけるよりぞ、面なきことをば、「はぢをすつ」とはいひ**ける**。（二七・③）

＊Ｐ69「けり」の「伝聞などによる過去」連体形（一九・⑫）を参照。

これをなむ、「たまさかに」とはいひはじめ**ける**。（三七・⑤）

昔、かしこき天竺の聖《ひじり》、この国に持て渡りてはべり**ける**、西の山寺にありと聞きおよびて、（三八・⑭）

この皮は、唐土《もろこし》にもなかり**ける**を、からうじて求め尋ね得たるなり。（四一・⑧）

…といひ**ける**よりぞ、世にあはぬことをば、「あな、たへがた」とはいひはじめける。（五〇・①）

…といひけるよりぞ、世にあはぬことをば、「あな、たへがた」とはいひはじめ**ける**。（五〇・②）

それを見たまひて、「あな、かひなのわざや」とのたまひ**ける**よりぞ、（五五・①）

…とのたまひけるよりぞ、思ふに違《たが》ふことをば、「かひなし」といひ**ける**。（五五・①）

＊Ｐ69「けり」の「伝聞などによる過去」連体形（一九・⑫）を参照。

それよりなむ、すこしうれしきことをば、「かひあり」とはいひ**ける**。（五六・⑦）

＊Ｐ69「けり」の「伝聞などによる過去」連体形（一九・⑫）を参照。

帝、聞《きこ》しめして、「多くの人殺して**ける**心ぞかし」とのたまひて、止みにけれど、（五八・⑩）

＊「ける」は「過去からの継続」「気づき」の意とも解し得るので、本書はいずれにも用例を示した。「伝聞などによる過去」と解すれば、会話文の意は「多くの人々を殺してしまったと聞いている心だよ」ということになる。〔↓P58・63「けり」の「過去からの継続」および「気づき」連体形（五八・⑩）参照。〕

それをなむ、昔の契りあり**ける**によりてなむ、この世界にはまうで来たりける。（六五・⑭）

それをなむ、昔の契りありけるによりてなむ、この世界にはまうで来たり**ける**。（六五・⑭）

＊一文中に係助詞「なむ」が二つあることについて、いくつかの見解がある。

松尾『評註』は〈係の助詞の「なむ」が一つの文に重複して用いられるのは、例が全くないわけではないが、それも少くとも確かな例とは言いがたく、やはり疑わしいというべきだろう〉と述べている。堀内『新大系』は底本の天正本（天理図書館蔵）が「それをなん」の「なん」を見せ消ちにしているのに従って本文を「それを、……」とした上で、〈諸本「なん」のあるもの多く、一文に助詞「なん」が二つあるのは、口頭語の未整理なさまを写したと見ることも可能〉と保留し、室伏『創英』も〈一文に「なむ」を重ねて用いるのは異例で、諸本に異同もあるが、このままの形を認めれば会話文特有の語法か〉とする。野口『集成』は〈一つの文に、係助詞「なむ」が重ねて用いられるのは異例。特に激した感情を表現するものか〉と推測している。

一方、三谷『評解』は係助詞の重複使用を認めない見地に立ち、〈「なむ」は下にも「ありけるによりてなむ」と「なむ」があり、結びの「来りける」に対して、二つ重っているように考えられるが「それをなむ」は下まで係るとは考えない。「それをなむ」で一応切れた形である。言いかけて、そのまま、さした形で、それら全体で一つの接続詞、つまり「それがねえ」のような気持で使われたもの。「を」は逆態的な詠嘆を表わす間投助詞〉と説明した。なお、この三谷『評解』の説明に対しては松尾『評註』が〈用例のうらづけがない限りは、にわかに従うわけにはゆくまい〉と疑義を呈している。

いささかなる功徳を、翁つくり**ける**によりて、汝が助けにとて、かた時のほどとてくだししを、（七二・①）

士《つはもの》どもあまた具して山へのぼり**ける**よりなむ、その山を「ふじの山」とは名づけける。（七七・⑦）

＊「山へのぼりけるより」について松尾『評註』が〈「上りける時より」の意と解く方が穏当かと思うが、「上りける事より」の意とする通説に従っておく〉と述べているように、格助詞「より」は原因・理由を示すと解するものが多い。例えば、武田『新解』の訳「山に登つたから」、中河『角川文庫』・三谷『評解』・岡『評釈』の訳「山へ登ったことからして」、室伏『創英』・雨海『対訳』・片桐『新全集』・上坂『全評釈』の訳「登ったことから」、大井田『対照』の訳「山に登ったことにちなんで」などである。

ただし、野口『集成』は「上りける時より」と解している。

士どもあまた具して山へのぼりけるよりなむ、その山を「ふじの山」とは名づけ**ける**。（七七・⑦）

けれ（已然形）

今は、帰るべきになりに**けれ**ば、この月の十五日に、かの元《もと》の国より、迎へに人々まうで来《こ》むず。（六五・⑮）

長き契りのなかり**けれ**ば、ほどなくまかりぬべきなめりと思ひ、悲しくはべるなり。（七〇・①）

かぐや姫は罪をつくりたまへり**けれ**ば、かく賤しきおのれがもとに、しばしおはしつるなり。

（七二・⑥）

5　完了の助動詞

つ

完了〈訳語例〉〜タ。〜テシマッタ。〜テシマウ。（ツイ先ホドマデ）〜テキタ。

＊「つ」の表す「完了」の中には、これまで続いてきた状態や、継続または反復してきた事柄が直近の時点で終わったことを言い表し、「（ツイ先ホドマデ）〜テキタ」などと訳すことのできる「継続終了」の用法があり、『竹取物語』にもその用法の用例が複数見られる。高校古典文法書ではほとんど触れられていないのであるが、作品読解上重要なので＊印の注記を加えた。

て（連用形）

この枝を折り**て**しかば、さらに心もとなくて、（三三・⑥）

禄得し甲斐もなく、みな取り捨てさせたまひ**て**ければ、（工匠《たくみ》らハ）逃げうせにけり。（三六・⑪）

帝、聞《きこ》しめして、「多くの人殺し**て**ける心ぞかし」とのたまひて、止みにけれど、（五八・⑩）

あまたの人の心ざしおろかならざりしを、(私かぐや姫ハ) むなしくなし**て**しこそあれ。(六〇・②)

＊「むなしくなしてしこそあれ」の「てし」の解し方には、(1)接続助詞「て」+強意の副助詞「し」、(2)完了の助動詞「つ」の連用形+過去の助動詞「き」の連体形、の二説がある。〔↓P54「き」の連体形(六〇・②)に詳述。〕

つ（終止形）

名を御室戸斎部《みむろどいむべ》の秋田をよびて、つけさす。秋田、なよ竹のかぐや姫と、つけ**つ**。(一九・④)

(翁ハ)「よきことなり」と受け**つ**。(二三・⑧)

(くらもちの皇子《みこ》ハ)玉の枝《えだ》を作りたまふ。かぐや姫ののたまふやうに違《たが》はず作りいで**つ**。(二八・⑪)

玉の枝《えだ》も返し**つ**。(三六・②)

汝ら、君《きみ》の使《つかひ》と名を流し**つ**。(四三・⑪)

＊松尾『評註』は「名を流しつ」を「その名を世の中にひろくつたえてしまっている」と訳しつつ、語釈で〈「流しつ」は「流してしまう」で「時」とはいちおう無関係なことばであるが、現実として「時」があるのだから、「ている」を加えて口訳した〉と解説している。この歯切れの悪さは、「ている」が「結果の存続」を表す「たり」の訳語であることにためらいを感じた面もあろうと思われる。三谷『評解』や岡『評釈』が口語訳では「名を知られている」と訳しつつ、語釈で「(世間に)名を知られた」と説明しているのもやはり同じ理由からと考えられ、「高名を天下に知られてゐる」(中河『角川文庫』)、「世間に知られている」(片桐『新全集』・室伏『創英』)、「世間に知れわたっている」(雨海『対訳』)なども含めて、いずれもが「つ」

の意を「完了」と解しているものと思われる。

ただし、上坂『学術文庫』が〈評判が伝わっている。世間に名を知られている、というより、以前から今日までに知られている、というのが本来の意味。「つ」は完了助動詞の強意用法とみてよい〉としているので、本書は「完了」「強意」の両方に用例を示した。

なお、「名を流す」については、松尾『評註』が〈名を流すは「名前をつたえる」ということであるが、上代以来の用例は、ほとんど「後世につたえる」意味であって、「地域的にひろくつたえる」意味であることは稀である。ここはその稀な用例の一つか〉と解説を加えている。

家にすこし残りたりける物どもは、龍《たつ》の玉を取らぬ者どもに賜び**つ**。（四九・⑤）

（石上《いそのかみ》の中納言ハ）御衣《みぞ》ぬぎて（くらつまろニ）かづけたまう**つ**。（五三・④）

＊「たまうつ」は「たまひつ」のウ音便。

（石上の中納言ハ）「さらに、夜《よ》さり、この寮《つかさ》にまうで来《こ》」とのたまうて、つかはし**つ**。（五三・⑥）

（帝ハ、私かぐや姫の対応ヲ）心得ず思しめされ**つ**らめども。（七五・③）

＊「…ども」の下に読点を打つ注釈書が多い。句点としたのは片桐『新全集』による。片桐『新全集』は頭注で〈ここで切って余情表現と解したが、あとにそのまま続ける説もある〉と説明している。

「つ＋らめ」は、(1)「完了＋（単純な）推量」、(2)「強意＋現在推量」の二通りに解される。(1)と解すれば、「さぞかし合点がゆかないと思召されたでしょうけれども」（三谷『評解』）、「納得できないとお思いあそばされたでしょうけれども」（室伏『創英』）などと訳すことができ、(2)ならば、「さぞ、ご納得の行かぬこととお思いでしょうが」（雨海『対訳』）などと訳される。なお、松尾『評註』の訳「さぞ合点がゆかないとお思いあそばしてしまっているでございましょうけれど」は「完了＋現在推量」とも読める。

⑴の解し方が多いようだが、本書は「完了」「強意」の両方に用例を示した。

つる（連体形）

難波より、昨日なむ都にまうで来《き》**つる**。（三三・⑧）

「…さらに、潮に濡れたる衣《きぬ》だに脱ぎかへなでなむ、こちまうで来**つる**」（三三・⑨）

「ここらの日ごろ思ひわびはべり**つる**心は、今日なむ落ちゐぬる」（三三・⑬）

＊用例は、蓬萊の玉の枝を持参したくらもちの皇子をねぎらう竹取の翁に対し、これまでの苦労も翁の言葉で報われたと、感謝と喜びを伝えようとした皇子の会話文で、むろん偽りの語りである。

「つる」は継続終了を表し、「自分は長い間苦しい思いをし続けてきたが、いま翁のねぎらいの言葉を聞いてそれが消え、すっかり落ち着いた」と述べている。

かぐや姫、暮るるままに思ひわび**つる**心地、笑ひさかえて、翁を呼びとりていふやう、（三五・⑤）

＊「つる」は継続終了を表す。かぐや姫は、くらもちの皇子が持参した蓬萊の玉の枝の真贋を見極めることができず、竹取の翁が早くも閨の準備を始める中、時間の経過とともに状況的にも心理的にも次第に追いつめられてきていた。その苦しい心理状態の継続が、玉の枝の贋物を作った工匠たちの登場で終了したことを「つ」で表現している。

あり**つる**歌の返し、（三五・⑫）

＊「ありつる」で一語の連体詞と解することもできる。

たけとりの翁、さばかり語らひつるが、さすがにおぼえて眠《ねぶ》りをり。（三六・③）

＊「語らふ」はもと動詞「語る」の未然形「語ら」に継続の意を表す上代の助動詞「ふ」が付いたもので、「話し続ける」が原義である。その動作の継続の終了を「つる」で表している。

工匠《たくみ》らいみじくよろこびて、「思ひつるやうにもあるかな」といひて、帰る。（三六・⑧）

「…（大伴の大納言ガ）玉の取り難かりしことを知りたまへればなむ、勘当《かんだう》あらじとて参りつる」（四八・⑫）

「…（かぐや姫ヲ）よく見て参るべきよし、（帝ガ）のたまはせつるになむ、参りつる」（五七・④）

「…（かぐや姫ヲ）よく見て参るべきよし、（帝ガ）のたまはせつるになむ、参りつる」（五七・⑤）

（かぐや姫ヲ）かならず見たてまつりて参れと、仰せごとありつるものを。（五八・②）

（かぐや姫ヲ）かく見せつるみやつこまろを、（帝ハ）よろこびたまふ。（六二・⑤）

（親どもガ）かならず心惑《まと》はしたまはむものぞと思ひて、今まで過ごしはべりつるなり。（六五・⑪）

＊「つる」はこれまで黙って過ごし続けてきたことの継続終了を表す。

心ばへなどあてやかにうつくしかりつることを見慣《な》らひて、（六七・①）

＊用例は、かぐや姫が月に帰らなければならないことを知った使用人たちが、慣れ親しんだかぐや姫の「心ばへ」の高貴でかわいらしかったことを惜しみ歎くことを述べた箇所である。

「つる」は継続終了を表すが、かぐや姫の「あてやかにうつくし」というありさま自体が終了したわけではない。かぐや姫の月への帰還（の予定）により、長年見慣れてきたかぐや姫の「あてやかにうつくし」というありさまが眼前から消失し、記憶の中のものになってしまうことを、もはやなってしまったという形で言い表している。

御使《おほんつかひ》帰り参りて、翁の有様申して、奏し**つる**ことども申すを、聞《きこ》しめして、（六八・①）

いますかり**つる**心ざしどもを、思ひも知らで、まかりなむずることの口惜しうはべりけり。（六九・⑭）

＊「いますかりつる」は「ありつる」の尊敬表現である。

「ありつる」はふつう「さっきの」などと訳され、最前など近い過去の事柄を指して言うことが多いが、ここでは「つる」が継続終了を表しており、「いますかりつる心ざし」で「これまでの（翁たちが注いでくれてきていた）ご愛情」の意。ずっと続いてきたありがたい恩愛の日々はすでに過ぎ去ってしまった、というかぐや姫の断念や無念を反映した表現といえる。

猛《たけ》く思ひ**つる**みやつこまろも、物に酔ひたる心地して、うつぶしに伏せり。（七一・⑪）

＊「つる」は継続終了を表す。「猛く思ひつる」を、野口『集成』は「たけりたっていた」と訳し、片桐『新全集』は「いままでは猛々しく思っていた」と訳すなど、それぞれ継続終了のニュアンスを生かして訳している。

かぐや姫は罪をつくりたまへりければ、かく賤しきおのれがもとに、しばしおはし**つる**なり。（七二・⑦）

＊「つる」は継続終了を表す。天人の認識においては、かぐや姫が人間世界で過ごしてきた時間はこの時点ですでに終わったものとされていることがわかる。

衣着《きぬ》せ**つる**人は、心異《こと》になるなりといふ。（七四・⑩）

ふと天《あま》の羽衣《はごろも》うち着せたてまつりつれば、翁を、いとほし、かなしと思し**つる**ことも失せぬ。（七五・⑫）

＊「つる」は継続終了を表す。室伏『創英』の訳「…翁を気の毒だ、切なくいとしいとお思いになっていたことも…」や、大井田『対照』の訳「…翁を、気の毒だ、いとしいとお思いだった姫の感情も…」などが継続終了のニュアンスを表現しようとしている。

この衣着《きぬ》**つる**人は、物思ひなくなりにければ、車に乗りて、百人ばかり天人具して、のぼりぬ。（七五・⑫）

つれ（已然形）

「まこと蓬萊の木かとこそ思ひ**つれ**。かくあさましきそらごとにてありければ、はや返したまへ」（三五・⑥）

＊「つれ」は継続終了を表し、玉の枝が持ち込まれた時からずっと本物だと思ってきたが、今はもう思っていないということを述べている。

翁答《こた》ふ、「さだかに作らせたる物と聞き**つれ**ば、返さむこと、いとやすし」と、うなづきをり。（三五・⑧）

まことかと 聞きて見**つれ**ば 言の葉を かざれる玉の 枝《え》にぞありける（三五・⑮）

（帝ハ、かぐや姫ヲ）初めよく御覧じ**つれ**ば、類《たぐひ》なくめでたくおぼえさせたまひて、（六一・④）

今年ばかりの暇《いとま》を申し**つれ**ど、さらにゆるされぬによりてなむ、かく思ひ嘆きはべる。（七〇・④）

（帝への文・壺の薬ヲ）中将に、天人とりて伝ふ。中将とり**つれ**ば、（七五・⑩）

ふと天《あま》の羽衣《はごろも》うち着せたてまつり**つれ**ば、翁を、いとほし、かなしと思しつることも失せぬ。（七五・⑪）

てよ（命令形）

＊命令形「てよ」は「強意」の命令形にまとめて示した。

強意〈訳語例〉キット〜。〜テシマウ。

て（未然形）

翁、かぐや姫にいふやう、「…翁の申さむこと、聞きたまひ**て**むや」といへば、（二一・⑭）

わが弓の力は、龍《たつ》あらば、ふと射殺して、頸《くび》の玉は取り**て**む。（四五・⑬）

「…御狩《かり》の御幸《みゆき》したまはむやうにて、（かぐや姫ヲ）見**て**むや」（六〇・⑬）

つ（終止形）

いたづらに 身はなし**つ**とも 玉の枝《え》を 手折《たを》らでさらに 帰らざらまし（二九・⑪）

＊武田『新解』は〈ツは完了の助動詞で、意を強くするに使ふ〉と説明し、上坂『全評釈』も〈「つ」は完了。

てしまう・てしまった。強意の用法〉と説明しており、「たとえ我が身は空しく死なせてしまおうとも、…」（松尾『評註』）などと訳される。

汝ら、君《きみ》の使《つかひ》と名を流し**つ**。（四三・⑪）

＊「つ」の意は「完了」「強意」のいずれにも解されているので、本書は両方に用例を示した。「強意」ならば「名を流しつ」は「名を流す」（名を知らせ誇る）を強調した表現。〔↓P76「つ」の「完了」終止形（四三・⑪）に詳述。〕

（帝ハ、私かぐや姫の対応ヲ）心得ず思しめされ**つ**らめども。（七五・③）

＊「つ＋らめ」は「強意＋現在推量」とも、「完了＋（単純な）推量」とも説明できるので、本書は「完了」「強意」の両方に用例を示した。〔↓P77「つ」の「完了」終止形（七五・③）に詳述。〕

てよ（命令形）

（石上《いそのかみ》の中納言ガ）「我、物にぎりたり。今はおろし**てよ**。翁、し得たり」とのたまへば、（五四・①）

（かぐや姫ハ）「国王の仰せごとをそむかば、はや、殺したまひ**てよ**かし」といふ。（五八・⑦）

ぬ

完了　〈訳語例〉〜タ。〜テシマッタ。〜テシマウ。

な（未然形）

深き心も知らで、あだ心つき**な**ば、後《のち》くやしきこともあるべきを、と思ふばかりなり。（二二・⑬）

「…さらに、潮に濡れたる衣《きぬ》だに脱ぎかへ**な**でなむ、こちまうで来《き》つる」（三三・⑨）

＊「な」の意は「強意」「完了」の二通りに解されているので、本書は両方に用例を示した。〔↓P94「ぬ」の「強意」未然形（三三・⑨）に詳述。〕

世にある物ならば、この国にも持てまうで来《き》**な**まし。（三八・③）

＊この用例の場合、⑴火鼠の皮衣が、すでにこの国（＝唐土）にも「渡来していただろうに」と解すれば、「な」は「完了」の意となり、⑵火鼠の皮衣が、これから唐土にもきっと「渡来するだろうに」と解すれば、「な」は「強意」の意となる。

⑴と解するものとして、武田『新解』の説明〈ナは完了の助動詞で、来たらうにの意を現す〉や、中河『角川文庫』の訳「持つて来たことでせうが」、岡『評釈』の訳「きっと持って参っていましょうに」、雨海『対訳』の訳「きっと持って参っていることでしょうに」などがある。

一方、⑵と解するものとして、雨海『対訳』の脚注〈きっと持って来るでしょうに。あらゆる万物が唐の国に集って来ていたことを誇示している。「な」は完了の助動詞「ぬ」の未然形で強意〉や、松尾『評註』の訳「きっと持って参上して来ましょうのに」、片桐『新全集』の訳「持って参るでしょう」のほか、室伏『創英』、堀内『新大系』、大井田『対照』の訳などがある。

なお、三谷『評解』は〈「な」は完了の助動詞「ぬ」の未然形で、ここは強意も加っている〉と説明している。本書は「完了」「強意」の両方に用例を示した。

もし、天竺に、たまさかに持て渡りなば、もし長者のあたりにとぶらひ求めむに。（三八・④）

＊(1)火鼠の皮衣が、すでに天竺に「渡来していてあるならば」と解すれば、「な」は「完了」の意となり、(2)火鼠の皮衣が、今後天竺に「渡来することがあるならば」と解すれば、「な」は「強意」の意となる可能性がある。

(1)と解するのは、中河『角川文庫』、岡『評釈』、三谷『評解』、松尾『評註』、阪倉『岩波文庫』、野口『集成』、室伏『創英』、大井田『対照』など、多数。一方、(2)と解するものには、武田『新解』、上坂『全評釈』などがある。

本書は「完了」「強意」の両方に用例を示した。

龍《たつ》を捕《とら》へたらましかば、また、こともなく我は害せられなまし。（四九・①）

＊「な」の意は「完了」「強意」のいずれにも解し得るので、本書は両方に用例を示した。

「…あひ戦はむとすとも、かの国の人来《き》なば、猛《たけ》き心つかふ人も、よもあらじ」（六九・⑦）

＊「な」の意は「完了」「強意」の二通りに解されているようである。

「強意」と明記している注釈書は見当たらないが、直前の一文「かく鎖し籠めてありとも、かの国の人来ば、みなあきなむとす」の「来ば」とこの用例の「来なば」を同一表現で口語訳しているものに、三谷『評解』の「やって来たら」、大井田『対照』の「来たら」があり、これらは「な」の意を「強意」と解しているものと考えられる。

一方、「完了」と明記しているものとして片桐『新全集』があり、〈「来なば」の「な」は完了の助動詞「ぬ」の未然形、「ば」がついて仮定〉と説明している。ただし、直前の一文の「来ば」の訳が「来たなら」、この用例の「来なば」の訳が「来たらば」で、訳し分けられているようには見えない。両者の訳し分けをしているものとして松尾『評註』があり、「来ば」=「来るなら」、「来なば」=「来てしまえば」で、「な」を「完了」の意と解しているように見える。

本書は両方に用例を示した。

に（連用形）

翁、竹を取ること、久しくなりぬ。勢《いきほひ》、猛《まう》の者になりに**に**けり。（一九・②）

おろかなる人は、「用なき歩《あり》きは、よしなかりけり」とて来《こ》ずなり**に**けり。（二〇・⑥）

「船に乗りて帰り来《き》**に**けり」（二八・⑬）

船に乗りて、追風《おひかぜ》吹きて、四百余日になむ、まうで来《き》**に**し。（三三・⑦）

（工匠《たくみ》らハ）逃げうせ**に**けり。（三六・⑫）

されば、（阿倍の右大臣ハ）帰りいまし**に**けり。（四二・②）

皮は、火にくべて焼きたりしかば、めらめらと焼けに**に**しかば、（四二・⑥）
（龍《たつ》ヲ）よく捕らへずなり**に**けり。（四九・②）
（石上《いそのかみ》の中納言ノ）御腰は折れ**に**けり。（五五・③）
（石上の中納言ハ）それを病《やまひ》にて、いと弱くなりたまひ**に**けり。（五五・⑤）
貝をえ取らずなり**に**けるよりも、人の聞き笑はむことを日にそへて思ひたまひければ、（五五・⑦）
帝、聞《きこ》しめして、「多くの人殺してける心ぞかし」とのたまひて、止み**に**けれど、（五八・⑩）
（かぐや姫ノ）顔かたちよしと聞《きこ》しめして、御使《おほんつかひ》賜びしかど、かひなく、見えずなり**に**けり。（五八・⑬）
今は、（月の都へ）帰るべきになり**に**ければ、（六五・⑮）
（翁ハ）このことを嘆くに、鬚も白く、腰もかがまり、目もただれ**に**けり。（六七・⑦）
翁、今年は五十ばかりなりけれども、物思ひには、かた時になむ、老いになり**に**けると見ゆ。（六七・⑨）
そこらの年ごろ、そこらの黄金《こがね》賜ひて、身を変へたるがごとなり**に**たり。（七二・⑤）
心強くうけたまはらずなり**に**しこと、なめげなるものに思しめしとどめられぬるなむ、（七五・④）
この衣《きぬ》着つる人は、物思ひなくなり**に**ければ、車に乗りて、（七五・⑫）

ぬ（終止形）
「我《われ》朝ごと夕ごとに見る竹の中におはするにて知り**ぬ**。子になりたまふべき人なめり」（一七・⑨）

手にうち入れて、家へ持ちて来《き》ぬ。（一七・⑩）

竹取るに、節《ふし》をへだてて、よごとに、黄金《こがね》ある竹を見つくることかさなりぬ。（一八・⑤）

翁、心地悪《あ》しく苦しき時も、この子を見れば苦しきこともやみぬ。（一八・⑮）

＊「やみぬ」の訳し方は二通りにまとめることができる。一つは、「なくなってしまう」（松尾『評註』・室伏『創英』・片桐『新全集』）であり、もう一つは、「止んだ」（武田『新解』）、「忘れた」（上坂『学術文庫』）、「なくなった」（雨海『対訳』）である。ただし、いずれも「ぬ」の意は「完了」（変化の実現）と解しているものと考えられる。

翁、竹を取ること、久しくなりぬ。（一九・②）

翁、年七十に余りぬ。今日とも明日《あす》とも知らず。（二二・④）

日暮るるほど、例の集りぬ。（二三・⑨）

倦《う》んじて、皆帰りぬ。（二五・⑤）

かぐや姫、返しもせずなりぬ。（二六・⑮）

（かぐや姫ガ）耳にも聞き入れざりければ、（石作《いしつくり》の皇子《みこ》ハ）いひかかづらひて帰りぬ。（二七・①）

（くらもちの皇子《みこ》ハ）人もあまた率《ゐ》ておはしまさず。近う仕うまつるかぎりしていでたまひぬ。（二七・⑪）

御送りの人々、見たてまつり送りて帰りぬ。（二七・⑫）

（くらもちの皇子ハ）「おはしましぬ」と人には見えたまひて、（二七・⑬）

（くらもちの皇子ハ）三日ばかりありて、漕ぎ帰りたまひ**ぬ**。（二八・①）

（くらもちの皇子ハ）いとかしこくたばかりて、難波にみそかに持ていで**ぬ**。（二八・⑫）

この皇子《みこ》、「今さへ、なにかといふべからず」といふままに、縁《えん》に這ひのぼりたまひ**ぬ**。（三〇・⑧）

「…（女ハ）『我が名はうかんるり』といひて、ふと、山の中に入り**ぬ**」（三二・⑫）

日の暮れぬれば、（くらもちの皇子ハ）すべりいでたまひ**ぬ**。（三六・⑤）

（くらもちの皇子ハ）ただ一所《ひとところ》、深き山へ入りたまひ**ぬ**。（三七・①）

（くらもちの皇子ハ）御死《おほんし》にもやしたまひけむ、え見つけたてまつらずなり**ぬ**。（三七・③）

かぎりなき 思ひに焼け**ぬ** 皮衣《かはごろも》 袂《たもと》かわきて 今日こそは着め （四〇・②）

＊例えば片桐『新全集』が〈「焼けぬ」の「ぬ」は打消の助動詞「ず」の連体形で、「皮衣」に続く〉と説明しているのと同様に、武田『新解』、阪倉『旧大系』、岡『評釈』、室伏『創英』、堀内『新大系』、大井田『対照』など、多くが「ぬ」は打消「ず」の連体形とのみ説明し、訳してもいる。

これに対し、三谷『評解』は〈「ぬ」は、「限りもなく姫を思う。その恋の情火に焦れた」と、上を受ければ完了の助動詞「ぬ」の終止形であり、下には、その「思ひ」の「ひ(火)に焼けない」と続いた打消の助動詞「ず」の連体形となって、「裘」の連体修飾語になる。「焼けぬ」が懸詞なのである〉としており、雨海『対訳』も〈「ぬ」は完了の助動詞終止形と打消の助動詞連体形との掛詞〉としている。本書は、打消の助動詞と完了の助動詞の両方に用例を示した。

なお、一つの「ぬ」に「打消」「完了」の両義をかけた他作品の例として次のようなものがある。

・あられ降る　交野のみのの　かりごろも　濡れ**ぬ**宿貸す　人もなければ〔あられが降る交野のお狩場では蓑を借りることもできず狩衣がすっかり濡れてしまった。雨に濡れることのない雨宿りの場所を貸してくれる人もいないので。〕（古本説話集・上二六）

火の中にうちくべて焼かせたまふに、めらめらと焼け**ぬ**。（四一・⑩）

各々、仰せうけたまはりてまかり**ぬ**。（四四・⑤）

船に乗りて、海ごとに歩《あり》きたまふに、いと遠くて、筑紫の方《かた》の海に漕ぎいでたまひ**ぬ**。（四五・⑮）

（寿詞《よごと》ヲ）千度《ちたび》ばかり申したまふ験《げん》にやあらむ、やうやう雷《かみ》鳴りやみ**ぬ**。（四七・⑦）

汝ら、よく持て来《こ》ずなり**ぬ**。（四八・⑭）

「（燕《つばくらめ》の子安貝ハ）人だに見れば、失《う》せ**ぬ**」と申す。（五〇・⑪）

人みな帰りまうで来《き》**ぬ**。（五二・⑧）

（石上《いそのかみ》の中納言ハ）絶え入りたまひ**ぬ**。（五六・④）

（嫗ハ）「さらば、かく申しはべらむ」といひて、（奥へ）入り**ぬ**。（五七・⑥）

このかぐや姫、きと影になり**ぬ**。（六一・⑫）

かぐや姫、元《もと》のかたちになり**ぬ**。（六二・③）

さりとて、夜《よ》を明かしたまふべきにあらねば、（帝ハ）帰らせたまひ**ぬ**。（六三・④）

かぐや姫をやしなひたてまつること二十余年になり**ぬ**。（七二・⑪）

＊「ぬ」の「完了」が継続中を表す場合がある。この用例では、かぐや姫の養育がこれまでの二十年間継続

してきて今に至り、それが今なお継続中であることを表している。直近の時点で継続が終了したことを表す「つ」の用法と対照的に区別して用いられる。

「かた時」とのたまふに、あやしくなりはべり**ぬ**。（七二・⑫）
立て籠めたる所の戸、すなはちただあきにあき**ぬ**。（七三・②）
格子どもも、人はなくしてあき**ぬ**。（七三・②）
嫗抱《いだ》きてゐたるかぐや姫、外《と》にいで**ぬ**。（七三・③）
（翁ガ）泣きて伏せれば、（かぐや姫ノ）御心惑《まと》ひ**ぬ**。（七三・⑩）
ふと天《あま》の羽衣《はごろも》うち着せたてまつりつれば、翁を、いとほし、かなしと思しつることも失《う》せ**ぬ**。（七五・⑫）
（かぐや姫ハ）車に乗りて、百人ばかり天人具して、のぼり**ぬ**。（七五・⑬）

ぬる（連体形）

皇子《みこ》聞きて、「ここらの日ごろ思ひわびはべりつる心は、今日なむ落ちゐ**ぬる**」とのたまひて、（三三・⑭）
「…女を得ずなり**ぬる**のみにあらず、天下《てんか》の人の、見思はむことのはづかしきこと」（三六・⑭）
（大伴の大納言ハ）手輿《たごし》作らせたまひて、によふによふ荷《にな》はれて、家に入りたまひ**ぬる**を、（四八・⑧）
むぐらはふ　下にも年は　経**ぬる**身の　なにかは玉の　うてなをも見む（六二・⑮）

＊「つ」の「完了」が継続終了を表す場合があるのに対し、「ぬ」の「完了」はこの用例のように継続中で

あることを表す場合がある。ここでは、葎の這うような賤しい家で私はこれまでずっと年月を過ごしてきて、今もなお過ごしている、ということを述べている。

さのみやはとて、うちいではべり**ぬる**ぞ。おのが身は、この国の人にもあらず。（六五・⑫）

＊「ぬる」の意を「強意」と解するものが多いが、「完了」と解する余地もありそうなので、本書は両方に用例を示した。〔↓P97「ぬ」の「強意」連体形（六五・⑫）に詳述。〕

かくこの国にはあまたの年を経**ぬる**になむありける。（六六・⑩）

（私ガ）この国に生れ**ぬる**とならば、（ご両親様ヲ）嘆かせたてまつらぬほどまで侍らん。（七三・⑫）

＊室伏『創英』は〈下の格助詞「と」は普通、終止形を承けるが、「ぬる」は連体形なので感動的な表現と解される〉と解説している。

宮仕へ仕うまつらずなり**ぬる**も、かくわづらはしき身にてはべれば。（七五・②）

なめげなるものに思しめしとどめられ**ぬる**なむ、心にとまりはべりぬる。（七五・⑤）

＊「ぬる」の意は「完了」「強意」の二通りに解されているようである。「思しめしとどめられぬるなむ」の武田『新解』の訳「み心にお留められましたのが」や、三谷『評解』の訳「思し召されてしまったことが」、野口『集成』の訳「ご記憶におとどめ遊ばされてしまったことが」のほか、松尾『評註』や室伏『創英』の訳が「ぬる」を「完了」の意と解している。雨海『対訳』の訳「お心にとどめあそばされていることが」や、片桐『新全集』の訳「お心におとどめなさっていることが」のように、完了「ぬる」の訳に「存続」の意の訳語「〜ている」を当てているのは一見特

異に見えるが、「ぬ」の表す「完了」は事柄の実現によって変化がもたらされ、変化した状態が現在から未来に向かって存続していく可能性を含みとして持っており、雨海・片桐の訳はそのニュアンスを踏まえたもので、これらも「ぬる」を「完了」の意と解しているといえる。

一方、阪倉『旧大系』の訳「（何時までも）お心にお留めになりましょうことが」や岡『評釈』の訳「いつまでも御心におとどめなされてしまわれることが」は「ぬる」を「強意」の意と解しているものと思われる。本書は両方に用例を示した。

なお、堀内『新大系』の訳「ご記憶に留められてしまうことが」は「完了」「強意」のいずれに解しているのかはっきりしない。

なめげなるものに思しめしとどめられぬるなむ、心にとまりはべり**ぬる**。（七五・⑤）

＊底本（古活字十行本）の本文は「…とまり侍ぬ」。用例の「ぬる」は、上の係助詞「なむ」の結びとして片桐『新全集』が連体形に改めたものである。

（頭中将ハ）かぐや姫を、え戦ひとめずなり**ぬる**こと、こまごまと奏す。（七六・⑦）

ぬれ（已然形）

よきほどなる人になり**ぬれ**ば、髪あげなどとかくして髪あげさせ、裳着《もき》す。（一八・⑩）

この子いと大きになり**ぬれ**ば、名を、御室戸斎部《みむろどいむべ》の秋田をよびて、つけさす。（一九・③）

日の暮れ**ぬれ**ば、（くらもちの皇子《みこ》ハ）すべりいでたまひぬ。（三六・⑤）

日暮れ**ぬれ**ば、かの寮《つかさ》におはして見たまふに、まことに燕《つばくらめ》巣つくれり。（五三・⑦）

月のほどになりぬれば、（かぐや姫ハ）なほ時々はうち嘆き、泣きなどす。（六五・③）

罪の限りはてぬれば、かく迎ふるを、翁は泣き嘆く。あたはぬことなり。（七二・⑦）

ね（命令形）

＊命令形「ね」は「強意」の命令形にまとめて示した。

強意〈訳語例〉キット〜。〜テシマウ。

な（未然形）

翁の在らむかぎりはかうてもいますかりなむかし。（二二・⑨）

「…さらに、潮に濡れたる衣《きぬ》だに脱ぎかへなでなむ、こちまうで来《き》つる」（三三・⑨）

＊「な」の意は「強意」「完了」の二通りに解されている。

武田『新解』は「脱ぎかへなでなむ」について〈脱ぎかへで、脱ぎ改めないでの意を強調してゐる〉と説明し、三谷『評解』も「な」の働きを〈強意〉と明示している。すなわち、くらもちの皇子がかぐや姫のもとへ急ぎ参ったことを印象付けようとして、衣さえも着替えていないことを強調したと解するわけである。上坂『全評釈』は〈「さらに」といい「だに」といい、「なで」といい、さらに「なむ」という係助詞まで使って、着物を脱ぎかえないということを二重三重に強調している皇子の自己宣伝に注意〉と詳しく説明している。

一方、岡『評釈』の〈潮にぬれた着物をさえも一向にぬぎかえてしまわないで〉という説明や、室伏『創英』

の訳「まったく脱ぎ替えてもしまわずに」などは、「な」の意を「完了」と解しているものと考えられる。本書は両方に用例を示した。

なお、松尾『評註』や野口『集成』は「なで」について〈用例は極めて稀〉とし、室伏『創英』も〈用例は稀少〉としている。近世以前の用例として少なくとも15例ほどは数えることができるが、次に挙げるように、他作品においては和歌以外での用例は今のところ見当たらない。

・みるめなき　わが身をうらと　知らねばや　離れなで海人の　足たゆく来る〔海松藻の生えていない浦だと知らないからか、漁夫が離れることなく、足がだるくなるまで通ってくる。それと同じように、逢い見ることをしない私を無情だと知らないからか、あなたは離れることなく、足がだるくなるほど度々来るのだなあ。〕（古今和歌集・六二三）

・真野の浦に　生ふる浜ゆふ　かさねなで　ひとへに君を　我ぞ思へる〔真野の浦に生える浜木綿の葉が重なるように妻を重ね持つことはせず、私はただ一途にあなたを思っている。〕（落窪物語）

世にある物ならば、この国にも持てまうで来《き》**な**まし。（三八・③）

＊「な」の意には「完了」「強意」の両説があり、本書は両方に用例を示した。〔↓P84「ぬ」の「完了」未然形（三八・③）に詳述。〕

もし、天竺に、たまさかに持て渡り**な**ば、もし長者のあたりにとぶらひ求めむに。（三八・④）

＊「な」の意には「完了」「強意」の両説があり、本書は両方に用例を示した。〔↓P85「ぬ」の「完了」未然形（三八・④）に詳述。〕

（阿倍の右大臣ハ）御身の化粧《けさう》いといたくして、やがて泊り**な**むものぞとおぼして、（三九・⑭）
龍《たつ》を捕《とら》へたらましかば、また、こともなく我は害せられ**な**まし。（四九・①）

＊「な」の意は「強意」「完了」のいずれとも解し得るので、本書は両方に用例を示した。

国王の仰せごとを、まさに世にすみたまはむ人の、うけたまはりたまはでありな**む**や。（五八・④）
さやうの宮仕へつかまつらじと思ふを、しひて仕うまつらせたまはば、消え失《う》せ**な**むず。（五九・⑪）
「…（かぐや姫ガ）心もとなくてはべらむに、ふと御幸《みゆき》して御覧ぜば、御覧ぜられ**な**む」（六〇・⑮）
「…元《もと》の御かたちとなりたまひね。それを見てだに帰り**な**む」（六二・②）
「…されど、おのが心ならずまかり**な**むとする」（六六・⑬）
（かぐや姫ト）立ち別れ**な**むことを、（六六・⑮）
かく鎖《さ》し籠《こ》めてありとも、かの国の人来《こ》ば、みなあき**な**むとす。（六九・⑦）
「…あひ戦はむとすとも、かの国の人来《き》**な**ば、猛《たけ》き心つかふ人も、よもあらじ」（六九・⑦）

＊「な」の意は「完了」「強意」の二通りに解されているようなので、本書は両方に用例を示した。〔↓P85

「ぬ」の「完了」未然形（六九・⑦）に詳述。〕

いますかりつる心ざしどもを、思ひも知らで、まかり**な**むずることの口惜しうはべりけり。（六九・⑮）
（親たちノ）御心《みこころ》をのみ惑《まと》はして去り**な**むことの悲しく堪へがたくはべるなり。（七〇・⑥）

ぬ（終止形）

これを、かぐや姫聞きて、我はこの皇子《みこ》に負け**ぬ**べしと、胸つぶれて思ひけり。（二九・③）
ある時は、浪荒れつつ海の底にも入り**ぬ**べく、（三一・⑧）
我が袂《たもと》今日かわければ わびしさの 千種《ちぐさ》の数も 忘られ**ぬ**べし（三四・①）
いづれの方《かた》とも知らず、船を海中《うみなか》にまかり入り**ぬ**べく吹き廻《まは》して、（四六・②）
＊「船を」も「海中にまかり入りぬべく」も、それぞれ連用修飾語として「吹き廻して」にかかる。
御船《みふね》海の底に入らずは、雷落《かみ》ちかかり**ぬ**べし。（四六・⑧）
もし、幸《さいはひ》に神の助けあらば、南海に吹かれおはし**ぬ**べし。（四六・⑨）
さらずまかり**ぬ**べければ、思し嘆かむが悲しきことを、この春より、思ひ嘆きはべるなり。（六六・①）
長き契りのなかりければ、ほどなくまかり**ぬ**べきなめりと思ひ、悲しくはべるなり。（七〇・①）
見捨てたてまつりてまかる、空よりも落ち**ぬ**べき心地する。（七四・①）

ぬる（連体形）

さのみやはとて、うちいではべり**ぬる**ぞ。おのが身は、この国の人にもあらず。（六五・⑫）
＊三谷『評解』は〈「ぬる」は完了の助動詞「ぬ」の連体形で、意味を強めている〉と説明して「打明けますのでございますよ」と訳している。他に、松尾『評註』が「口に出して（うちあけて）しまいますのですよ」と訳し、阪倉『旧大系』や室伏『創英』なども同じように訳しており、「ぬる」を「強意」の意と解するものが多い。
ただし、武田『新解』は「お話申しますのです」と訳しつつ、語釈では〈申し出たのです〉と「ぬる」を

「完了」の意と解しているように説明し、同様に、岡『評釈』も「すっかりお打ち明け申し上げますよ」と訳しつつ、文法の項では〈口に出したのでございます〉と説明している。また上坂『全評釈』も同様である。これらを踏まえ、本書は「強意」と「完了」の両方に用例を示した。

なお、片桐『新全集』は「打ち明けているのでございます」と訳しているが、これも「ぬる」を「完了」の意と解しての訳し方なのかもしれない。

過ぎ別れ**ぬる**こと、かへすがへす本意《ほい》なくこそおぼえはべれ。（七三・⑬）

なめげなるものに思しめしとどめられ**ぬる**なむ、心にとまりはべりぬる。（七五・⑤）

＊「ぬる」の意は「完了」「強意」の二通りに解されているようなので、本書は両方に用例を示した。〔↓P92「ぬ」の「完了」連体形（七五・⑤）に詳述。〕

ぬれ（已然形）

許さぬ迎へまうで来て、取り率《ゐ》てまかり**ぬれ**ば、口惜しく悲しきこと。（七五・①）

ね（命令形）

「…思ひさだめて、一人一人にあひたてまつりたまひ**ね**」（二一・⑪）

世の中に見えぬ皮衣《かはぎぬ》のさまなれば、これをと思ひたまひ**ね**。（四〇・⑪）

「…元《もと》の御かたちとなりたまひ**ね**。それを見てだに帰りなむ」（六一・①）

（参考）

※「ぬ」の命令形と紛らわしい「ね」

「…我を、いかにせよとて、捨ててはのぼりたまふぞ。具して率《ゐ》ておはせ**ね**」（七三・⑨）

＊用例は、昇天するかぐや姫に向けて、翁が発した嘆願の言葉である。

この「おはせね」の解し方には、⑴サ変活用「おはす」の未然形「おはせ」＋他への願望を示す上代の終助詞「ね」、⑵下二段活用「おはす」の連用形「おはせ」＋完了の助動詞「ぬ」の命令形「ね」の二説がある。

もともと⑵の解し方で説明していた松尾『評註』は、後に同書巻末に（訂正）という一文を新たに載せて、〈この物語における「おはす」の連用形は、一例をのぞきすべて「おはし」であり、その唯一の除外例と目した「おはせ」は「おはせしを」の形で用いられているのだったから、当然その一例はむしろサ変未然形の「おはせ」と見るべきであった〉と訂正し、〈こうすれば、全く例外なくこの物語における「おはす」はサ変活用となる〉とし、結論として〈従ってここの「おはせね」の「ね」はやはり誂えの終助詞の中古に用いられた稀な例と見るべきである〉と述べている。

丁寧かつ明快な説明であり、本書はこれに従った。なお、室伏『創英』が〈この「ね」は上代の語法で平安時代には例がないため、異例だが翁の会話に用いて古めかしさを強調した表現と見る〉と説明を加えている。

り

存続〈訳語例〉～テイル。～テアル。

ら（未然形）

ゆかしき物を見せたまへ**ら**むに、御心ざしまさりたりとて、仕うまつらむ（二三・⑥）

＊「ら」の意は「完了」と解するのが一般的だが、野口『集成』が「存続」と解する説明をしているので、本書はここにも用例を示した。〔↓P108「り」の「完了」未然形（二三・⑥）に詳述。〕

り（終止形）

（世界の男《をのこ》ハ）闇の夜《よ》にいでても、穴をくじり、垣間見、惑《まど》ひあへ**り**。（一九・⑫）

変化《へんぐゑ》の人といふとも、女の身持ちたまへ**り**。（二二・⑨）

（くらもちの皇子《みこ》ハ）いといたく苦しがりたるさましてゐたまへ**り**。（二八・⑭）

「くらもちの皇子は優曇華《うどんぐゑ》の花持ちて上《のぼ》りたまへ**り**」（二九・①）

＊「り」の意を「完了」と解して「…上京なさった」（片桐『新全集』）と訳すものが多いが、松尾『評註』が「…都へお上りになっている」と「存続」の意で訳しているので、本書は両方に用例を示した。

この皇子《みこ》に申したまひし蓬莱の玉の枝《えだ》を、一つの所あやまたず持ておはしませ**り**。（二九・⑮）

＊「り」の意を「完了」と解して「……持っていらっしゃった」（片桐『新全集』）と訳すものが多いが、松

尾『評註』が「…持っておいでになっています」と「存続」の意で訳しているので、本書は両方に用例を示した。

その山のそばひらをめぐれば、世の中になき花の木ども立て**り**。（三二・⑭）

金《こがね》、銀《しろかね》、瑠璃色の水、山より流れいでたり。それには、色々の玉の橋わたせ**り**。（三三・①）

そのあたりに照り輝《かかや》く木ども立て**り**。（三三・①）

皇子《みこ》は、我にもあらぬ気色《けしき》にて、肝《きも》消えゐたまへ**り**。（三四・⑪）

皇子は、立つもはした、ゐるもはしたにて、ゐたまへ**り**。（三六・⑤）

王けい、文をひろげて見て、返りごと書く。「火鼠の皮衣《かはぎぬ》、この国になき物なり。…」といへ**り**。（三八・⑦）

＊「り」の意を「存続」と解して、「いへり」を「書いてある」（松尾『評註』・室伏『創英』・雨海『対訳』・片桐『新全集』・大井田『対照』）とか、「述べてある」（三谷『評解』・岡『評釈』）とか訳すものが多い。ただし、武田『新解』が「云つた」と訳し、上坂『全評釈』が「言って来た」と訳しており、「り」の意を「完了」と解している可能性があるので、本書は両方に用例を示した。

この皮衣《かはぎぬ》入れたる箱を見れば、くさぐさのうるはしき瑠璃を色《いろ》へて作れ**り**。（三九・⑨）

その歌は、「かぎりなき 思ひに焼けぬ 皮衣《かはごろも》 袂《たもと》かわきて 今日こそは着め」といへ**り**。（四〇・④）

（阿倍の右大臣ハ、火鼠の皮衣《かはぎぬ》ヲ、かぐや姫ノ）家の門《かど》に持て到りて、立て**り**。（四〇・⑤）

（翁ハ、阿倍の右大臣ヲ）呼び据ゑたてまつれ**り**。（四〇・⑫）

＊「り」を「完了」の意と解して「お呼び申した」（武田『新解』）、「呼び入れて（席に）お着け申した」（三谷『評解』）、「招き入れ、お席をおすすめした」（片桐『新全集』）などと訳しているものが多いが、松尾『評註』が「呼び入れてすわらせ申上げている」と「り」を「存続」の意で訳しているので、本書は両方に用例を示した。

大臣、これを見たまひて、顔は草の葉の色にてゐたまへ**り**。（四一・⑫）

（男《をのこ》どもハ）「…いはんや、龍《たつ》の頸《くび》に玉はいかが取らむ」と申しあへ**り**。（四三・②）

（男どもハ）「かかるすき事《こと》をしたまふこと」とそしりあへ**り**。（四四・⑧）

大納言、南海の浜に吹き寄せられたるにやあらむと思ひて、息づき臥《ふ》したまへ**り**。（四七・⑭）

国の司《つかさ》まうでとぶらふにも、え起きあがりたまはで、船底《ふなぞこ》に臥《ふ》したまへ**り**。（四八・①）

（くらつまろガ）御前《おほんまへ》に参りたれば、中納言、額を合《あは》せて向かひたまへ**り**。（五一・⑭）

＊「り」を「完了」の意と解しているものが多いが、武田『新解』と松尾『評註』が「…向きあっておいでになる」と「存続」の意で訳しているので、本書はここにも用例を示した。（↓P110「り」の「完了」終止形（五一・⑭）に詳述。）

日暮れぬれば、（石上《いそのかみ》の中納言ハ）かの寮《つかさ》におはして見たまふに、まことに燕巣《つばくらめ》つくれ**り**。（五三・⑧）

人々あさましがりて、寄りて（石上の中納言ヲ）抱へたてまつれ**り**。（五四・⑤）

＊「り」の意を「完了」と解するものが多いが、松尾『評註』が「…お抱き申し上げている」と「存続」の意で訳しているので、本書はここにも用例を示した。（↓P110「り」の「完了」終止形（五四・⑤）に詳述。）

（人々ハ）寄りて抱へたてまつれ**り**。（石上の中納言ノ）御眼《おほんめ》は白眼《しらめ》にて臥《ふ》したまへ**り**。（五四・⑥）

（かぐや姫ハ）「いかで月を見ではあらむ」とて、なほ月いづれば、いでゐつつ嘆き思へ**り**。（六五・②）

ここには、かく久しく遊びきこえて、慣《な》らひたてまつれ**り**。（六六・⑫）

＊「り」の意を「存続」と解して「…お親しみ申しております」（野口『集成』）などと訳しているものが多い。ただし、「…慣れ親しみ申し上げました」（堀内『新大系』）や、「…慣れ親しませて頂きました」（大井田『対照』）などの訳が、「完了」と解している可能性もあるので、本書は両方に用例を示した。

心地ただ痴《し》れに痴れて、まもりあへ**り**。（七一・⑦）

猛《たけ》く思ひつるみやつこまろも、物に酔ひたる心地して、うつぶしに伏せ**り**。（七一・⑬）

＊「り」の意は「存続」「完了」の二通りに解されている。

「存続」に解しているのは、松尾『評註』の訳「…何かに酔っているような気持で、うつぶしに臥している」のほか、片桐『新全集』、室伏『創英』などである。

一方、明らかに「完了」と解していると考えられるものに、岡『評釈』の訳「…何かに酔ったような心地になって、（よろ〳〵と外へよろめき出て、そのまま）うつぶしに臥した」があり、三谷『評解』の訳「…何かに酔った気持がして、うつぶしに伏した」や、雨海『対訳』、大井田『対照』なども「完了」と解しているものと考えられる。本書は両方に用例を示した。

天人の中に、持たせたる箱あり。天《あま》の羽衣《はごろも》入れ**り**。（七四・③）

またあるは、不死の薬入れ**り**。（七四・④）

〈翁・嫗ハ〉薬も食はず。やがて起きもあがらで、病み臥《ふ》せり。〈七六・⑤〉

る〈連体形〉

銀《しろかね》を根とし、金《こがね》を茎とし、白き玉を実《み》として立て**る**木あり。〈二四・⑩〉

海の上にただよへ**る**山、いと大きにてあり。その山のさま、高くうるはし。〈三二・③〉

まことかと 聞きて見つれば 言の葉を かざれ**る**玉の 枝《え》にぞありける〈三六・①〉

＊「る」は「飾る」という行為の結果の存続を表しており、「見つれば」の対象は存続している結果（の有様）である。これを「…かざって〈ほんとうらしくみせかけて〉いる玉の枝」〈松尾『評註』〉のように「〜テイル」という訳語を用いて訳しているものもあるが、「…飾り立てた玉の枝」と訳しているものが多い。これは「水の入ったコップ」〈＝入っている〉と同じ言い回しである。

なお、野口『集成』が〈和歌では相手に関することでも敬語は用いないのが通例〉と解説を加えている。

〈文二〉「…もし、金《かね》賜はぬものならば、かの衣《ころも》の質《しち》、返したべ」といへ**る**ことを見て、〈三九・⑤〉

〈大伴の大納言ガ〉からうじて起きあがりたまへ**る**を見れば、風いと重き人にて、〈四八・③〉

＊「起き上がりたまへるを見れば」の訳し方には、⑴「〈元気を出して〉やっとお起きあがりなさっているのを見ると」〈松尾『評註』〉と、⑵「やっと起きあがり遊ばしたのを見ると」〈岡『評釈』〉の二通りがあり、⑵が多数である。⑴が「る」の意を「存続」と解しているのは明らかだが、⑵の場合の「る」の意味判別をどう見るかは判断が分かれよう。

起き上がった大納言がそのままの状態を保っている姿を人々が見た、ととらえたものとみれば、「る」

の意を「存続」と解しているものと考えることができる。しかし、用例の少し前の本文に「国の司まうでとぶらふにも、え起きあがりたまはで、船底に臥したまへり」とあって、起き上がれないほどの大納言の状態が描かれており、それとの対比において用例の「からうじて起きあがりたまへる」をとらえたとみれば、「る」の意を「完了」と解している可能性も排除できないだろう。

本書は両方に用例を示した。

（石上《いそのかみ》の中納言ガ）籠《こ》に乗りて、吊られのぼりてうかがひたまへ**る**に、燕《つばくらめ》尾をささげて、（五三・⑭）

＊「る」の意は「存続」「完了」の二通りに解されている。

「存続」と解しているのは、三谷『評解』の訳「…巣の中を覗いていらっしゃると」のほか、松尾『評註』、室伏『創英』、大井田『対照』などである。

一方、「完了」と解しているのは、武田『新解』の訳「…覗いて御覧になると」、片桐『新全集』の訳「…巣の中をのぞきなさると」のほか、岡『評釈』、雨海『対訳』、上坂『全評釈』などである。

本書は両方に用例を示した。

手をささげてさぐりたまふに、手に平《ひら》め**る**物さはる時に、（五三・⑮）

人々、水をすくひ入れたてまつる。（石上の中納言ハ）からうじて生き出でたまへ**る**に、（五四・⑦）

＊「生き出で」（生き返る）は「息出で」（息を吹き返す）と解する説もある。「る」の意を「完了」と解して「…やっと息を吹きかえされたので」（三谷『評解』）、「…やっとのことで生き返られたので」（片桐『新全集』）と訳しているものが多い。ただし、松尾『評註』が「…やっとのことで息をお吹き返しになってい

るので」と「る」を「存続」の意で訳しているので、本書は両方に用例を示した。

御手を広げたまへるに、燕《つばくらめ》のまり置け**る**古糞《ふるくそ》を握りたまへるなりけり。（五四・⑬）

御手を広げたまへるに、燕のまり置ける古糞を握りたまへ**る**なりけり。（五四・⑬）

（かぐや姫ハ、嫗ガ）うめ**る**子のやうにあれど、（五七・⑫）

＊「る」を「完了」の意で訳しているものが多いが、松尾『評註』が〈「むめる子」は「生んで今存在している子」の意で「る」が用いられたもの〉とし、野口『集成』も〈「る」は存続の意を示す助動詞「り」の連体形〉と説明して「産みの子」と訳しているので、本書は両方に用例を示した。

かぐや姫に語らふやう、「かくなむ帝の仰せたまへ**る**。なほやは仕うまつりたまはぬ」といへば、（五九・⑧）

＊「仰せたまへる」の訳し方には、(1)「おっしゃっていらっしゃる」（松尾『評註』）、「仰せられているのだよ」（野口『集成』・室伏『創英』）と、(2)「仰せになった」（岡『評釈』）、「おっしゃったのだ」（片桐『新全集』）の二通りがある。(1)ならば「る」の意は「存続」であり、(2)ならば「完了」ということになる。本書は両方に用例を示した。

かぐや姫の在る所にいたりて、見れば、なほ物思へ**る**気色《けしき》なり。（六四・⑫）

築地《ついぢ》の上に千人、屋《や》の上に千人、家の人々多かりけるにあはせて、あけ**る**隙《ひま》もなく守らす。（六八・⑨）

「…（親たちノ）老いおとろへたまへ**る**さまを見たてまつらざらむこそ恋しからめ」（七〇・⑨）

＊「老いおとろへたまへるさま」の主な訳し方に、「老い衰えていらっしゃる御様子」（松尾『評註』）と「老

い衰え遊ばした御姿」（三谷『評解』）の二通りがあるが、後者は「水の入った（＝入っている）コップ」と同じ言い回しで、いずれも「る」の意を「存続」と解したものと考えられる。

立て**る**人どもは、装束《さうぞく》のきよらなること物にも似ず。（七一・⑧）

たけとり心惑《まと》ひて泣き伏せ**る**所に寄りて、かぐや姫いふ、（七三・⑤）

れ（已然形）

我が袂《たもと》 今日かわけ**れ**ば わびしさの 千種《ちぐさ》の数も 忘られぬべし（三三・⑮）

＊「れ」は、「乾く」の結果が「存続」している意味を表している。口語訳を見ると、「〜テイル」という訳語を用いて訳している武田『新解』、松尾『評註』などと、「…乾いたから」（三谷『評解』）、「…すっかり乾きましたので」（片桐『新全集』）などと二通りがあるが、後者の三谷『評解』が〈「れ」は完了の助動詞「り」の已然形。これは状態の存続を示す〉と説明しているように、後者も「れ」の意は「存続」と解しているものと考えられる。

「…（龍の頸《くび》ノ）玉の取り難かりしことを知りたまへ**れ**ばなむ、勘当《かんだう》あらじとて参りつる」（四八・⑪）

＊「れ」の意は「存続」のほか、「完了」とも解されているようである。

三谷『評解』は〈今では御存じでいらっしゃるから。「れ」は完了の助動詞「り」の已然形で存在をあらわす〉と説明して「…今ではお知り遊ばすから」と訳し、松尾『評註』、野口『集成』、室伏『創英』も同じく「存続」の意で訳している。

一方、「…御承知遊ばされたんですから」（中河『角川文庫』）、「…御承知になつたので」（武田『新解』・

岡『評釈』）、「…ご承知なされたので」（雨海『対訳』）、「…お知りになったので」（片桐『新全集』）、「…ご承知になったでしょうから」（大井田『対照』）などの訳があり、これらに用いられた訳語「た」は「完了」の意を表しているように思われるものの、「存続」の意を表している可能性も排除できず、いずれの意なのかはっきりしない。本書では両方に用例を示した。

（翁ガ）泣きて伏せ**れ**ば、（かぐや姫ノ）御心惑《まと》ひぬ。（七三・⑨）

完了〈訳語例〉～タ。～テシマッタ。

ら（未然形）

ゆかしき物を見せたまへ**ら**むに、御心ざしまさりたりとて、仕うまつらむ（二三・⑥）

＊「ら」を「完了」の意と解して「…見せてくださったら、その方に…」（三谷『評解』）などと訳すものが多い。

ただし、野口『集成』が〈「り」は状態の存続を示すから、私のほしいものを目前に見せて、それが継続的であるようにして下さる（つまり「賜ふ」を婉曲にいう）ような人があったら、そのお方に、の意〉と説明しているので、本書は「存続」にも用例を示した。

屋《や》の上にをる人々にいはく、「つゆも、物、空に駆け**ら**ば、ふと射殺したまへ」。（六八・⑮）

り（連用形）

かぐや姫は罪をつくりたまへ**り**ければ、かく賤しきおのれがもとに、しばしおはしつるなり。

り（終止形）

くらもちの皇子《みこ》は優曇華《うどんぐゑ》の花持ちて上《のぼ》りたまへ**り**。（二九・①）

＊「り」の意を「完了」と解して「…上京なさった」（片桐『新全集』）などと訳しているものが多いが、松尾『評註』が「…都へお上りになっている」と「存続」の意で訳しているので、本書は両方に用例を示した。

この皇子《みこ》に申したまひし蓬萊の玉の枝《えだ》を、一つの所あやまたず持ておはしませ**り**。（二九・⑮）

＊「り」の意を「完了」と解して「……持っていらっしゃった」（片桐『新全集』）と訳しているものが多いが、松尾『評註』が「…持っておいでになっています」と「存続」の意で訳しているので、本書は両方に用例を示した。

王けい、文をひろげて見て、返りごと書く。「火鼠の皮衣《かはぎぬ》、この国になき物なり。…」といへ**り**。（三八・⑦）

＊「り」の意は「存続」「完了」の二通りに解されているようなので、本書は両方に用例を示した。〔↓P101「り」の「存続」終止形（三八・⑦）に詳述。〕

（翁ハ、阿倍の右大臣ヲ）呼び据ゑたてまつれ**り**。（四〇・⑫）

＊「り」を「完了」の意と解して「お呼び申した」（武田『新解』）、「呼び入れて（席に）お着け申した」（三谷『評解』）、「お席をおすすめした」（片桐『新全集』）などと訳すものが多いが、松尾『評註』が「呼び入れてすわらせ申上げている」と「存続」の意で訳しているので、本書は両方に用例を示した。

（七二・⑥）

（くらつまろガ）御前《おほんまへ》に参りたれば、中納言、額を合《あは》せて向かひたまへ**り**。（五一・⑭）

＊「り」の意を「完了」と解して「…対座なされた」（三谷『評解』）、「…対面なさった」（片桐『新全集』）などと訳すものが多いが、武田『新解』と松尾『評註』が「…向きあっておいでになる」と「存続」の意で訳しているので、本書は両方に用例を示した。

（石上《いそのかみ》の中納言ハ）やしまの鼎《かなへ》の上に、のけざまに落ちたまへ**り**。（五四・④）

人々あさましがりて、寄りて（石上の中納言ヲ）抱へてたてまつれ**り**。（五四・⑤）

＊「り」の意を「完了」と解して「…お抱き申した」（三谷『評解』）、「…抱きかかえ申し上げた」（室伏『創英』）などと訳すものが多いが、松尾『評註』が「…お抱き申し上げている」と「存続」の意で訳しているので、本書は両方に用例を示した。

ふさ子、（帝の仰せヲ）うけたまはりて、まかれ**り**。（五七・①）

たけとりの家に、（内侍《ないし》中臣《なかとみ》のふさ子ヲ）かしこまりて請《しやう》じ入れてあへ**り**。（五七・②）

ここには、かく久しく遊びきこえて、慣《な》らひたてまつれ**り**。（六六・⑫）

＊「り」の意を「存続」の意と解しているものが多いが、「完了」と解している可能性のあるものもあるので、本書はここにも用例を示した。〔↓P103「り」の「存続」終止形（六六・⑫）に詳述。〕

猛《たけ》く思ひつるみやつこまろも、物に酔ひたる心地して、うつぶしに伏せ**り**。（七一・⑬）

＊「り」の意は「存続」「完了」の二通りに解されているので、本書は両方に用例を示した。〔↓P103「り」の「存続」終止形（七一・⑬）に詳述。〕

る（連体形）

翁、聞きて、うち嘆きてよめる、（三三・⑩）

「大伴の大納言殿の人や、船に乗りて、龍殺《たつ》して、そが頸《くび》の玉取れるとや聞く」（四五・⑨）

＊「大伴の大納言殿の人や」の「や」は、係助詞とも間投助詞とも解することができる。

武田『新解』や三谷『評解』、岡『評釈』、野口『集成』などは、疑問の係助詞「や」～「取れる」を係り結びととっている。このうち、三谷『評解』は〈二つの係結の構造がある。「人や」の「や」は完了の助動詞「り」の連体形「とれる」と係結をなし、その下の「や」は四段活用の「聞く」の連体形の「聞く」と係結をなしている〉と説明し、野口は〈珠を取ったのが大納言家の人かどうか、の意〉と説明したうえで「…それの頸の珠を取ったか聞いているか」と訳している。武田『新解』の訳は「その首の玉を取つたとか聞いたか」、岡『評釈』の訳は「…その頸の珠を取ったか（どうか）、聞いているか」である。

さらに、松尾『評註』は「人や」の「や」を係助詞としたうえで、〈「や」は、この場合、大伴の大納言の「人」を疑った言い方とみるのがよかろうか。大伴の大納言の家来かもしれない男たちが〉と説明を加えている。

これらに対し、片桐『新全集』は「大伴の大納言邸の家来が、船に乗って、龍を殺して、その頸にある玉を取ったとは聞かないかね」と訳して疑問の語を加えておらず、大井田『対照』も疑問の語を加えずに「…その首の玉を取ったという話を聞いたか」と訳しおり、いずれも「や」を間投助詞と解している可能性がある。ただし、「や」を〈疑問の係助詞。結びは「取れる。」〉と説明する室伏『創英』も訳は「…それの頸の珠を取ったと聞いているか」と疑問の語を加えておらず、先の片桐『新全集』・大井田『対照』の解し方についても軽々には断じがたい。なお、間投助詞とした場合は、「取れる」の「る」は連体形止めということになる。

（大伴の大納言ガ）からうじて起きあがりたまへ**る**を見れば、風いと重き人にて、（四八・③）

＊「起き上がりたまへるを見れば」の訳し方に、⑴「（元気を出して）やっとお起きあがりなさっているのを見ると」（松尾『評註』）と、⑵「やっと起きあがり遊ばしたのを見ると」（岡『評釈』）の二通りがあり、「る」の意が「存続」「完了」の二通りに解されている可能性がある。本書は両方に用例を示した。〔↓P104「り」の「存続」連体形（四八・③）に詳述。〕

（石上《いそのかみ》の中納言ガ）籠《こ》に乗りて、吊られのぼりてうかがひたまへ**る**に、燕《つばくらめ》尾をささげて、（五三・⑭）

＊「る」の意は「存続」「完了」の二通りに解されており、本書は両方に用例を示した。〔↓P105「り」の「存続」連体形（五三・⑭）に詳述。〕

人々、水をすくひ入れたてまつる。（石上の中納言ハ）からうじて生き出でたまへ**る**に、（五四・⑦）

＊「生き出で」（生き返る）は「息出で」（息を吹き返す）と解する説もある。

「る」の意を「完了」と解して「…やっと息を吹きかえされたので」（三谷『評解』）、「…やっとのことで生き返られたので」（片桐『新全集』）と訳しているものが多い。

ただし、松尾『評註』が「やっとのことで息をお吹きかえしになっているので」と「る」を「存続」の意で訳しているので、本書は両方に用例を示した。

御手を広げたまへ**る**に、燕《つばくらめ》のまり置ける古糞《ふるくそ》を握りたまへるなりけり。（五四・⑬）

（かぐや姫ハ、嫗ガ）うめ**る**子のやうにあれど、（五七・⑫）

＊「る」を「完了」の意で訳しているものが多いが、「存続」の意とするものがあるので、本書は両方に用例を示した。〔↓P106「り」の「存続」連体形（五七・⑫）に詳述。〕

かぐや姫に語らふやう、「かくなむ帝の仰せたまへ**る**。なほやは仕うまつりたまはぬ」といへば、（五九・⑧）

＊「仰せたまへる」の訳し方には、⑴「おっしゃっていらっしゃる」（松尾『評註』）、「仰せられているのだよ」（野口『集成』・室伏『創英』）と、⑵「仰せになった」（岡『評釈』）、「おっしゃったのだ」（片桐『新全集』）の二通りがある。⑴ならば「る」の意は「存続」であり、⑵ならば「完了」ということになる。本書は両方に用例を示した。

れ（已然形）

「…（龍《たつ》の頸《くび》ノ）玉の取り難かりしことを知りたまへ**れ**ばなむ、勘当《かんだう》あらじとて参りつる」（四八・⑪）

＊「れ」は「存続」の意のほか、「完了」の意とも解されているようである。本書では両方に用例を示した。〔↓P107「り」の「存続」已然形（四八・⑪）に詳述。〕

たり

存続〈訳語例〉〜テイル。〜テアル。

たら（未然形）

「…それ（＝龍《たつ》の頸《くび》の玉）を取りて奉り**たら**む人には、願はむことをかなへむ」（四二・⑩）

＊「たら」はふつう「完了」の意と解されるが、松尾『評註』が「存続」の意と解しているので、本書はここにも用例を示した。〔↓P128「たり」の「完了」未然形（四二・⑩）に詳述。〕

などか、翁のおほしたて**たら**むものを、心にまかせざらむ。（五九・④）

＊岡『評釈』は〈「たり」は存在又は継続を示す完了の助動詞〉と説明し、松尾『評註』も「翁が育ててあげているであろうものを」と「たら」を「存続」の意で訳している。

一方、室伏『創英』は「翁の手で育て上げたであろうに」と訳し、片桐『新全集』も「翁が育ててあげたものであるのに」と訳している。その場合もやはり「たら」を「存続」（結果の存続）の意と解していると考えられるものの、「完了」の意と解している可能性も排除できないので、本書は両方に用例を示した。

月のいで**たら**む夜《よ》は、見おこせたまへ。（七三・⑭）

＊空を仰いでかぐや姫を思いやるのは月をながめやりながらのことである。したがって、「たら」は「存続」の意を表していると考えられ、岡『評釈』が〈若しも月の出ている夜には〉と説明し、室伏『創英』が「月の

出ているような夜は」と訳しているとおりである。

一方、「月の出ます夜は」（武田『新解』）や「月の出るような夜は」（雨海『対訳』）、「月が出たら、その夜は」（三谷『評解』）や「月の出た夜は」（中河『角川文庫』・片桐『新全集』・大井田『対照』）と訳語に「〜テイル」を用いていない訳も少なくない。しかし、それらも月が出て、そして明るく照っている場面を想定しているものと考えられ、やはり「たら」を「存続」の意と解しているものと判断できよう。

たり（連用形）

色好みといはるるかぎり五人、思ひやむ時なく、夜昼《よるひる》来**たり**けり。（二〇・⑧）

＊底本（古活字十行本）の本文は「来りけり」。

この部分を「来けり」としている注釈書が少なくない。また、松尾『評註』が〈「来たりけり」の「来たり」はカ変動詞「来《く》」の連用形「き」に完了の助動詞「たり」の連用形「たり」の添ったもの。ただし「来たり」は、すでに上代に「きたる」という四段動詞としても用いられはじめていたらしい形跡がみえる〉と述べており、もし底本の「来り」が「春過ぎて 夏来るらし 白栲の 衣干したり 天の香具山」（万葉集・二八）などに見える四段動詞「きたる」の連用形だとすれば、この部分に助動詞「たり」は用いられていないことになる。なお、四段動詞「きたる」は「来至る」の変化したものといわれる。

本文を「来たりけり」と校訂した注釈書のうち、松尾『評註』は「…やって来ていた」と訳し、片桐『新全集』も「…通ってきていたのである」と訳していて、ともに「たり」を「存続」の意と解している。

一方、室伏『創英』は「…通って来たのであった」と訳していて「たり」の意を「完了」と解している可能性がある。また、大井田『対照』は「やって来るのであった」と訳していて、「たり」の意はおそらく「存続」と解されているものと推察されるが、正確にはわからない。

本書は「存続」「完了」の両方に用例を示した。

（くらもちの皇子《みこ》ハ）かねて、事みな仰せ**たり**ければ、（二八・②）

この玉の枝《えだ》に、文ぞつけ**たり**ける。（二九・⑩）

この取りて持ちてまうで来**たり**しはいとわろかりしかども、（三三・②）

＊岡『評釈』や上坂『全評釈』は「たり」の意を「完了」と明記しているが、松尾『評註』は「…持って参って来ておりました枝は」と「たり」を「存続」の意で訳している。他の多くは、「…持参しましたのは」（片桐『新全集』）、「…持って参りましたのは」（大井田『対照』）などのように訳している。

本書は両方に用例を示した。

（阿倍の右大臣ハ）その年来**たり**ける唐船《もろこしぶね》の王けいといふ人のもとに文を書きて、（三七・⑦）

＊「たり」の意は「存続」「完了」の二通りに解されているようである。

「存続」と解しているのは、松尾『評註』の訳「その年に（日本に）来ていたのだった唐国の（貿易）船の…」や室伏『創英』の訳「その年に来航していた唐土の交易船の…」である。

一方、「完了」と解していると考えられるのは、武田『新解』の訳「その年に来た唐国の船の…」、岡『評釈』の訳「その年（日本に）やって来た唐の貿易船の…」、上坂『全評釈』の訳「その年、渡来した唐土船の…」のほか、三谷『評解』、雨海『対訳』、大井田『対照』などである。

本書は両方に用例を示した。

家にすこし残り**たり**ける物どもは、龍《たつ》の玉とらぬ者どもに賜びつ。（四九・④）

たり（終止形）

（翁ガ）あやしがりて、寄りて見るに、筒の中光り**たり**。（一七・⑥）

三寸ばかりなる人、いとうつくしうてゐ**たり**。（一七・⑦）

この児《ちご》のかたちの顕証《けそう》なること世になく、屋《や》の内は暗き所なく光満ち**たり**。（一八・⑭）

十一月《しもつき》、十二月《しはす》の降り凍り、六月《みなづき》の照りはたたくにも、（色好みの五人ハ）障《さは》らず来**たり**。（二一・④）

＊「たり」の意は「存続」「完了」の二通りの解し方がある。

松尾『評註』や野口『集成』、片桐『新全集』は「存続」の意と解して「…やって来ている」と訳している。

一方、三谷『評解』の訳「…通って来たことであった」、室伏『創英』の訳「…やって来た」、雨海『対訳』の訳「…通って来た」は「たり」を「完了」の意と解している可能性がある。

本書は両方に用例を示した。なお、大井田『対照』の訳「やって来る」は「たり」の意をどのようにとらえているのかはっきりしない。

「さりとも、つひに男あはせざらむやは」と思ひて頼みをかけ**たり**。（二二・⑩）

五人の中に、ゆかしき物を見せたまへらむに、御心ざしまさり**たり**とて、仕うまつらむと、（二三・⑦）

（くらもちの皇子ノ）迎へに人多く参り**たり**。（二八・⑭）

＊「たり」の意は「存続」「完了」の二通りに解されている。

「存続」と解すれば、「お迎えに人が沢山参上している」（三谷『評解』）、「京から迎えの人が大勢伺候している」（室伏『創英』）などと訳すことができる。他に、岡『評釈』や松尾『評註』、片桐『新全集』などが「たり」を「存続」の意で訳している。

一方、「お迎へに多くの人が行つた」（武田『新解』）、「御殿からは、お迎えに多くの人が参上してきた」（雨海『対訳』）、「出迎えに人々が大勢参加した」（上坂『全評釈』）、「お迎えに人々がたくさん参上した」（大井田『対照』）などの訳は、「たり」を「完了」と解している可能性が大きい。

本書は両方に用例を示した。

門《かど》を叩きて、「くらもちの皇子《みこ》おはし**たり**」と告ぐ。（二九・⑥）

＊「たり」を「完了」の意と解して「くらもちの皇子がいらっしゃった」（片桐『新全集』）などと訳すことが多い。

ただし、松尾『評註』が〈おいでになって、そこにいらっしゃる、の意〉とし、野口『集成』も〈「たり」は、そういう状態になっていることを示す助動詞。ここは、おいでになって、ここにいらっしゃる、の意〉としているので、本書は「存続」にも用例を示した。

＊（二九・⑥）の「たり」と同じ用い方なので、本書は「完了」「存続」の両方に用例を示した。

「（くらもちの皇子ガ）旅の御姿ながらおはし**たり**」といへば、（翁ハ）あひたてまつる。（二九・⑦）

（くらもちの皇子ハ）旅の御姿ながら、わが御家《おほんいへ》へも寄りたまはずしておはしまし**たり**。（三〇・③）

＊（二九・⑥）の「たり」と同じ用い方なので、本書は「完了」「存続」の両方に用例を示した。

（かぐや姫ハ）物もいはず、頬杖《つらづゑ》をつきて、いみじく嘆かしげに思ひ**たり**。（三〇・⑥）

（翁ハ）「…（くらもちの皇子ハ）人ざまもよき人におはす」などいひゐ**たり**。（三〇・⑩）

金《こがね》、銀《しろかね》、瑠璃色の水、山より流れいで**たり**。（三二・⑮）

かかるほどに、男《をのこ》ども六人、つらねて、庭にいで来**たり**。（三四・④）

＊「たり」を「完了」の意と解して「…庭に現れた」（片桐『新全集』）などと訳すことが多い。ただし、松尾『評註』が「…庭に出て来ている」と「存続」の意で訳しているので、本書はここにも用例を示した。

（一人の男《をのこ》ガ）「…これを賜ひて、わろき家子《けこ》に賜はせむ」といひて、（文挟《ふんばさ》みヲ）ささげ**たり**。（三四・⑨）

＊多くは「たり」を「存続」の意と解して「…差出している」（三谷『評解』）などと訳しているが、「完了」の意で訳しているものがあるので、本書は両方に用例を示した。〔→P131「たり」の「完了」終止形（三四・⑨）に詳述。〕

価《あたひ》の金少《かねすくな》しと、国司《こくし》、使《つかひ》に申ししかば、王けいが物くはへて買ひ**たり**。（三九・②）

＊多くは「たり」の意を「完了」と解して、「…買いました」と訳しているが、松尾『評註』が「…買ってあります」と「存続」の意で訳しているので、本書は両方に用例を示した。

皮衣《かはぎぬ》を見れば、金青《こんじやう》の色なり。毛の末には、金《こがね》の光し輝《かかや》き**たり**。（三九・⑩）

（阿倍の右大臣ハ）歌よみくはへて、持ちていまし**たり**。（三九・⑮）

＊「たり」の意は「完了」と解するのが通説だが、松尾『評註』が「存続」の意で訳しているので、本書はここにも用例を示した。〔→P132「たり」の「完了」終止形（三九・⑮）に詳述。〕

かぐや姫は、「あな、嬉し」とよろこびてゐ**たり**。（四一・⑬）

事ゆかぬ物ゆゑ、大納言をそしりあひ**たり**。（四四・⑫）

内々《うちうち》のしつらひには、いふべくもあらぬ綾織物に絵をかきて、間毎《まごと》に張り**たり**。（四五・②）

＊「たり」の意は「存続」「完了」の二通りに解されているようである。

「存続」の意と解すれば、「…柱と柱の間毎に張ってある」（松尾『評註』）などと訳すことができる。他に、室伏『創英』、雨海『対訳』、片桐『新全集』などが「存続」の意で訳している。

一方、「…柱の間毎に張った」（岡『評釈』・武田『新解』）や「…柱の間毎に張らせた」（三谷『評解』）などの訳は、「たり」を「完了」と解している可能性がある。

本書は両方に用例を示した。

（石上《いそのかみ》の中納言ハ）まめなる男《をのこ》ども二十人ばかりつかはして、麻柱《あななひ》にあげ据ゑられ**たり**。（五一・⑦）

＊「たり」の意は「存続」「完了」の二通りに解されている。

松尾『評註』の訳「…足場に上らせておおきになっている」は「存続」の意と解したものである。

一方、室伏『創英』の訳「…足場に上がらせて配置なさった」や大井田『対照』の訳「…足場に上げてお据えになった」などは「完了」の意と解したものだろう。

本書は両方に用例を示した。

鎖《さ》し籠《こ》めて、守り戦ふべきしたくみをし**たり**とも、あの国の人をえ戦はぬなり。（六九・⑤）

宵うちすぎて、子《ね》の時ばかりに、家のあたり、昼の明《あか》さにも過ぎて、光り**たり**。（七〇・⑭）

＊多くは「たり」に「完了」の意の訳語を当てて訳すが、松尾『評註』が「…光っている」と「存続」の意で訳しているので、本書はここにも用例を示した。（→P133「たり」の「完了」終止形（七〇・⑭）に詳述。）

大空より、人、雲に乗りて下《お》り来て、土より五尺ばかり上《あが》りたるほどに立ち連ね**たり**。（七一・②）

立てる人どもは、装束《さうぞく》のきよらなること物にも似ず。飛ぶ車一つ具し**たり**。（七一・⑨）

羅蓋《らがい》さし**たり**。（七一・⑨）

そこらの年ごろ、そこらの黄金《こがね》賜ひて、身を変へたるがごとなりに**たり**。（七二・⑤）

＊用例後半の口語訳は、(1)「まるで（お前は）生まれ代っているようになってしまっている」（松尾『評註』）や「（おまえは）まるで生まれかわったように今は富み栄えている」（雨海『対訳』）などと、(2)「まるで身分の違った別人の長者のようになってしまった」（三谷『評解』）や「生れ変ったように富裕になりおおせた」（野口『集成』）、「おまえは生まれ変わったように裕福になった」（室伏『創英』）などの二通りに大別できる。

(1)が「たり」の意を「存続」と解しているのは明らかである。しかし、(2)は、その訳語からでは「存続」「完了」の意味判別ははっきりつかめない。

「に＋たり」という助動詞の連なりは『竹取物語』においては、この用例が唯一のものである。経験的には、一般に「に＋たり」は「完了＋存続」の意を表すように思われるものの、「たり」を「完了」と解している可能性も完全には排除はできないだろう。本書は留保的に両方に用例を示した。

たる（連体形）

（翁ハ）「…年月を経てものしたまふこと、きはまり**たる**かしこまり」と申す。（二三・⑬）

（石作《いしつくり》の皇子《みこ》ハ）賓頭盧《びんづる》の前なる鉢の、ひた黒《ぐろ》に墨つき**たる**を取りて、錦の袋に入れて、（二六・①）

領《し》らせたまひ**たる**かぎり十六所《そ》をかみに、蔵をあげて、玉の枝《えだ》を作りたまふ。（二八・⑨）

＊古来、『竹取物語』中随一の難解箇所とされてきたようで、諸説が多いが、本文に誤脱があるだろうといわれる。

底本（古活字十行本）の本文「しらせ給たる」の主な解釈として、「領らせたまひたる」＝「領有なさっている」（「たり」は「存続」）と、「知らせたまひたる」＝「お知らせになった」（「たり」は「完了」）の二通りがあり、「しる」の解釈によって「たり」の解し方が異なってくる。本書は「存続」「完了」の両方に用例を示した。（→P22「す」の「尊敬」連用形（二八・⑧）参照。）

（くらもちの皇子《みこ》ハ）いといたく苦しがり**たる**さましてゐたまへり。（二八・⑬）

「命を捨ててかの玉の枝《えだ》持ちて来**たる**とて、かぐや姫に見せたてまつりたまへ」（二九・⑧）

＊格助詞「とて」で表示された引用文が連体形「たる」で結ばれていることについて、松尾『評註』が〈連体止になっているわけだから、「来たる」の下に「ことよ」などの省略を考うべきである〉と説明している。「たる」の意は多くが「完了」と解し、「…持って来たことよ」（三谷『評解』）のように訳している。ただし、松尾『評註』は「たる」を「存続」の意と解して〈意味は「持って来て、ここにこうしているのだよ」

となる〉と説明しており、本書は「完了」「存続」の両方に用例を示した。〔↓P133「たり」の「完了」連体形（二九・⑧）に詳述。〕

天人のよそほひしたる女、山の中よりいで来て、銀《しろかね》の金鋺《かなまる》を持ちて、水を汲み歩《あり》く。（三二・⑥）

のたまひしに違《たが》はましかばと、この花を折りてまうで来たるなり。（三三・③）

＊多くは「来たるなり」を「帰参いたしたのです」（室伏『創英』）のように訳し、「たる」を「完了」の意に解しているが、松尾『評註』が「帰参いたしているのです」と訳して「存続」の意に解しているので、本書は両方に用例を示した。

「…（くらもちの皇子ハ）さらに、潮に濡れたる衣《きぬ》だに脱ぎかへなでなむ、こちまうで来《き》つる」（三三・⑨）

玉の木を作り仕うまつりしこと、五穀を断ちて、千余日に力をつくしたること、すくなからず。（三四・⑦）

＊多くは「力をつくしたること」を「努力いたしましたこと」（片桐『新全集』）のように訳し、「たる」を「完了」の意に解しているが、松尾『評註』が「力をつくしておりますこと」と「存続」の意で訳しているので、本書は両方に用例を示した。

この皮衣《かはぎぬ》入れたる箱を見れば、くさぐさのうるはしき瑠璃を色《いろ》へて作れり。（三九・⑧）

この皮は、唐土《もろこし》にもなかりけるを、からうじて求め尋ね得たるなり。（四一・⑧）

＊「たる」の意を「完了」と解して「…手に入れたものです」（三谷『評解』・室伏『創英』・片桐『新全集』）、「…

手に入れたのです」（大井田『対照』）、「…もとめえたものです」（岡『評釈』）などと訳すのが通説だが、松尾『評註』が「…手に入れているのです」と「存続」の意で訳しているので、本書は両方に用例を示した。

（大伴の大納言ガ）賜はせ**たる**物、各々、分けつつ取る。（四四・⑧）

＊多くは「賜はせたる物」を「下さった物」と「たる」を「完了」の意で訳しているが、松尾『評註』が「下さっていらっしゃる品物」と「存続」の意で訳しているので、本書は両方に用例を示した。

大納言、南海の浜に吹き寄せられ**たる**にやあらむと思ひて、息づき臥《ふ》したまへり。（四七・⑬）

＊「たる」の意は「完了」と解するのが通説だが、松尾『評註』が「存続」の意で訳しているので、本書はここにも用例を示した。〔↓P135「たり」の「完了」連体形（四七・⑬）に詳述。〕

（大伴の大納言ノ）こなたかなたの目には、李《すもも》を二つつけ**たる**やうなり。（四八・⑤）

これを見たてまつりてぞ、国の司《つかさ》も、ほほゑみ**たる**。（四八・⑥）

＊「たる」の訳には、(1)「…ている」（松尾『評註』・室伏『創英』・片桐『新全集』・大井田『対照』など）と、(2)「…た（だ）」（武田『新解』・三谷『評解』・岡『評釈』・野口『集成』・雨海『対訳』・上坂『全評釈』など）があり、この用例ではこれらを(1)「存続」と(2)「完了」の意の区別に対応したものと見なすことができそうである。本書は両方に用例を示した。

「…（大伴の大納言ハ）御眼《みまなこ》二つに、李のやうなる玉をぞ添へていまし**たる**」（四九・⑭）

＊「たる」の意は「完了」と解するのが通説。ただし、松尾『評註』や大井田『対照』が「存続」の意で訳しているので、本書はここにも用例を示した。〔↓P136「たり」の「完了」連体形（四九・⑭）に詳述。〕

燕《つばくらめ》も、人のあまたのぼりゐ**たる**に怖《お》ぢて巣にものぼり来《こ》ず。（五一・⑨）

中納言は、わらはげ**たる**わざして止むことを、人に聞かせじとしたまひけれど、（五五・④）

＊「わらはげたる」は、底本（古活字十行本）の本文では「い、いけたる」であるが、誤写だろうとされる。「わらはぐ」は下二段動詞で「子供じみる」の意。

（かぐや姫ハ）みやつこまろが手にうませたる子にてもあらず。昔、山にて見つけ**たる**。（六〇・⑨）

＊「たる」の下に「子に侍り」の省略が考えられる。

多くは「たる」を「完了」の意で訳すが、松尾『評註』が「結果の存続」を表すものと解し得る可能性を示しているので、本書は「完了」「存続」の両方に用例を示した。〔↓P136「たり」の「完了」連体形（六〇・⑨）に詳述。〕

（帝ガ）かぐや姫の家に入りたまうて、見たまふに、光満ちてけうらにてゐ**たる**人あり。（六一・③）

（帝ハ）あかず口惜しく思しけれど、魂《たましひ》をとどめ**たる**心地してなむ、帰らせたまひける。（六二・⑨）

＊松尾『評註』は「たる」が「存続」の意であると明示しつつ「…魂をあとに残しているような気持がして」と訳している。また、雨海『対訳』の訳「…魂が抜けてぼんやりした状態で」も「たる」を「存続」と解したものである。

一方、「…魂を残した気もちで」（武田『新解』）、「…魂を留めたような気持ちがしたまま」（大井田『対照』）のような訳が多く見られるが、それらも「水の入った（＝入っている）コップ」と同様の言い回しと考えられ、「たる」を「存続」の意と解したものと考えられる。

かぐや姫、月のおもしろういで**たる**を見て、つねよりも、物思ひたるさまなり。（六三・⑭）
かぐや姫、月のおもしろういでたるを見て、つねよりも、物思ひ**たる**さまなり。（六三・⑮）
「なんでふ心地すれば、かく物を思ひ**たる**さまにて月を見たまふぞ。うましき世に」といふ。（六四・⑧）
菜種《なたね》の大きさおはせしを、わが丈《たけ》立ちならぶまでやしなひたてまつり**たる**我が子を、（六六・⑥）

＊「たる」の意は「完了」と解するのが通説だが、松尾『評註』が「存続」の意で訳しているので、本書はここにも用例を示した。（→P137「たり」の「完了」連体形（六六・⑥）に詳述。）

「…明け暮れ見慣れ**たる**かぐや姫をやりて、（翁ハ）いかが思ふべき」（六八・③）
翁、「胸いたきこと、なのたまひそ。うるはしき姿し**たる**使《つかひ》にも、障《さは》らじ」と、ねたみをり。（七〇・⑪）
望月の明《あか》さを十合《とをあは》せ**たる**ばかりにて、在る人の毛の穴さへ見ゆるほどなり。（七〇・⑭）
大空より、人、雲に乗りて下《お》り来て、土より五尺ばかり上《あが》り**たる**ほどに立ち連ねたり。（七一・①）

＊三谷『評解』が〈天人は地面に足をつけないという思想〉と解説している。

思ひ起こして、弓矢をとりたてむとすれども、手に力もなくなりて、萎《な》えかかり**たる**、（七一・⑤）
猛《たけ》く思ひつるみやつこまろも、物に酔ひ**たる**心地して、うつぶしに伏せり。（七一・⑫）

＊翁は酩酊状態で「うつぶしに伏せり」なので、「たる」の意は「存続」と解してよいだろう。松尾『評註』の「何かに酔っているような気持で」という訳が明快である。

そこらの年ごろ、そこらの黄金《こがね》賜ひて、身を変へ**たる**がごとなりにたり。〔七二・④〕

＊口語訳は、(1)「…まるで（お前は）生まれ代っているようになってしまっている」（松尾『評註』）と、(2)「…おまえは生まれ変わったように裕福になった」（室伏『創英』）に大別できる。(1)が「たる」を「存続」の意と解しているのは明らかだが、(2)は「存続」「完了」のいずれと解しているのかはっきりしない。本書は両方に用例を示した。

（かぐや姫ヲ）立て籠め**たる**所の戸、すなはちただあきにあきぬ。〔七三・①〕

嫗抱《いだ》きてゐ**たる**かぐや姫、外《と》にいでぬ。〔七三・③〕

天人の中に、持たせ**たる**箱あり。〔七四・③〕

その煙《けぶり》、いまだ雲の中へ立ちのぼるとぞ、いひ伝へ**たる**。〔七七・⑧〕

たれ（已然形）

「壺なる御薬たてまつれ。穢《きたな》き所の物きこしめし**たれ**ば、御心地悪《あ》しからむものぞ」とて、〔七四・⑤〕

＊口語訳は、(1)「…きたない所の物をめしあがっていたので」（松尾『評註』）と、(2)「…穢い処の物を召し上ったから」（三谷『評解』）の二通りに大別できる。

(1)とするものは他に室伏『創英』、大井田『対照』などがあり、これらが「たれ」を「存続」の意と解しているのは明らかである。

一方、(2)とするものは他に武田『新解』、岡『評釈』、上坂『学術文庫』、片桐『新全集』などがあり、これらには「たれ」を「完了」の意と解していると思われるものが多い。

本書は両方に用例を示した。

（天人ガ、不死の薬ヲ）持て寄り**たれ**ば、（かぐや姫ハ）いささかなめたまひて、（七四・⑥）

＊多くは「寄りたれば」を「傍によったから」（三谷『評解』）、「そばに寄ったところ」（片桐『新全集』）などのように「たれ」を「完了」の意で訳しているが、松尾『評註』が「そばに寄って来ているので」と「存続」の意で訳しているので、本書はここにも用例を示した。なお、大井田『対照』の訳「寄って来るので」の「たれ」の意味判別ははっきりしない。

完了〈訳語例〉〜タ。〜テシマッタ。

たら（未然形）

「…それ（＝龍《たつ》の頸《くび》の玉）を取りて奉り**たら**む人には、願はむことをかなへむ」（四二・⑩）

＊「奉りたらむ人には」はふつう「奉った者には」（岡『評釈』）、「奉ったらその者には」（三谷『評解』）、「献上する者があったら」（野口『集成』）などと訳され、「たら」は「完了」の意と解されている。ただし、松尾『評註』は〈直訳すれば、「奉っているであろうところの人には・奉っていようなら、その人には」〉と説明しており、「たら」を「存続」の意と解している。本書は両方に用例を示した。

なお、「献上する人には」（片桐『新全集』）のように「たら」や「む」の意を訳語に直接的に反映させていない訳も、武田『新解』、上坂『全評釈』など、いくつか見られる。

「…いづちもいづちも、足の向き**たら**む方《かた》へ往《い》なむず」（四四・⑦）

龍《たつ》を捕《とら》へ**たら**ましかば、また、こともなく我は害せられなまし。（四八・⑮）

（石上《いそのかみ》の中納言ガ）「燕《つばくらめ》の、巣くひ**たら**ば告げよ」とのたまふを、（男《をのこ》どもガ）うけたまはりて、（五〇・④）

などか、翁のおほしたて**たら**むものを、心にまかせざらむ。（五九・④）

＊「たら」の意を「存続」と解しているもののほか、「完了」の意と解している可能性のあるものがあるので本書は両方に用例を示した。〔↓P114「たり」の「存続」未然形（五九・④）に詳述。〕

たり（連用形）

色好みといはるるかぎり五人、思ひやむ時なく、夜昼《よるひる》来**たり**けり。（二〇・⑧）

＊「たり」の意は「存続」のほか、「完了」と解している可能性のあるものがあるので、本書は両方に用例を示した。〔↓P115「たり」の「存続」連用形（二〇・⑧）に詳述。〕

この取りて持ちてまうで来**たり**しはいとわろかりしかども、（三三・②）

＊岡『評釈』や上坂『全評釈』は「たり」の意を「完了」と明記しているが、松尾『評註』は「…持って参って来ておりました枝は」と「たり」を「存続」の意で訳している。他の多くは、「…持参しましたのは」（片桐『新全集』）、「…持って参りましたのは」（大井田『対照』）などのように訳している。本書は両方に用例を示した。

（阿倍の右大臣ハ）その年来**たり**ける唐船《もろこしぶね》の王けいといふ人のもとに文を書きて、（三七・⑦）

＊「たり」の意は「存続」「完了」の二通りに解されているようなので、本書は両方に用例を示した。〔↓P

116「たり」の「存続」連用形（三七・⑦）に詳述。〕

「皮は、火にくべて焼き**たり**しかば、めらめらと焼けにしかば、かぐや姫あひたまはず」（四二・⑤）

それをなむ、昔の契りありけるによりてなむ、この世界にはまうで来**たり**ける。（六五・⑭）

（かぐや姫ヲ）竹の中より見つけきこえ**たり**しかど、（六六・④）

たり（終止形）

十一月《しもつき》、十二月《しはす》の降り凍り、六月《みなづき》の照りはたたくにも、（色好みの五人ハ）障《さは》らず来**たり**。（二一・④）

＊「たり」には「存続」「完了」の二通りの解し方があるので、本書は両方に用例を示した。〔↓P117「たり」の「存続」終止形（二一・④）に詳述。〕

天竺に二つとなき鉢を、百千万里のほど行き**たり**とも、いかでか取るべきと思ひて、（二五・⑩）

（石作《いしつくり》の皇子《みこ》ハ）「白山《しらやま》にあへば光の…」とよみて、（かぐや姫のもとニ）入れ**たり**。（二六・⑭）

（くらもちの皇子《みこ》ノ）迎へに人多く参り**たり**。（二八・⑭）

＊「たり」の意は「存続」「完了」の二通りに解されており、本書は両方に用例を示した。〔↓P117「たり」の「存続」終止形（二八・⑭）に詳述。〕

門《かど》を叩きて、「くらもちの皇子《みこ》おはし**たり**」と告ぐ。（二九・⑥）

＊「たり」を「完了」の意と解して「くらもちの皇子がいらっしゃった」（片桐『新全集』）などと訳されることが多い。ただし、「存続」の意とする説もあるので、本書は両方に用例を示した。〔↓P118「たり」の「存続」終止形（二九・⑥）に詳述。〕

「（くらもちの皇子ガ）旅の御姿ながらおはし**たり**」といへば、（翁ハ）あひたてまつる。（二九・⑦）

＊（二九・⑥）の「たり」と同じ用い方なので、本書は「完了」「存続」の両方に用例を示した。

翁（玉の枝《えだ》ヲ）持ちて（奥へ）入り**たり**。（二九・⑩）

（くらもちの皇子ハ）旅の御姿ながら、わが御家《おほんいへ》へも寄りたまはずしておはしまし**たり**。（三〇・③）

＊（二九・⑥）の「たり」と同じ用い方なので、本書は「完了」「存続」の両方に用例を示した。

かかるほどに、男《をのこ》ども六人、つらねて、庭にいで来**たり**。（三四・④）

＊「たり」を「完了」の意と解して「…庭に現れた」（片桐『新全集』）などと訳すことが多い。ただし、松尾『評註』が「…庭に出て来ている」と訳しているので、本書は「存続」にも用例を示した。

（一人の男《をのこ》ガ）「…これを賜ひて、わろき家子《けこ》に賜はせむ」といひて、（文挟《ふんばさ》みヲ）ささげ**たり**。（三四・⑨）

＊多くは「たり」を「存続」の意と解して「…差出している」（三谷『評解』）、「…捧げている」（岡『評釈』・雨海『対訳』・片桐『新全集』・大井田『対照』）、「…さしあげている」（松尾『評註』・室伏『創英』）などと訳している。

しかし、中河『角川文庫』や岡『評釈』が「…さし上げた」、上坂『全評釈』が「…捧げた」などと訳していて、「完了」の意と解している可能性もあるので、本書はここにも用例を示した。

価《あたひ》の金少《かねすくな》しと、国司《こくし》、使《つかひ》に申ししかば、王けいが物くはへて買ひ**たり**。（三九・②）

＊多くは「たり」を「完了」の意と解し、「…買いました」と訳しているが、松尾『評註』が「…買ってあり

ます」と「存続」の意で訳しているので、本書は両方に用例を示した。

（阿倍の右大臣ハ）歌よみくはへて、持ちていまし**たり**。（三九・⑮）

＊「たり」は「完了」の意と解するのが通説。三谷『評解』・武田『新解』・岡『評釈』・室伏『創英』・片桐『新全集』など、いずれも「…持っておいでになった」と訳している。

ただし、松尾『評註』が「…持っておいでになっている」と「存続」の意で訳しているので、本書は両方に用例を示した。

翁、「それ、さもいはれ**たり**」といひて、大臣に、「（かぐや姫ガ）かくなむ申す」といふ。（四一・⑥）

＊「大臣」の読みについて、片桐『新全集』の頭注は〈「だいじん」と読んだか「おとど」と読んだかは不明〉としている。

内々《うちうち》のしつらひには、いふべくもあらぬ綾織物に絵をかきて、間毎《まごと》に張り**たり**。（四五・②）

＊「たり」の意は「存続」「完了」の二通りに解されているようなので、本書は両方に用例を示した。〔↓P120「たり」の「存続」終止形（四五・②）に詳述。〕

（順風ガ）三四日吹きて、（船ヲ、陸地ニ）吹き返し寄せ**たり**。（四七・⑫）

「をかしきことにもあるかな。もつとも知らざりけり。興あること申し**たり**」とのたまひて、（五一・⑤）

（石上《いそのかみ》の中納言ハ）まめなる男《をのこ》ども二十人ばかりつかはして、麻柱《あななひ》にあげ据ゑられ**たり**。（五一・⑦）

＊「たり」の意は「存続」「完了」の二通りに解されているので、本書は両方に用例を示した。〔↓P120「た

り」の「存続」終止形（五一・⑦）に詳述。〕

「我、物にぎり**たり**。今はおろしてよ。翁、し得たり」とのたまへば、（五四・①）

「我、物にぎりたり。今はおろしてよ。翁、し得**たり**」とのたまへば、（五四・①）

宵うちすぎて、子《ね》の時ばかりに、家のあたり、昼の明《あか》さにも過ぎて、光り**たり**。（七〇・⑭）

＊多くが「…光り輝いた」のように「たり」に「完了」の訳語を当てて訳している。これは、「宵うちすぎて」という時間経過の表現の後に、「子の時ばかりに」というある一時点が示されているのを踏まえてのことと思われる。ただし、松尾『評註』が「…光っている」と「存続」の意で訳しているので、本書は両方に用例を示した。

そこらの年ごろ、そこらの黄金《こがね》賜ひて、身を変へたるがごとなりに**たり**。（七二・⑤）

＊「たり」は「存続」の意のほか、「完了」の意と解している可能性も完全には排除できないので、本書は留保的にここにも用例を示した。〔↓P121「たり」の「存続」終止形（七二・⑤）に詳述。〕

たる（連体形）

領《し》らせたまひ**たる**かぎり十六所《そ》をかみに、蔵をあげて、玉の枝《えだ》を作りたまふ。（二八・⑨）

＊底本（古活字十行本）の本文「しらせ給たる」の「しる」の解釈によって「たり」の解し方が異なってくる。本書は「存続」「完了」の両方に用例を示した。〔↓P122「たり」の「存続」連体形（二八・⑨）に詳述。〕

「命を捨てかの玉の枝《えだ》持ちて来**たる**とて、かぐや姫に見せたてまつりたまへ」（二九・⑧）

＊多くは「…持って来たことよ」（三谷『評解』）、「…持ってやってきました」（片桐『新全集』）、「…持って来

た」（大井田『対照』）などのように「たる」を「完了」の意で訳している。ただし、松尾『評註』が〈意味は「持って来て、ここにこうしているのだよ」となる〉と説明しているので、本書は両方に用例を示した。なお「来たる」について、松尾『評註』が次のように詳細に検討し、解説している。

底本「来る」とあるのを「きたる」とよんだ。「きたる」はカ変動詞「く（来）」の連用形「き」に完了の助動詞「たり」の添ったものとすれば、連体止になっているわけだから。「来たる」の下に「ことよ」などの省略を考うべきである。意味は「持って来て、ここにこうしているのだよ」となる。もっとも「き」に「たり」が添ったものが、一語として「きたる」という四段動詞としても、上代からつかわれたらしいことが万葉集（巻十五）の「帰りける人来たれり（伎多礼里）といひしかばほとほとしにき君かと思ひて」（「り」は四段動詞かサ変動詞にしかつかない）によって推測されるので、これも四段動詞の終止形とみることができるようでもあるが、後文に「男ども六人つらねて庭に出で来たり（底本「出きたり」と記す）」などの例があるから、当るまい。

のたまひしに違《たが》はましかばと、この花を折りてまうで来**たる**なり。（三三・③）

＊多くは「…帰参いたしたのです」（室伏『創英』）のように「たる」を「完了」の意で訳しているが、松尾『評註』が「…帰参いたしているのです」と「存続」の意で訳しているので、本書は両方に用例を示した。

玉の木を作り仕うまつりしこと、五穀を断ちて、千余日に力をつくし**たる**こと、すくなからず。（三四・⑦）

＊多くは「力をつくしたること」を「努力いたしましたこと」（片桐『新全集』）のように「たる」を「完了」

の意で訳しているが、松尾『評註』が「力をつくしておりますこと」と「存続」で訳しているので、本書は両方に用例を示した。

翁答《こた》ふ、「さだかに作らせ**たる**物と聞きつれば、返さむこと、いとやすし」と、うなづきをり。（三五・⑧）

馬に乗りて、筑紫より、ただ七日にまうで来**たる**。（三八・⑪）

「…（火鼠の皮衣《かはぎぬ》ヲ）嬉しくしておこせ**たる**かな」（三九・⑥）

この皮は、唐土《もろこし》にもなかりけるを、からうじて求め尋ね得**たる**なり。（四一・⑧）

＊「たる」を「完了」の意と解して「…手に入れたものです」（三谷『評解』・室伏『創英』・片桐『新全集』）、「…手に入れたのです」（大井田『対照』）、「…もとめえたものです」（岡『評釈』）などと訳すのが通説だが、松尾『評註』が「…手に入れているのです」と「存続」の意で訳しているので、本書は両方に用例を示した。

（大伴の大納言ガ）賜はせ**たる**物、各々、分けつつ取る。（四四・⑧）

＊多くは「賜はせたる物」を「下さった物」（三谷『評解』）のように「たる」を「完了」の意で訳しているが、松尾『評註』が「下さっていらっしゃる品物」と「存続」の意で訳しているので、本書は両方に用例を示した。

大納言、南海の浜に吹き寄せられ**たる**にやあらむと思ひて、息づき臥したまへり。（四七・⑬）

＊「たる」を「完了」の意と解して「…吹き寄せられたのであろうかと思って」（岡『評釈』・室伏『創英』）などと訳すのが通説だが、松尾『評註』が「…吹きよせられているのであろうかと思って」と「存続」の意

で訳しているので、本書は両方に用例を示した。

これを見たてまつりてぞ、国の司《つかさ》も、ほほゑみ**たる**。（四八・⑥）

＊「たる」の訳には「…ている」と「…た（だ）」があり、これらを「存続」と「完了」の意の区別に対応したものと見なすこともできそうなので、本書は両方に用例を示した。〔→P124「たり」の「存続」連体形（四八・⑥）に詳述。〕

「大伴の大納言は、龍《たつ》の頸《くび》の玉や取りておはし**たる**」（四九・⑪）

「…（大伴の大納言ハ）御眼《みまなこ》二つに、李《すもも》のやうなる玉をぞ添へていまし**たる**」（四九・⑭）

＊「たる」の意を「完了」と解して「…いらっしゃった」（三谷『評解』・雨海『対訳』・片桐『新全集』・上坂『全評釈』）、「…おいでになった」（岡『評釈』・野口『集成』・室伏『創英』）のように訳すのが通説。ただし、松尾『評註』が「…おいでになっています」、大井田『対照』が「…いらっしゃる」とそれぞれ「存続」の意で訳しているので、本書は両方に用例を示した。

殿《との》より、使《つかひ》ひまなく賜はせて、「子安の貝取り**たる**か」と問はせたまふ。（五一・⑧）

「…この女、もし、奉り**たる**ものならば、翁に、かうぶりを、などか賜はせざらむ」（五九・⑤）

（かぐや姫ハ）みやつこまろが手にうませ**たる**子にてもあらず。（六〇・⑧）

「…（かぐや姫ハ）昔、山にて見つけ**たる**。かかれば、心ばせも世の人に似ずはべり」（六〇・⑨）

＊「たる」の下に「子に侍り」の省略が考えられる。多くは「昔、山で見つけた子なのです」（片桐『新全集』）のように「たる」を「完了」の意で訳す。

ただし、松尾『評註』が〈「見つけたる」は、見つけてそれが現在いるというきもち〉と説明しており、「結果の存続」を表すものと解し得る可能性を示しているので、本書は「完了」「存続」の両方に用例を示した。

菜種《なたね》の大きさおはせしを、わが丈《たけ》立ちならぶまでやしなひたてまつり**たる**我が子を、（六六・⑥）

＊「やしなひたてまつりたる我が子を」は、例えば「お育て申したわが子を」（室伏『創英』）のように「たる」の意を「完了」と解して訳すのが通説。

ただし、松尾『評註』が「お養い申し上げているわたしの子を」と「存続」の意で訳しているので、本書は両方に用例を示した。

そこらの年ごろ、そこらの黄金《こがね》賜ひて、身を変へ**たる**がごとなりにたり。（七二・④）

＊「たる」は「存続」の意のほか、「完了」の意と解している可能性のあるものがあるので、本書はここにも用例を示した。〔↓P127「たり」の「存続」連体形（七二・④）に詳述。〕

たれ（已然形）

船にある男《をのこ》ども、国に告げ**たれ**ども、（四七・⑮）

かかる由《よし》の返りごとを申し**たれ**ば、（石上《いそのかみ》の中納言ハ）聞きたまひて、（五一・⑩）

（くらつまろガ）「子安貝取らむと思しめさば、たばかりまうさむ」とて、御前《おほんまへ》に参り**たれ**ば、（五一・⑬）

「壺なる御薬たてまつれ。穢《きたな》き所の物きこしめし**たれ**ば、御心地悪《あ》しからむものぞ」とて、（七四・⑤）

＊「たれ」は「存続」の意のほか、「完了」の意と解している可能性のあるものがあるので、本書は両方に

用例を示した。〔→P127「たり」の「存続」已然形（七四・⑤）に詳述。〕

（天人ガ、不死の薬ヲ）持て寄り**たれ**ば、（かぐや姫ハ）いささかなめたまひて、（七四・⑥）

＊多くは「寄りたれば」を「傍によったから」（三谷『評解』）、「そばに寄ったところ」（片桐『新全集』）などのように「たれ」を「完了」の意で訳しているが、松尾『評註』が「そばに寄って来ているので」と「存続」の意で訳しているので、本書は両方に用例を示した。なお、大井田『対照』の訳「寄って来るので」の「たれ」の意味判別ははっきりしない。

6　推量の助動詞

む

＊「む」を含む述語に対する主語（行為の主体）の人称が「む」の意味判別の大まかな目安になる。ただし、特に一人称の場合は、「意志」の意なのか「推量」の意なのか判別に迷う用例があり、『竹取物語』でも注釈書によって判断の異なっていることが少なくない。

それについて、〈意志とも推量ともとれる未分化な用法〉（上坂『全評釈』）などと説明されることもあるが、そもそも人がみずからの将来像を思い描くとき、例えば決意と不確かさが、希望と不安が背中合わせに同居しているのではないだろうか。そのような人の心のあり方が「む」という助動詞において散見される意味判別の難しさに影響しているのかもしれない。

推量〈訳語例〉～ダロウ。

む（終止形）

（色好みの五人ハ）「さりとも、つひに男あはせざら**む**やは」と思ひて頼みをかけたり。（二一・⑩）

＊「あはせざらむやは」の行為の主体は翁で、心中語の表現者である色好みの五人から見て三人称。

翁、かぐや姫にいふやう、「我が子の仏。…翁の申さむこと、聞きたまひて**む**や」といへば、（二一・⑭）

＊「聞きたまひてむや」の行為の主体は聞き手であるかぐや姫で、会話主の翁から見て二人称であり、かつ「てむ」の形をとっている。これらは「む」が「適当・勧誘」の意を表す典型的条件といえるが、「適当・勧誘」の意と明記した注釈書は室伏『創英』のみのようである。室伏『創英』は〈「む」は相手の動作に付いて、勧誘や催促または軽い命令の意を表す〉と説明して「…この爺《じい》がこれからお話し申すことは、なんとか聞いてくださるでしょうね」と訳している。

これに対し、多くは「む」を「推量」としており、例えば、三谷『評解』は〈「て」は完了の助動詞「つ」の未然形。強意に用いられたもの。「む」は推量。「や」は疑問の意の係助詞。「聞き給はむや」というところを、強く表現したもの〉と説明して「…この爺の申上げる事はきっとお聞き下さるでしょうか」と訳している。「む」を「推量」の意と考えさせるのは疑問の係助詞「や」の働きによるところが大きいと思われる。他に、中河『角川文庫』、武田『新解』、岡『評釈』、野口『集成』、雨海『対訳』、片桐『新全集』、上坂『全評釈』、大井田『対照』が同様の解し方をしている。

なお、松尾『評註』は〈直訳すれば「お聞きなさってしまうでしょうか」または「きっとお聞きになるでしょうか」であるが、口語としては「きっと（マタハちゃんと）お聞きになって下さいませんか」などが当たるであろう〉と「推量」「適当・勧誘」のいずれの意にもとれる説明を加えている。

本書は両方に用例を示した。

（翁ガ、かぐや姫ニ）「…翁の在らむかぎりはかうてもいますかりな**む**かし。…」といへば、（二二・⑨）

＊「いますかりなむ」の行為の主体は聞き手であるかぐや姫で、会話主の翁から見て二人称だが、翁はかぐや姫が独身のままいるのが適当だとは思っていない。ここは、例えば堀内『新大系』が〈このまま独り身でもいらっしゃれましょう。自分は老齢で余命いくばくもなく、姫もじきに独身を通せなくなることを強調〉と述べているように解釈するのが自然で、「む」は「推量」の意。

ある時には、来《き》し方《かた》行く末も知らず、海にまぎれ**む**としき。（三一・⑪）

＊「海にまぎれむ」の行為の主体は話し手であるくらもちの皇子自身で一人称だが、皇子が自らそのようにしようと思ったわけではない。

「…わきてまことの皮なら**む**とも知らず」（四〇・⑧）

このたびはかならずあは**む**と嫗の心にも思ひをり。（四〇・⑬）

＊「あはむ」の行為の主体はかぐや姫で、心中語の表現者である嫗から見て三人称。

「この皮は、唐土《もろこし》にもなかりけるを、からうじて求め尋ね得たるなり。なにの疑ひあら**む**」（四一・⑨）

（大納言ハ）「わが弓の力は、龍《たつ》あらば、ふと射殺して、頸《くび》の玉は取りて**む**。…」とのたまひて、（四五・⑬）

＊「む」の意には「推量」「意志」の両説がある。

「推量」の意と解する岡『評釈』は〈「む」は推量。てしまうだろう、又は必ず……しようの意。必ず珠をば取るであろう〉と説明している。野口『集成』の訳「…取ってしまえる」も「む」の意を「推量」と解したもの。他に、松尾『評註』、室伏『創英』、雨海『対訳』、片桐『新全集』が「推量」の意と解している。

一方、「意志」の意と解する三谷『評解』は〈必ず取ってしまおう。(中略)「む」は意志を表わす助動詞であるが、上に「弓の力は」とあるから、可能も含めている。「とらむ」の強い表現〉と説明している。他に、武田『新解』が「…首の玉は取らう」と「意志」の意で訳している。

なお、上坂『全評釈』は〈「む」は推量助動詞だが、意志に近い。……してしまうだろう。または、きっと……しよう、の意〉と説明している。本書は両方に用例を示した。

大納言心惑《まと》ひて、「まだ、かかるわびしき目、見ず。いかならむとするぞ」とのたまふ。(四六・⑤)

それが玉を取らむとて、そこらの人々の害せられむとしけり。(四八・⑮)

(男《をのこ》ども二)うかがはせむに、そこらの燕子《つばくらめ》うまざらむやは。(五一・③)

国王の仰せごとを、まさに世にすみたまはむ人の、うけたまはりたまはではありなむや。(五八・④)

＊「む」の意には「推量」「適当・勧誘」の両説がある。

「推量」と解するものとして、室伏『創英』が「…お受け申し上げずにいられるでしょうか」と訳しているほか、武田『新解』、野口『集成』、雨海『対訳』、片桐『新全集』、大井田『対照』などがある。

一方、「適当・勧誘」と解するものとしては、岡『評釈』が〈「む」はいわゆる適当をあらわす「む」で、きっとあってよいものだろうかの意〉と説明して「…お受けしないでいて、よいものでしょうか」と訳しているほか、松尾『評註』、上坂『全評釈』などがある。本書は両方に用例を示した。


帝仰せたまはく、「…御狩《かり》の御幸《みゆき》したまはむやうにて、（かぐや姫ヲ）見て**む**や」とのたまはす。

（六〇・⑬）

＊「見てむ」の行為の主体は会話主の帝自身で一人称。「む」の意は「推量」「意志」の両説がある。
「推量」と解するものとしては、武田『新解』が「…見られるだらうか」と訳しているほか、中河『角川文庫』、片桐『新全集』、大井田『対照』などがある。

一方、「意志」と解するものとしては、三谷『評解』や野口『集成』が「…見てしまおうか」「…逢ってしまおうか」と訳しているほか、南波『全書』、松尾『評註』、室伏『創英』、雨海『対訳』などがある。

なお、「推量」「意志」の両義を認めようとするものとして、岡『評釈』の〈「む」は決意又は可能。「や」は疑問で、見てしまおうか、或いは、確かに見られようかの意〉との説明があり、上坂『全評釈』も〈「む」は意志助動詞だが、「て」を受けて強められ、決意を表わす。だがまた、「や」が疑問の助詞で、その決意がぐらつき、見てしまおうか、あるいは、確かに見られようか、の意味になる〉と説明を加えている。本書は両方に用例を示した。


「…（かぐや姫ガ）心もとなくてはべらむに、ふと御幸《みゆき》して御覧ぜば、御覧ぜられな**む**」（六〇・⑮）

＊「む」の意は「推量」と解するのが通説。ただし、「適当・勧誘」の意も排除できないので、本書は両方に用例を示した。〔→P173「む」の「適当・勧誘」終止形（六〇・⑮）に詳述。また、P10「らる」の「自

発」連用形（六〇・⑮）も参照。〕

（帝ハ）これなら**む**と思して、逃げて入る袖を取らへたまへば、面《おもて》をふたぎてさぶらへど、（六一・④）

かぐや姫答へて奏す。「おのが身は、…いと率《ゐ》ておはしましがたくやはべら**む**」と奏す。（六一・⑧）

＊「率ておはしましがたくやはべらむ」の訳は「連れておいでになりにくうございましょう」（野口『集成』・室伏『創英』）でおおむね定まっており、問題になるのは「や」をどのように解するかだろう。三谷『評解』は〈「や」は軽い疑問の意の係助詞で一種の婉曲叙法。断定したいところを遠慮して表現したものと考えられる〉と説明しており、それを踏まえて、上坂『全評釈』は〈「や」は軽い疑問。推量助動詞「む」を添えて、断定せずに婉曲に言ったもの〉と説明している。

翁、「…我が子を、なにびとか迎へきこえむ。まさにゆるさ**む**や」といひて、（六六・⑦）

＊「ゆるさむ」の行為の主体は会話主の翁自身で、一人称。

「…どうして許せようか、許せない」のように「む」を「推量」の意で訳しているのは、野口『集成』、室伏『創英』、雨海『対訳』、片桐『新全集』、大井田『対照』など。一方、「…どうして許そうか、許さない」のように「意志」の意で訳しているのは、中河『角川文庫』、武田『新解』、三谷『評解』、岡『評釈』、南波『全書』、上坂『全評釈』、堀内『新大系』など。本書は両方に用例を示した。

（かぐや姫ハ）「…悲しくのみある。されど、おのが心ならずまかりな**む**とする」といひて、（六六・⑬）

＊用例は「…帰ってしまおうとしています」（三谷『評解』）、「…行ってしまおうとしているのです」（片桐『新全集』）などと訳されることが多いが、「〜してしまおう」はふつう「む」の意を「意志」と解した場合に

用いる訳語である。
しかし、かぐや姫が人間世界から立ち去るのは「この月の十五日に、かの元の国より、迎へに人々まうで来むず。さらずまかりぬべければ、…」（六五・⑮）という事情による「おのが心ならず」のことであり、「まかりなむとする」の「む」は「意志」ではなく「推量」の意を表しているとみるべきだろう。武田『新解』の訳「…悲しいだけでございます。しかし、わたくしの心ならず参りますでせう」や、岡『評釈』の訳「…私は心ならず月の都へ帰ってゆくことになるでしょう」は「推量」の訳語を用いて訳している。
なお、上坂『全評釈』は〈行ってしまおうとするのです。行ってしまうようになるのです〉と二通りの訳し方を併置している。本書は「推量」「意志」の両方に用例を示した。
翁のいはく、「かばかりまもる所に、天の人にも負け**む**や」といひて、（六八・⑭）
かく鎖《さ》し籠《こ》めてありとも、かの国の人来《こ》ば、みなあきな**む**とす。（六九・⑦）
（私ガ）この国に生れぬるとならば、（ご両親様ヲ）嘆かせたてまつらぬほどまで侍ら**ん**。（七三・⑬）
＊底本（古活字十行本）の本文は「侍らて」。用例本文は、片桐『新全集』が〈「はべらで」は「はべらん」の誤写〉と判断し、校訂したもの。片桐『新全集』は「…ご両親様を嘆かせ奉らぬ時まで、ずっとお仕えすることもできましょう」と訳している。

む（連体形）

かぐや姫、「何事をか、のたまはむことは、うけたまはざら**む**。…」といふ。（二二・①）
＊「うけたまはざらむ」の行為の主体は会話主のかぐや姫自身で一人称であり、「む」は「意志」の意とも

考えられる。しかし、明らかに「意志」の意と解しているものは、岡『評釈』の訳〈おっしゃることはどんな事でも決していやなど申しません〉や松尾『評註』の訳「どんな事でもおっしゃる事は承らないことがございましょうか（かならず承るつもりです）」くらいで、他は、「どんなことでも、うけたまわらないことがありましょうか」（室伏『創英』・片桐『新全集』）のように「推量」の意ととり得る訳し方をしている。あるいは、そこにも「意志」の意が込められている可能性がなくもないとも思われるが、本書は「推量」「意志」の両方に用例を示した。

「…この世の人は、男は女に…。女は男にあふことをす。…いかでかさることなくてはおはせ**む**」。（二二・⑦）

＊用例は、翁がかぐや姫に対し、男女は結婚するものだと教え諭そうとして述べた会話文の一部で、「さること」とは、女性であるかぐや姫が夫を迎えるということ。

「む」の意には「推量」「適当・勧誘」の両説があるので、本書は両方に用例を示した。〔↓P173「む」の「適当・勧誘」連体形（二二・⑦）に詳述。〕

人の心ざしひとしかんなり。いかでか、中におとりまさりは知ら**む**。（二三・⑥）

翁、「…この国に在る物にもあらず。かく難きことをば、いかに申さ**む**」といふ。（二五・①）

＊「む」の意には「推量」「意志」の両説がある。

「意志」の意と解するのは、堀内『新大系』の頭注〈どのように申し上げようか。貴公子への遠慮と同情〉や片桐『新全集』の訳「…どのように申しましょうか」などである。

一方、「推量」と解するものは多く、「…こんな難題をばどうして申されよう」（三谷『評解』）などと訳される。本書は両方に用例を示した。

なお、岡『評釈』が〈「いかに」は「どのように」の意だが、『解』をはじめ諸註「いかにしてか」「いかで（か）」などと同義と取って、「どうして申すことが出来よう」と解している。前後の関係から翁は五人に対する言い方に苦しんでいるというよりも、言い出すことをためらっている趣に取れるからである〉と詳しい説明を加えている（『解』は田中大秀『竹取翁物語解』のこと。P53参照）。この説明を踏まえ、松尾『評註』は〈「いかに申さむ」は、岡博士もいわれるように、「どのように申し上げよう」の意であるべきようであるが、諸注が「どうして申し上げられよう」と訳すのに仮りに従う。「いかで申さむ」と同じ意に用いられることがあるかどうかなお用例を調べたい〉と記している。

翁、「難きことにこそあなれ。…」といふ。かぐや姫、「なにか難から**む**」といへば、（二五・①）

（翁ハ）「…このたびは、いかでか辞《いな》びまうさ**む**。人ざまもよき人におはす」などいひゐたり。（三〇・⑩）

＊「辞びまうさむ」の行為の主体はかぐや姫で、会話主である翁から見て三人称。

その山のさま、高くうるはし。これや我が求むる山なら**む**と思ひて、（三二・④）

もし、天竺に、たまさかに持て渡りなば、もし長者のあたりにとぶらひ求め**む**に。（三八・⑤）

＊この「む」の意には(1)「推量」、(2)「意志」、(3)「仮定・婉曲」の三つの解し方がある。本書はそれぞれに用例を示した。〔→P164「む」の「意志」連体形（三八・⑤）に詳述。〕

（阿倍の右大臣ハ）御身の化粧《けさう》いといたくして、やがて泊りな**む**ものぞとおぼして、（三九・⑭）

＊「やがて泊りなむものぞ」は右大臣の心中語。「泊りなむ」の行為の主体は右大臣自身で、一人称。室伏『創英』が「そのまま婿として泊ってしまうのだとお思いになって」と訳しており、ほぼ同じ訳をしている上坂『全評釈』が〈「なむ」は完了助動詞「な」で意志助動詞「む」を強める〉と説明している。しかし、多くは「む」を「推量」の意と解して「そのまゝきっと（婿として）泊ってしまうはずのことだ、とお思いになって」（松尾『評註』）、「『このまま婿としてかぐや姫邸に泊ることになろうよ』とお思いになって」（片桐『新全集』）などと訳す。本書は両方に用例を示した。

「…いはんや、龍《たつ》の頸《くび》に玉はいかが取ら**む**」（四三・②）

＊「いかが取らむ」は「どうして取れましょう」（岡『評釈』）、「どうして取りましょう、とても取れるはずはありません」（松尾『評註』）などと訳される。

楫取《かぢとり》答へて申す、「神ならねば、何わざをか仕うまつら**む**。…」といふ。（四六・⑭）

＊「仕うまつらむ」の行為の主体は会話主の楫取自身で一人称であるが、「む」の意を「意志」と解している可能性があるのは、武田『新解』の訳「神様では無いのですから、どういふ事をしようとも存じません」のほかにには見当たらないようである。

他は「推量」の意と解して、例えば「私は神ではないのだから、どんなことをしてさしあげられましょうか」（片桐『新全集』）のように訳している。

（寿詞《よごと》ヲ）千度《ちたび》ばかり申したまふ験《げん》にやあら**む**、やうやう雷《かみ》鳴りやみぬ。（四七・⑦）

大納言、南海の浜に吹き寄せられたるにやあら**む**と思ひて、息づき臥《ふ》したまへり。（四七・⑭）

「燕《つばくらめ》の、巣くひたらば告げよ」とのたまふを、うけたまはりて、「何《なに》の用にかあら**む**」と申す。（五〇・⑥）

「悪《あ》しくさぐれば、なきなり」と腹立《はらた》ちて、「誰《たれ》ばかりおぼえ**む**に」とて、「我のぼりてさぐら**む**」とて、（五三・⑫）

＊用例は、石上の中納言が、燕の子安貝が手に入るものと強い期待感を抱きつつ家来に命じて燕の巣の中を手探りに探らせたのに、「物もなし」とすげない報告を受け、腹を立てて発した言葉である。

「誰ばかりおぼえむに」は、誤写があるだろうともいわれていて解釈に諸説があるが、参考までに雨海『対訳』の訳「誰ほどの人がよいか思い浮ばないから」、室伏『創英』の訳「わしのほかに、いったいだれが取り方を思い出せよう」を挙げておく。「む」の意は、いずれの訳でも「推量」と解されている。

〈嫗ガ、かぐや姫ニ〉「うたてものたまふかな。帝の御使《おほんつかひ》をば、いかでかおろかにせ**む**」といへば、（五七・⑩）

＊例えば、片桐『新全集』の訳「…帝の御使いを、どうしておろそかにできましょうか」のように、「む」を「推量」の意で訳しているものが多いが、上坂『全評釈』は〈「む」は意志とも推量ともとれる未分化の用法とみてよい〉と説明している。本書は「推量」「意志」の両方に用例を示した。

なお、岡『評釈』の訳「…なんで粗略にしてよいでしょうか」は、「む」を「適当・勧誘」の意と解しているようにも読める。

（かぐや姫ヲ）見たてまつらではいかでか帰り参ら**む**。（五八・③）

＊用例は、帝からかぐや姫の容貌を見てくるように命じられて、竹取の翁の邸に来ている内侍が述べた会話文の一部である。

片桐『新全集』は「…どうして帰参いたせましょうか」と「む」を「推量」の意で訳しているが、三谷『評解』は「…どうして宮中に帰参いたしましょう」と「意志」の意で訳している。本書は両方に用例を示した。

（帝ガ）仰せたまふ、「などか、翁のおほしたてたらむものを、心にまかせざら**む**。…」（五九・④）

「…この女、もし、奉りたるものならば、翁に、かうぶりを、などか賜はせざら**む**」（五九・⑥）

＊用例は、帝が翁に向かって告げた言葉である。

三谷『評解』は〈「む」は推量の助動詞〉として「…どうして下し賜わないことがあろうか」と訳し、岡『評釈』、野口『集成』、雨海『対訳』、室伏『創英』、上坂『全評釈』、大井田『対照』なども「推量」の意で訳している。

一方、片桐『新全集』は「…かならず賜はせるぞ」と「む」を「意志」の意で訳し、松尾『評註』は「…どうして下賜しないことがあろうか（きっと下賜するぞ）」と両方の意を含ませて訳している。

本書は両方に用例を示した。

かうぶりも、わが子を見たてまつらでは、なににかせ**む**。（五九・⑬）

＊上坂『全評釈』に〈「む」は推量助動詞連体形で結び〉と説明されている。

翁いらふるやう、「…さはありとも、などか宮仕へをしたまはざら**む**。…」といふ。（五九・⑭）

帝、「などかさあら**む**。なほ率《ゐ》ておはしまさむ」とて、御輿《おほんこし》を寄せたまふに、（六一・⑨）

むぐらはふ 下にも年は 経ぬる身の なにかは玉の うてなをも見**む**（六二・①）

＊用例はかぐや姫が詠んで帝に贈った歌である。

阪倉『旧大系』の訳「…どうして今更（宮仕えして）玉台ともいうべき立派な御殿に暮らそうなどと考えましょうか」や、南波『全書』の訳「…今更どうして立派な宮殿をまあ、見たいと思ひませうか。—宮中へ行きたいと思ひませうか」は「む」を「意志」の意で訳しており、雨海『対訳』も同様に訳している。

一方、武田『新解』、岡『評釈』、野口『集成』、室伏『創英』、片桐『新全集』、堀内『新大系』、大井田『対照』などは「む」を「推量」の意と解し、片桐は「…どうして今さら、金殿玉楼を見て暮せましょう」、野口は「…どうして玉の飾りに輝く高殿に近づくことなどできましょうか」と訳している。

本書は「推量」「意志」の両方に用例を示した。

（かぐや姫ハ）「いかで月を見ではあら**む**」とて、なほ月いづれば、いでゐつつ嘆き思へり。（六五・②）

（翁らガ）かならず心惑《まと》はしたまは**む**ものぞと思ひて、今まで過ごしはべりつるなり。（六五・⑪）

「…さらずまかりぬべければ、思し嘆か**む**が悲しきことを、この春より、思ひ嘆きはべるなり」（六六・②）

＊「む」は文中の連体形で、準体用法で用いられていて「仮定・婉曲」の意を表す典型的な形であり、そう解するものが多い。しかし、野口『集成』が〈「む」は、それがまだ現実にはなっていないが、きっとそうなるだろうと推量する気持を表わす〉と説明しているほか、南波『全書』が「…翁たちが思ひ嘆かれるだら

うといふ事」と「む」を「推量」の意を込めて訳し、上坂『全評釈』も「…（お爺さん達が）お嘆きなさるだろうこと」と訳している。本書は両方に用例を示した。

わが丈《たけ》立ちならぶまでやしなひたてまつりたる我が子を、なにびとか迎へきこえ**む**。（六六・⑥）

心ばへなどあてやかにうつくしかりつることを見慣《な》らひて、恋しから**む**ことの堪へがたく、（六七・②）

＊「む」は文中の連体形（連体用法）であり、「仮定・婉曲」の意と解するものが多い。ただし、「推量」の意と解している可能性のあるものもあるので、本書は両方に用例を示した。〔↓P179「む」の「仮定・婉曲」連体形（六七・②）に詳述。〕

（天人ガ）「いざ、かぐや姫、穢《きたな》き所に、いかでか久しくおはせ**む**」といふ。（七三・①）

＊会話部後半は「こんなけがれた所（人間世界）に、どうして久しい間いらっしゃることがありましょう」（松尾『評註』）、「けがれ多き人間界に、どうして長くいらっしゃるのですか」（雨海『対訳』）などと訳される。また、可能の意を含ませて「こんな穢い処にどうして長く止っていらっしゃれよう」（三谷『評解』）などと訳されもし、岡『評釈』は〈「む」は可能〉と、上坂『全評釈』は〈「む」は可能の意を含む。推量とも意志とも未分化の助動詞〉と説明している。

（翁ハ）「なにしに、悲しきに、見送りたてまつら**む**。…」と、泣き伏せれば、（七三・⑧）

＊「む」の意は「推量」「意志」のいずれの解し方も考えられるので、本書は両方に用例を示した。〔↓P167「む」の「意志」連体形（七三・⑧）に詳述。〕

「なにせむにか命も惜しからむ。誰《た》がためにか。何事も用もなし」とて、薬も食はず。（七六・③）

あふことも なみだにうかぶ 我が身には 死なぬ薬も 何にかはせむ（七六・⑮）

＊三谷『評解』や上坂『全評釈』は〈「む」は推量の助動詞〉と明記しているが、「意志」の意の訳語を当てて訳しているものもある。本書は両方に用例を示した。〔↓P168「む」の「意志」連体形（七六・⑮）に詳述。〕

め（已然形）

かぎりなき 思ひに焼けぬ 皮衣《かはごろも》 袂《たもと》かわきて 今日こそは着め（四〇・③）

＊用例は、火鼠の皮衣を得てご満悦の阿倍の右大臣が、かぐや姫に贈った歌である。上の句は「あなたへの限りない『思ひ（火）』に私の身は焼けていたが、その火にも焼けない皮衣をついに手に入れました」ということである。

末尾の「め」の意は(1)「意志」、(2)「推量」、(3)「適当・勧誘」の三通りに解されている。(2)「推量」の意と解すれば、「恋の涙に泣き濡れていた私の袂も晴れやかに乾いて今日こそ着られるでしょう」（堀内『新大系』）などと訳すことができる。本書はそれぞれに用例を示した。〔↓P169「む」の「意志」已然形（四〇・③）に詳述。〕

この皮衣《かはぎぬ》は、火に焼かむに、焼けずはこそ、まことならめと思ひて、人のいふことにも負けめ。（四一・④）

＊「こそ」の結びは「まことならめ」の「め」と「負けめ」の「め」の二か所で、一つの係助詞に対する結びが二つある珍しい例。室伏『創英』は〈日常会話文に特有の表現〉と見ている。

ただし、野口『集成』は「こそ」の結びは「まことならめ」の一か所であるとしている。〔↓P170「む」の「意志」已然形（四一・④）に詳述。〕

また、人の申すやう、「…さてこそ（燕《つばくらめ》の子安貝ヲ）取らしめたまはめ」と申す。（五一・③）

＊用例は、石上の中納言に向かって、家来の一人が燕の子安貝の取り方をアドバイスした場面である。「取らしめたまはめ」の行為の主体は聞き手である石上の中納言で、会話主である「人」から見て二人称で、「む」を「適当・勧誘」の意と解するのが通説である。

ただし、片桐『新全集』が「そのようにして、はじめて取らせることがおできになりましょう」と「む」を「推量」の意ともとらえ得る訳し方をしているので、ここにも用例を示した。〔↓P175「む」の「適当・勧誘」已然形（五一・③）に詳述。〕

かぐや姫答《こた》へて奏す。「おのが身は、この国に生まれてはべらばこそ、使ひたまはめ、…」と奏す。（六一・⑦）

＊多くは「め」を「推量」の意と解して「…お召し使いもなされましょうが」（室伏『創英』）などと訳す。松尾『評註』も同様に「推量」と解しているが、語釈の中で〈臣下なのだからお召しつかいになれることでしょう〉と「推量」に「可能」の意を加えた訳し方を示し、片桐『新全集』も〈可能の推量〉と説明している。

一方、岡『評釈』は〈「め」は「む」（この場合は適当をあらわす）の已然形〉として「…お心のままにお召使い下さるのが、よろしゅうございましょう」と訳し、三谷『評解』も〈「め」にはシテモイイの意味がある〉と説明している。本書は「推量」「適当・勧誘」の両方に用例を示した。

「…（親たちノ）老いおとろへたまへるさまを見たてまつらざらむこそ恋しから**め**」（七〇・⑩）

意志〈訳語例〉～ウ。～ヨウ。～ツモリダ。～タイ。

む（終止形）

（求婚者ハ）家の人どもに物をだにいは**む**とて、いひかくれども、ことともせず。（二〇・③）

そもそも、いかやうなる心ざしあらむ人にかあは**む**と思す。（二三・②）

＊「人にか」の係助詞「か」の結びについて、二通りの解し方がある。

⑴係助詞「か」の結びを「思す」の一か所ととらえ、〈「人にか」の「か」は係助詞。これに対する結びは「おぼす（四段・連体形）」である〉（岡『評釈』）とする解し方である。この場合、「あはむと」は「思す」にかかる連用修飾語となり、「あはむ」の「む」は終止形となる。武田『新解』の訳「…どういふ心のある人に、逢はうとお思ひになりますか」や、三谷『評解』の訳「一体どのような深い志のある方に結婚しようとお思いになるのですか」などもこの解し方と思われる。

ただし、この解し方に対しては、上坂『全評釈』が〈「おぼす」に係るなら、「……あはむとかおぼす」とあるのが本来であろう〉と疑義を呈している。

⑵係助詞「か」が「あはむ」と「思す」の二つの結びを持つとする解し方で、上坂『全評釈』に例示された「……人に結婚しようかとお思いです?」という訳し方ができ、「あはむ」の「む」は連体形となる。

なお、このとらえ方は、「焼けずはこそ、まことならめと思ひて、人のいふことにも負けめ」（四一・②～④）の係助詞「こそ」が結びを二つ持つとする（片桐『新全集』など）のと同じとらえ方である。(2)については、P212「べし」の「適当・勧誘」連体形（五二・⑩）も参照。

本書は終止形・連体形両方の活用形に用例を示した。

なにばかりの深きをか見**む**といはむ。（二三・④）

＊岡『評釈』・上坂『全評釈』が〈「何ばかり」と「か」との二つが係りとなり、結びは「言はむ（「む」の連体形）」〉と説明している。「見むと」は「いはむ」にかかる連用修飾語。

ゆかしき物を見せたまへらむに、御心ざしまさりたりとて、仕うまつら**む**と、（二三・⑦）

銀《しろかね》を根とし、金《こがね》を茎とし、白き玉を実《み》として立てる木あり。それ一枝折りて賜はら**む**。（二四・⑪）

翁、「とまれ、かくまれ、申さ**む**」とて、いでて、（二五・②）

（くらもちの皇子《みこ》ハ）朝廷《おほやけ》には、「筑紫の国に湯あみにまから**む**」と暇《いとま》申して、（二七・⑤）

鬼のやうなるものいで来て、殺さ**む**としき。（三一・⑩）

ある時は、いはむ方《かた》なくむくつけげなる物来て、食ひかから**む**としき。（三一・⑬）

「…しかるに、禄いまだ賜はらず。これを賜ひて、わろき家子《けこ》に賜はせ**む**」（三四・⑨）

＊用例の第二文中の「賜ひ」と「賜は(せ)」の敬語の用法には諸説がある。

野口『集成』は、「これを〔私に〕賜ひて、わろき家子に〔私から〕賜はせむ」と人物関係を補って「賜ふ」「賜はす」を原則通りの尊敬語ととらえる解し方を示している。

これに対し、阪倉『旧大系』は〈「給ふ」は普通、「与ふ」「授く」の敬語とされており、したがってここは、「これを下さって…に下さるようにさせたい」という言い方と考えるべきかと思われる〉と説明して、下の「賜はす」を尊敬語「賜ふ」+使役の助動詞「す」と解し得る可能性を示すものの、ただちに〈「給はせん」は、やや敬意を失した言い方であろう〉と否定的な判断を下す。そのうえで、〈久曾神本や類従本は「たまはりて」となっているが、ここの「給ふ」は、万葉集の「…山のたをりに この見ゆる 天の白雲…との曇りあひて 雨も多麻波《たまは》ね」（四一二二）（山の鞍部に 見えるこの 天の白雲よ…一面にかき曇って 雨を（降らせて）いただきたい…引用者訳）が、相手の動作として言いながら、自分の立場からは「いただきたい」と言っているようにもとれるように、むしろ、受ける側の立場からみて、「賜わる」「いただく」という意に用いられたものと考えたい。後の「そこらの年頃そこらの金給て身をかへたるごと成りにたり」も同様であろう〉と説明し、用例を「…これを戴いて、弟子たちに頂戴させましょう」と訳している。

片桐『新全集』も、上の「賜ひ（て）」について、〈「たまはりて」の誤写とも解せるが、下の「賜はせむ」、七二ページ三行目の「そこらの年ごろ、そこらの黄金賜ひて、身を変へたるがごとなりにたり」と同様、このままで「賜はりて」の意を持つものと解しておく〉と述べ、「…これをいただいて、貧しい弟子にいただかせたいのです」と阪倉『旧大系』とほぼ同様に訳している。以上の三者の解し方においては、「む」は「意志」の意となる。

一方、室伏『創英』は、「賜はせむ」について〈「賜ふ」に敬意を高める助動詞「す」が付いたもの。お与え下さる。「む」は相手の動作につけて勧誘・催促の意を表す。お与えになってはいかが、お与えくださるように、の意〉とし、「これをわたしどもに下さって、つまらぬ弟子どもにお与えくださってはいかがでしょうか」と「む」を「適当・勧誘」の意で訳している。

本書は「意志」「適当・勧誘」の両方に用例を示した。

かしこき玉の枝《えだ》を作らせたまひて、官《つかさ》も賜は**む**と仰せたまひき。（三五・①）

この宮より賜はら**む**。（三五・③）

皇子《みこ》の、御供《おほんとも》に隠したまは**む**とて、年ごろ見えたまはざりけるなりけり。（三七・③）

（火鼠の皮衣《かはぎぬ》ガ）なきものならば、使《つかひ》にそへて金《かね》をば返したてまつら**む**。（三八・⑥）

（翁ハ）「とまれかくまれ、（阿倍の右大臣ヲ）まづ請《しやう》じ入れたてまつら**む**。…」といひて、（四〇・⑩）

この翁は、かぐや姫のやもめなるを嘆かしければ、よき人にあはせ**む**と思ひはかれど、（四〇・⑮）

「…『世になき物なれば、それをまことと疑ひなく思は**む**』と（翁ハ）のたまふ。…」といふ。（四一・④）

＊いずれの注釈書もそろって「む」を「意志」の意と解しているが、私見では、「む」が「てむ」「なむ」などの形を取らずに単独で「適当・勧誘」の意を表したものと考えることができる。本書は両方に用例を示した。〔→P172「む」の「適当・勧誘」終止形（四一・④）に詳述。〕

かぐや姫、翁にいはく、「…なほ、これを焼きて試み**む**」といふ。（四一・⑤）

（大伴の大納言ハ）「…それを取りて奉りたらむ人には、願はむことをかなへ**む**」とのたまふ。（四二・⑪）

君《きみ》の使《つかひ》といはむ者は、命を捨てても、おのが君の仰せごとをばかなへ**む**とこそ思ふべけれ。（四三・④）

「…難きものなりとも、仰せごとに従ひて、求めにまから**む**」（四三・⑨）

この人々ども帰るまで、斎《いも》ひをして、我はをら**む**。（四四・③）

（大納言ハ）「わが弓の力は、龍《たつ》あらば、ふと射殺して、頸《くび》の玉は取りて**む**。…」とのたまひて、（四五・⑬）

＊「む」の意は「推量」「意志」の二通りに解されているので、本書は両方に用例を示した。〔↓P141「む」の「推量」終止形（四五・⑬）に詳述。〕

雷《かみ》さへ頂《いただき》に落ちかかるやうなるは、龍《たつ》を殺さ**む**と求めたまへばあるなり。（四六・⑮）

「…心幼く、龍《たつ》を殺さ**む**と思ひけり。今より後《のち》は、毛の一筋をだに動かしたてまつらじ」（四七・④）

それが玉を取ら**む**とて、そこらの人々の害せられむとしけり。（四八・⑭）

かぐや姫てふ大盗人《おほぬすびと》の奴《やつ》が人を殺さ**む**とするなりけり。（四九・②）

（くらつまろガ）「子安貝取ら**む**と思しめさば、たばかりまうさむ」とて、御前《おほんまへ》に参りたれば、（五一・⑫）

（くらつまろガ）「子安貝取らむと思しめさば、たばかりまうさ**む**」とて、御前に参りたれば、（五一・⑬）

燕子《つばくらめ》うま**む**とする時は、尾を捧げて、七度《しちど》めぐりてなむうみ落とすめる。（五二・⑪）

（石上《いそのかみ》の中納言ハ）「我のぼりてさぐら**む**」とのたまひて、籠《こ》に乗りて、吊られのぼりて（五三・⑬）

「我、物にぎりたり。今はおろしてよ。…」とのたまへば、集りて、とくおろさ**む**とて、（五四・②）

「…まづ紙燭《しそく》して来《こ》。この貝の顔見**む**」（五四・⑫）

（嫗ハ）「さらば、かく申しはべら**む**」といひて、（奥へ）入りぬ。（五七・⑤）

翁、かしこまりて、御《おほん》返りごと申すやう、「…さりとも、まかりて仰せ賜は**む**」と奏す。（五九・③）

＊「仰せ賜はむ」は、底本（古活字十行本）の本文では「仰給ハん」。三谷『評解』、阪倉『旧大系』、雨海『対訳』、上坂『全評釈』、堀内『新大系』などは「仰せ事」のように本文に「事」を補っている。

一方、松尾『評註』は〈この「仰せ」は名詞とみる方が解きやすいが、その前後に動詞の「仰せ給ふ」が用いられているのだから、これも動詞とみて…〉と説明しており、武田『新解』、岡『評釈』、野口『集成』、室伏『創英』、片桐『新全集』、大井田『対照』などが同様に解している。

この部分の解釈は四通りある。

(1)田中大秀『竹取翁物語解』は〈仰給ふやうに申侍らむ〉の意と解した。

(2)三谷『評釈』は〈「仰せ事給ふ」は翁が自分の動作に「給ふ」という敬語を使っているが、これは帝の取次役をする翁が、自分に命ぜられた帝を尊敬して言ったもの〉ととらえて「仰せの次第を申し聞かせましょう」と訳している。野口『集成』の〈直接には翁自身が申し聞かせるのであるが、実質的には帝の意向を代行するのだという意識が反映しての表現。最高敬語である〉や、堀内『新大系』の〈仰せごとを拝受して伝えましょう。「賜はん」は帝の言葉を伝達する翁の行動まで帝の行為に含めて表現したもの〉も、三谷『評釈』と同様の解し方である。

(3)片桐『新全集』は「賜はむ」の形のままで「賜はらむ」の意を持つものと解して「帝の仰せをなんとか拝受させましょう」と訳した。

以上の(1)〜(3)の場合、「む」は「意志」の意を表す。

一方、(4)室伏『創英』は〈「仰せ給ふ」で、お命じになる。「む」は相手（ここでは帝）の動作に付いて勧誘・催促などの気持を表す〉として「む」を「適当・勧誘」の意と解し、「仰せ言を授けてはいかが」と訳している。

本書は「意志」「適当・勧誘」の両方に用例を示した。

「…御命《みいのち》の危さこそ、大きなる障《さは》りなれば、なほ仕うまつるまじきことを、参りて申さ**む**」（六〇・⑥）

仰せのことのかしこさに、かの童《わらは》を参らせ**む**とて仕うまつれば、（六〇・⑦）

帝仰せたまはく、「…御狩《かり》の御幸《みゆき》したまはむやうにて、（かぐや姫ヲ）見て**む**や」とのたまはす。（六〇・⑬）

＊「む」の意は「推量」「意志」の両説がある。本書は両方に用例を示した。〔↓P143「む」の「推量」終止形（六〇・⑬）に詳述。〕

（帝ガ）「ゆるさじとす」とて、率《ゐ》ておはしまさ**む**とするに、かぐや姫答《こた》へて奏す。（六一・⑥）

帝、「などかさあらむ。なほ率ておはしまさ**む**」とて、御輿《おほんこし》を寄せたまふに、（六一・⑩）

（帝ハ）「…元《もと》の御かたちとなりたまひね。それを見てだに帰りな**む**」と仰せらるれば、（六二・②）

さきざきも申さむと思ひしかども、かならず心惑《まと》はしたまはむものぞと思ひて、（六五・⑩）

翁、「…我が子を、なにびとか迎へきこえむ。まさにゆるさむや」といひて、（六六・⑦）

＊「む」の意には「推量」「意志」の両説がある。本書は両方に用例を示した。〔↓P144「む」の「推量」終止形（六六・⑦）に詳述。〕

（かぐや姫ハ）「…悲しくのみある。されど、おのが心ならずまかりなむとする」といひて、（六六・⑬）

＊「む」は、文脈の上からは「推量」の意と解せるが、「…帰ってしまおうとしています」（三谷『評解』）、「…行ってしまおうとしているのです」（片桐『新全集』）などと「意志」の意で訳されることが多いので、本書はここにも用例を示した。〔↓P144「む」の「推量」終止形（六六・⑬）に詳述。〕

（翁ハ）「…この十五日は、人々賜はりて、月の都の人まうで来《こ》ば、捕らへさせむ」と申す。（六七・⑮）

（守る人々ハ）「…かはほり一つだにあらば、まづ射殺して、外にさらさむと思ひはべる」といふ。（六九・②）

かぐや姫いふ、「…あひ戦はむとすとも、かの国の人来《き》なば、猛《たけ》き心つかふ人も、よもあらじ」。（六九・⑦）

＊「外」は底本（古活字十行本）漢字表記。「ほか」または「と」と読むか。

翁のいふやう、「御迎へに来《こ》む人をば、長き爪して、眼《まなこ》をつかみつぶさむ。…」と腹立《はらた》ちをり。（六九・⑩）

翁のいふやう、「…さが髪をとりて、かなぐり落とさむ。…」と腹立ちをり。（六九・⑩）

翁のいふやう、「…さが尻をかきいでて、ここらの朝廷人《おほやけびと》に見せて、恥を見せ**む**」と腹立ちをり。（六九・⑪）
思ひ起こして、弓矢をとりたて**む**とすれども、手に力もなくなりて、萎《な》えかかりたる、（七一・④）
中《なか》に、心さかしき者、念じて射**む**とすれども、ほかざまへいきければ、荒れも戦はで、（七一・⑤）
（かぐや姫ハ）「文を書き置きてまから**む**。恋しからむをりをり、取りいでて見たまへ」とて、（七三・⑩）
（かぐや姫ガ）形見とて、脱ぎ置く衣《きぬ》に包ま**む**とすれば、在る天人包ませず。（七四・⑦）
（天人ハ）御衣《みぞ》をとりいでて（かぐや姫ニ）着せ**む**とす。（七四・⑧）

む（連体形）

かぐや姫、「何事をか、のたまはむことは、うけたまはざら**む**。…」といふ。（二二・①）
＊松尾『評註』が「どんな事でもおっしゃる事は承らないことがございましょうか。（かならず承るつもりです。）」と、「む」に「意志」「推量」の両方の意の訳語を当てているように、「む」はいずれにも解し得る。本書は「推量」「意志」の両方に用例を示した。〔↓P145「む」の「推量」連体形（二二・①）に詳述。〕
かぐや姫のいはく、「なんでふ、さることかしはべら**む**」といへば、（二二・⑧）
そもそも、いかやうなる心ざしあらむ人にかあは**む**と思す。（二三・②）
＊係助詞「か」の結びについて二通りの見方があり、その違いによって「あはむ」の「む」には終止形と連体形の二通りのとらえ方が生じる。本書は両方の活用形に用例を示した。〔↓P155「む」の「意志」終止

形（二三・②）に詳述。〕

なにばかりの深きをか見むといはむ。（二三・④）

＊岡『評釈』と上坂『全評釈』がともに〈「か」は反語の係助詞。「何ばかり」と「か」との二つが係りとなり結びは「言はむ（「む」の連体形）」。（何ほどの）深い愛情を見ようと言うのでもない〉と説明している。

翁、「…この国に在る物にもあらず。かく難きことをば、いかに申さむ」といふ。（二五・①）

＊「む」の意には「推量」「意志」の両説があり、本書は両方に用例を示した。〔↓P146「む」の「推量」連体形（二五・①）に詳述。〕

思ふこと成らで世の中に生きて何かせむと思ひしかば、ただ、むなしき風にまかせて歩《あり》く。（三一・④）

命死なばいかがはせむ、生きてあらむかぎりかく歩《あり》きて、蓬萊といふらむ山にあふやと、（三一・⑥）

もし、天竺に、たまさかに持て渡りなば、もし長者のあたりにとぶらひ求めむに。（三八・⑤）

＊「む」の意には(1)「意志」、(2)「仮定・婉曲」、(3)「推量」の三通りの解し方がある。

(1)「意志」の意と解する上坂『全評釈』は「…長者の許にでも照会し、探してみましょう」と訳し、三谷『評解』も「尋ねて捜し求めましょうが」と訳している。

(2)「仮定・婉曲」の意と解する野口『集成』は「…尋ね求めたら（あるかもしれぬ）」と訳し、室伏『創英』も〈「む」は仮想の助動詞。上の「もし」をうけて「求めむ時に」の意。下に「侍らむ」などが省略〉と説明して「ひょっとして長者の家なんかに尋ね求めたらあるかもしれません」と訳している。

(3)「推量」の意と解する片桐『新全集』は〈「む」は可能の推量。「心あてに折らばや折らむ」（古今・秋下）などの用法〉と説明して「ひょっとしたら長者の家などをたずねて求め得ましょうよ」と訳している。

本書はそれぞれに用例を示した。

（阿倍の右大臣ハ）御身の化粧《けさう》いといたくして、やがて泊りな**む**ものぞとおぼして、（三九・⑭）

＊「む」は多く「推量」の意と解されるが、「意志」と解しているものがあるので、本書はここにも用例を示した。〔→P148「む」の「推量」連体形（三九・⑭）に詳述。〕

「さらば、いかがはせ**む**。難きものなりとも、仰せごとに従ひて、求めにまからむ」と申すに、（四三・⑦）

かぐや姫をかならずあは**む**まうけして、ひとり明かし暮らしたまふ。（四五・②）

＊文中の連体形「む」（連体用法）が「意志」の意を表している用例である。

三谷『評解』は「む」を「意志」と解し、〈かぐや姫を必ずめとろう〉と語釈に記して「かぐや姫を必ず迎えんものという準備して」と訳し、片桐『新全集』も「かぐや姫とかならず結婚しようと考え、準備して」と同様の訳し方をしている。また、阪倉『旧大系』も「かぐや姫を必ず妻に迎えようとの準備をして」と「む」を「意志」の意と解して訳している。

ただし、武田『新解』の訳「かぐや姫を是非迎へる用意をして」や、南波『全書』の訳「どうでもかぐや姫を迎へて住まはせるための準備をして」、堀内『新大系』の訳「かぐや姫を必ず妻に迎えるという準備万端整えて」は、「む」を「仮定・婉曲」の意と解している可能性がある。本書は両方に用例を示した。

（石上《いそのかみ》の中納言ハ）「燕《つばくらめ》の持たる子安貝を取ら**む**料《れう》なり」とのたまふ。（五〇・⑦）

＊文中の連体形「む」（連体用法）が「意志」の意を表している用例である。

松尾『評註』の訳「…取ろうとするためだ」や、片桐『新全集』の訳「…取ろうとするためである」は、いずれも「む」を「意志」の意と解している。

ただし、堀内『新大系』は「…取るためのものなのだ」と訳していて、「む」を「仮定・婉曲」と解している可能性がある。本書は両方に用例を示した。

（嫗ガ、かぐや姫ニ）「うたてものたまふかな。帝の御使《おほんつかひ》をば、いかでかおろかにせ**む**」といへば、（五七・⑩）

＊「む」を「推量」の意と解するものが多いが、上坂『全評釈』が〈「む」は意志とも推量ともとれる未分化の用法とみてよい〉としており、本書はここにも用例を示した。〔↓P149「む」の「推量」連体形（五七・⑩）に詳述。〕

（かぐや姫ヲ）見たてまつらではいかでか帰り参ら**む**。（五八・③）

＊用例は、帝からかぐや姫の容貌を見てくるように命じられて、竹取の翁の邸に来ている内侍が述べた会話文の一部である。「む」は「意志」「推量」の両方の意で訳されているので、本書は両方に用例を示した。〔↓P150「む」の「推量」連体形（五八・③）に詳述。〕

（帝ハ）この女のたばかりにや負け**む**と思して、（五八・⑪）

＊「この女の思案には負けないとお思ひになつて」（武田『新解』）、「この女の（お召しを拒もうとする）計

略に負けてなるものかとお思いになって」（松尾『評註』）などと訳す。

「…この女、もし、奉りたるものならば、翁に、かうぶりを、などか賜はせざら**む**」（五九・⑥）

＊用例は、帝が翁に告げた仰せである。「む」は「意志」「推量」の両方の意に訳されているので、本書は両方に用例を示した。〔↓P150「む」の「推量」連体形（五九・⑥）に詳述。〕

むぐらはふ 下にも年は 経ぬる身の なにかは玉の うてなをも見**む**（六三・①）

＊用例はかぐや姫が詠んで帝に贈った歌である。「む」の意は「推量」「意志」の二通りに解されているので、本書は両方に用例を示した。〔↓P151「む」の「推量」連体形（六三・①）に詳述。〕

内外《うちと》なる人の心ども、物におそはるるやうにて、あひ戦は**む**心もなかりけり。（七一・③）

＊「む」は「意志」「仮定・婉曲」の両方の意で訳されている。

「意志」の意と解した訳に、「…むかえ戦おうとするきもち」（松尾『評註』）、「…対抗し戦おうとする意力」（野口『集成』）、「…ぶつかり合って戦おうとする気持」（室伏『創英』）などがある。

「仮定・婉曲」の意と解した訳に、「…合戦する心」（三谷『評解』）、「…立ち向かう気力」（大井田『対照』）などがある。

なお、片桐『新全集』は「…戦い合おうというような心」と両者を合わせたような訳し方をしている。本書は両方に用例を示した。

（翁ハ）「なにしに、悲しきに、見送りたてまつら**む**。…」と、泣きて伏せれば、（七三・⑧）

＊上坂『全評釈』は「む」を〈意志助動詞〉と明記しているが、「推量」の意で訳しているものも多い。

「意志」の意と解した訳に、「こんなに悲しいのに何でお見送り申しましょう」（三谷『評解』）、「どうして、悲しいのにお見送り申し上げよう」（上坂『全評釈』）などがある。

一方、「推量」の意と解した訳としては、「お見送りしたって悲しいだけで何になりましょう」（野口『集成』）、「何のために、悲しいのにお見送り申し上げるのですか」（雨海『対訳』）などがある。

ただし、「何のために—悲しいのに—お見送り申し上げましょう（とてもお見送りすることはできません）」（松尾『評註』）や「どうして、こんなに悲しいのに見送りしませう、見送りなどできるものですか」（南波『全書』）などのように、両方の意味を持たせて訳しているものもある。本書は両方に用例を示した。

なにせ**む**にか命も惜しからむ。誰《た》がためにか。（七六・③）

＊「なにせむに」は「①何のために。何をしようとして。②どうして…か、いや…ない」の意を表す慣用的表現で、「何をするために命など惜しかろう」（野口『集成』）という訳から考えると「む」の意は「仮定・婉曲」のようにも取れそうだが、岡『評釈』が〈「何せむ（ため）にか」の「ため」を省略した言い方、何をしようとして命も惜しいであろうかの意で、転じて、どうして命も惜しかろうかとなる〉と説明しているように、「む」の意は「意志」と解することができる。

なお、用例の二つの文は対を成しており、「なにせむためにか命も惜しからむ。誰がためにか命も惜しからむ」と傍線部の言葉を補って意味をとるとよい。

あふことも　なみだにうかぶ　我が身には　死なぬ薬も　何にかはせ**む**（七六・⑮）

＊三谷『評解』や上坂『全評釈』は〈「む」は推量の助動詞〉と明記している。また、例えば野口『集成』が「…

不死の薬も何の役にたとうか、全く無用のものだ」と訳し、大井田『対照』も「…不死の薬も何の意味があろうか」と訳していて、「む」を「推量」の意と解していると考えられる。

ただし、松尾『評註』の訳「…死なない薬も何にしよう（何の用にもたたないことだ。）」や岡『評釈』の訳「…この死なぬ薬も、何にしようぞ。何にもならないではないか」などのように「む」に「意志」の意の訳語を当てて訳しているものがあるので、本書は両方に用例を示した。

め（已然形）

かぎりなき 思ひに焼けぬ 皮衣《かはごろも》 袂《たもと》かわきて 今日こそは着め（四〇・③）

*用例は、火鼠の皮衣を得てご満悦の阿倍の右大臣が、かぐや姫に贈った歌である。上の句は「あなたへの限りない『思ひ（火）』に私の身は焼けていたが、その火にも焼けない皮衣をついに手に入れました」ということである。

末尾の「め」の意は(1)「意志」、(2)「推量」、(3)「適当・勧誘」の三通りに解されている。

(1)「意志」と解しているのは、武田『新解』、岡『評釈』、三谷『評解』、阪倉『旧大系』、南波『全書』、雨海『対訳』、上坂『全評釈』などである。このうち、三谷は〈「め」は意志の助動詞「む」の已然形、上の「こそ」に対する結び〉とし、「…今まで泣きの涙で濡れていた袂もかわいて、今日こそはればれと着よう」と訳している。

(2)「推量」と解しているのは、松尾『評註』、野口『集成』、片桐『新全集』、堀内『新大系』、大井田『対照』などである。このうち、堀内『新大系』は「…恋の涙に泣き濡れていた私の袂も晴れやかに乾いて今日こそ着られるでしょう」と訳すのに対し、野口『集成』は「…今まで悲嘆の涙に濡れていた私の袂も今日は乾いて、気持よくあなたに一緒に着ていただけましょう」と訳していて、誰が着るのかについて異なった見方が示されている。

なお、松尾『評註』は〈「着め」は「着るであろう」あるいは「着ようと思う」とも解けようが、「着られよう」の意をもっているものとみておく。武田博士・岡博士は「この皮衣を着（て結婚し）よう」と解かれるが、強いてそうまで解かなくてもよいのではなかろうか。姫に献じたものを直ちに自分の用にしようというのは、いささか不自然のようである。なお、「今日こそは着め」に「今日こそ共寝しよう」の意をふくませていると解く説もある〉と述べている。

(3)「適当・勧誘」と解している室伏『創英』は〈姫に贈った衣だから「着め」の主語は姫。相手の動作につく「む」は、勧誘や軽い命令の気持を表す。着ていただけますか、着て下さい、の意〉と説明している。

本書はそれぞれの意味に用例を示した。

この皮衣《かはぎぬ》は、火に焼かむに、焼けずはこそ、まことならめと思ひて、人のいふことにも負けめ。（四一・④）

＊末尾の「め」は係助詞「こそ」の結びであるが、上の「まことならめ」の「め」も同じく「こそ」の結びで、一つの係助詞に対する結びが二つある珍しい例である。小田勝『実例詳解　古典文法総覧』（平27・和泉書院）は『竹取物語』のこの用例を挙げて〈引用句内の述語と引用外部の述語が同時に曲調終止を起こしている〉としている。

ただし、野口『集成』は、「こそ」の結びを「まことならめ」一か所としたうえで、〈「負けめ」の已然形は、気分的にはとにかく、文脈上は独立の已然形で、已然形自体が逆接の条件句を成立させている例である。でもそれまでは負けぬ、の気持を含めた言い方〉と説明している。

野口『集成』のいう〈已然形自体が逆接の条件句を成立させている〉については、大野晋『日本語の文法を考える』（昭53・岩波新書）の説明〈奈良時代の古い已然形の用法を見ると、必ずしも「こそ」が上にあることによってはじめて下を已然形で結ぶのではなかった。上に「こそ」がなくても、下が已然形だけで切れる形があった。奈良時代以前には、むしろ已然形は裸の已然形だけで条件を示す言葉づかいだった〉などが参考になる。

「我こそ死な**め**」とて、泣きののしること、いと堪へがたげなり。（六六・⑦）

適当・勧誘〈訳語例〉～ガヨイ。～テクダサイ。

＊「む」が「適当・勧誘」の意を表す場合、「てむ」「なむ」「こそ～め」の形を取ることが多い。

む（終止形）

翁、かぐや姫にいふやう、「我が子の仏。…翁の申さむこと、聞きたまひて**む**や」といへば、（二一・⑭）

＊多くは「む」を「推量」の意と解しているが、室伏『創英』が〈「む」は相手の動作に付いて、勧誘や催促または軽い命令の意を表す〉としており、本書はここにも用例を示した。（↓P140「む」の「推量」終止

形（二一・⑭）に詳述。」

「…しかるに、禄いまだ賜はらず。これを賜ひて、わろき家子《けこ》に賜はせむ」（三四・⑨）

＊用例の第二文中の「賜ひ」「賜は（せ）」の敬語の用法に諸説があるものの、「む」の意は、多くが「意志」と解している。しかし、室伏『創英』が〈勧誘・催促の意を表す〉と明記しているので、本書はここにも用例を示した。（→P156「む」の「意志」終止形（三四・⑨）に詳述。）

「…『世になき物なれば、それをまことと疑ひなく思はむ』と（翁ハ）のたまふ。…」といふ。（四一・④）

＊諸家そろって「む」を「意志」の意と解し、「この世にまたとない物で、くらべようがないから、それを疑うことなく本物だと思おう」（片桐『新全集』）のように訳している。

しかし、この用例の「　　」部分はかぐや姫が翁に述べた会話文で、その中の『　　』部分は、先に翁がかぐや姫を説得しようとして述べた「世の中に見えぬ皮衣のさまなれば、これをと思ひたまひね」（四〇・⑩）という命令表現を踏まえて、それをかぐや姫が敬語表現を除く形に言い直して引用したものである。したがって、『　　』部分は「この世にまたとない物なので、（比べようがないのだから）これを本物だと疑わず思うがよい（思ってください）」の意となるはずである。とすれば、「む」は「てむ」「なむ」などの形をとらずに単独で用いられて「適当・勧誘」の意を表している例と解することができるのではないだろうか。本書は「意志」「適当・勧誘」の両方に用例を示した。

国王の仰せごとを、まさに世にすみたまはむ人の、うけたまはりたまはでありなむや。（五八・④）

＊「む」の意には「推量」「適当・勧誘」の両説がある。本書は両方に用例を示した。〔↓P142「む」の「推量」終止形（五八・④）に詳述。〕

翁、かしこまりて、御返《おほん》りごと申すやう、「…さりとも、まかりて仰せ賜は**む**」と奏す。（五九・③）

＊「む」は「意志」の意と解するものが多いが、室伏『創英』が「適当・勧誘」の意ととらえているので、ここにも用例を示した。〔↓P160「む」の「意志」終止形（五九・③）に詳述。〕

「…（かぐや姫ガ）心もとなくてはべらむに、ふと御幸《みゆき》して御覧ぜば、御覧ぜられな**む**」（六〇・⑮）

＊「む」を「推量」の意と解するのが通説だが、中河『角川文庫』は「…御覧ぜられて下さいませ」と訳している。この訳を導く文法的説明として、⑴未然形「られ」＋終助詞「なむ」、⑵連用形「られ」＋強意「な」＋適当・勧誘「む」、の二通りが考えられるので、本書はここにも用例を示した。〔↓P10「らる」の「自発」連用形（六〇・⑮）も参照。〕

む（連体形）

「…この世の人は、男は女に…。女は男にあふことをす。…いかでかさることなくてはおはせ**む**」。（二一・⑦）

＊用例は、翁がかぐや姫に対し、男女は結婚するものだと教え諭そうとして述べた会話文の一部で、「さること」とは、女性であるかぐや姫が夫を迎えるということ。

「む」の意には「推量」「適当・勧誘」の両説がある。

「推量」の意と解する武田『新解』は「…どうしてさういふ事が無くて居られませう」と訳している。また、雨海『対訳』も「…どうして、結婚もせずにおられましょうや」と訳し、堀内『新大系』も「…どうして結婚のようなことをしないでお済ましになれましょう」と訳している。

「適当・勧誘」と解する三谷『評解』は〈「む」は推量の助動詞であるが、ここは適当の意。「か」に対して連体形をとる。「……シテモイイダロウ」の意であるが、反語があるので、全体で「それではすむまい」となる〉と説明し、松尾『評註』は「…どうしてそういう事がなくていらっしゃってよいことでしょうか」と訳し、野口『集成』・室伏『創英』は「…どうして結婚せずにいらっしゃってよいものでしょうか」と訳している。他に片桐『新全集』、大井田『対照』なども「む」を「適当・勧誘」の意で訳している。

本書は両方に用例を示した。

め（已然形）

かぎりなき 思ひに焼けぬ 皮衣《かはごろも》 袂《たもと》かわきて 今日こそは着**め**（四〇・③）

＊用例は、火鼠の皮衣を得てご満悦の阿倍の右大臣が、かぐや姫に贈った歌である。上の句は「あなたへの限りない『思ひ（火）』に私の身は焼けていたが、その火にも焼けない皮衣をついに手に入れました」ということ。
末尾の「め」の意は⑴「意志」、⑵「推量」、⑶「適当・勧誘」の三通りに解されている。多くは⑴または⑵と解するが、室伏『創英』は〈姫に贈った衣だから「着め」の主語は姫。相手の動作につく「む」は、勧誘や軽い命令の気持を表す。着ていただけますか、着て下さい、の意〉としている。本書はそれぞれの意味に用例を示した。〔→P169「む」の「意志」已然形（四〇・③）に詳述。〕

また、人の申すやう、「…さてこそ（燕《つばくらめ》の子安貝ヲ）取らしめたまは**め**」と申す。（五一・③）

＊用例は、石上の中納言に向かって、家来の一人が燕の子安貝の取り方をアドバイスした場面である。「取らしめたまはめ」の行為の主体は聞き手である石上の中納言で、会話主である「人」から見て二人称。三谷『評解』が〈「む」は自分の動作につければ、意志を表わすが、相手の動作につけると勧誘を表わす。この場合ほとんど「こそ」で強められ、その結びで已然形の「め」が用いられる。対話文に多くて「何とするがよかろう」と相手にすすめるのである〉と丁寧に説明しているが、このように「む」を「適当・勧誘」の意と解するのが通説である。

ただし、片桐『新全集』が例外的に「そのようにして、はじめて取らせることがおできになりましょう」と「む」を「推量」の意で訳しているので、本書は「推量」にも用例を示した。

かぐや姫答《こた》へて奏す。「おのが身は、この国に生れてはべらばこそ、使ひたまは**め**、…」と奏す。（六一・⑦）

＊多くは「め」を「推量」の意と解するが、三谷『評解』や岡『評釈』のように「適当」の意と解するものもあるので、ここにも用例を示した。〔→P154「む」の「推量」已然形（六一・⑦）に詳述。〕

仮定・婉曲〈訳語例〉～トシタラ。～ヨウナ。

＊古文では、未来に属することや不確かな事柄を表現する際、「翁の申さむこと」（二一・⑭）、「翁の在らむかぎりは」（二二・⑨）のように、「む」がほとんど義務的に用いられる。現代語ではふつう用いられない

この「む」の存在を意識するように、高校古典文法では、あえて「～ヨウナ」などと訳出して「婉曲」の意と呼んでいる。

む（連体形）

翁、かぐや姫にいふやう、「我が子の仏。…翁の申さ**む**こと、聞きたまひてむや」といへば、（二一・⑭）

かぐや姫、「何事をか、のたまは**む**ことは、うけたまはざらむ。…」といふ。（二一・⑮）

翁の在ら**む**かぎりはかうてもいますかりなむかし。（二二・⑨）

そもそも、いかやうなる心ざしあら**む**人にかあはむと思す。（二三・②）

五人の中に、ゆかしき物を見せたまへら**む**に、御心ざしまさりたりとて、仕うまつらむ（二三・⑥）

「…（かぐや姫ガ）『…仕うまつら**む**ことは、それになむさだむべき』といへば、…」（二四・③）

「親ののたまふことをひたぶるに辞《いな》びまうさ**む**ことのいとほしさに」と、（三〇・⑫）

難波より船に乗りて、海の中にいでて、行《い》か**む**方《かた》も知らずおぼえしかど、（三一・③）

命死なばいかがはせむ、生きてあら**む**かぎりかく歩《あり》きて、蓬萊といふらむ山にあふやと、（三一・⑥）

ある時は、いは**む**方なくむくつけげなる物来て、食ひかからむとしき。（三一・⑫）

翁答《こた》ふ、「さだかに作らせたる物と聞きつれば、返さ**む**こと、いとやすし」と、うなづきをり。（三五・⑧）

「一生の恥、…女を得ずなりぬるのみにあらず、天下の人の、見思は**む**ことのはづかしきこと」

もし、天竺に、たまさかに持て渡りなば、もし長者のあたりにとぶらひ求め**む**に。（三六・⑭）

＊「む」の意には⑴「仮定・婉曲」、⑵「推量」、⑶「意志」の三つの解し方がある。本書はそれぞれの意味に用例を示した。〔↓P164「む」の「意志」連体形（三八・⑤）に詳述。〕

いま、金《かね》五十両賜《たま》はるべし。船の帰ら**む**につけて賜《た》び送れ。（三九・③）

この皮衣《かはぎぬ》は、火に焼か**む**に、焼けずはこそ、まことならめと思ひて、人のいふことにも負けめ。（四一・②）

（大伴の大納言ハ）「…それを取りて奉りたら**む**人には、願はむことをかなへむ」とのたまふ。（四二・⑪）

（大伴の大納言ハ）「…それを取りて奉りたらむ人には、願は**む**ことをかなへむ」とのたまふ。（四二・⑪）

君《きみ》の使《つかひ》といは**む**者は、命を捨てても、おのが君の仰せごとをばかなへむとこそ思ふべけれ。（四三・③）

「いづちもいづちも、足の向きたら**む**方《かた》へ往《い》なむず」（四四・⑦）

（大伴の大納言ハ）「かぐや姫据ゑ**む**には、例のやうには見にくし」とのたまひて、（四四・⑬）

かぐや姫をかならずあは**む**まうけして、ひとり明かし暮らしたまふ。（四五・②）

＊「む」の意は「意志」と解するものが多いが、「仮定・婉曲」の意で訳している可能性のあるものがある

ので、本書はここにも用例を示した。〔↓P165「む」の「意志」連体形（四五・②）に詳述。〕

（石上《いそのかみ》の中納言ハ）「燕《つばくらめ》の持たる子安貝を取ら**む**料《れう》なり」とのたまふ。（五〇・⑦）

＊「む」は「意志」「仮定・婉曲」の二通りの意で訳されている。本書は両方に用例を示した。〔↓P166「む」の「意志」連体形（五〇・⑦）に詳述。〕

まめなら**む**男ども率てまかりて、足座《あぐら》を結ひあげて、うかがはせむに、（五一・①）

足座を結ひあげて、うかがはせ**む**に、そこらの燕子うまざらむやは。（五一・②）

人みな退《しりぞ》きて、まめなら**む**人一人を、荒籠《あらこ》に乗せ据ゑて、（五二・④）

鳥の子うま**む**間《あひだ》に、綱を吊り上げさせて、ふと子安貝を取らせたまはむなむ、よかるべき。（五二・⑤）

鳥の子うまむ間に、綱を吊り上げさせて、ふと子安貝を取らせたまは**む**なむ、よかるべき。（五二・⑥）

「…さて七度《しちど》めぐら**む**をり、引きあげて、そのをり、子安貝は取らせたまへ」（五二・⑫）

貝をえ取らずなりにけるよりも、人の聞き笑は**む**ことを日にそへて思ひたまひければ、（五五・⑦）

かぐや姫の答《こた》ふるやう、「帝の召してのたまは**む**こと、かしこしとも思はず」といひて、（五七・⑪）

国王の仰せごとを、まさに世にすみたまは**む**人の、うけたまはりたまはでありなむや。（五八・④）

などか、翁のおほしたてたら**む**ものを、心にまかせざらむ。（五九・④）

昨日今日、帝ののたまは**む**ことにつかむ、人聞《ひとぎ》きやさし。（六〇・③）

昨日今日、帝ののたまはむことにつか**む**、人聞きやさし。（六〇・③）

「…御狩《かり》の御幸《みゆき》したまは**む**やうにて、見てむや」（六〇・⑫）

「…（かぐや姫ガ）心もとなくてはべらむに、ふと御幸《みゆき》して御覧ぜば、御覧ぜられなむ」（六〇・⑮）

帝、かぐや姫をとどめて帰りたまはむことを、あかず口惜しく思しけれど、（六二・⑧）

これを、帝御覧じて、いとど帰りたまはむ空もなく思さる。（六三・②）

「…さらずまかりぬべければ、思し嘆かむが悲しきことを、この春より、思ひ嘆きはべるなり」（六六・②）

＊文中の連体形で、準体用法で用いられており、「仮定・婉曲」の意を表す典型的な形である。しかし、野口『集成』などが「推量」の意と解しているので、本書は両方に用例を示した。〔↓P151「む」の「推量」連体形（六六・②）に詳述。〕

いみじからむ心地もせず。悲しくのみある。（六六・⑫）

使はるる人も、年ごろ慣《な》らひて、（かぐや姫ト）立ち別れなむことを、（六六・⑮）

心ばへなどあてやかにうつくしかりつることを見慣らひて、恋しからむことの堪へがたく、（六七・②）

＊「む」は仮想を表すと説明するものが多い。例えば、野口『集成』が〈「む」は、まだ実現していないことを仮想する意を表わす。思っただけで堪えがたい思いが胸に溢れ、湯水ものどを通らなくなるほどだ、というのである〉と説明し、上坂『全評釈』も〈「む」は仮想を表わす。「もし別れたら」を補うとよい〉と説明している。なお、大井田『対照』は「…見慣れているので、恋しい気持ちを抑えがたく」と「婉曲」の意で訳している。いずれにせよ、「む」は文中の連体形で、連体用法として用いられており、一般に「仮定・

婉曲」の意と解されている。

ただし、三谷『評解』の〈かぐや姫が昇天して後、恋しく思うであろうことが〉や、岡『評釈』の〈姫と別れた後に、恋しく思うであろうことが〉という説明においては「む」を「推量」の意と解している可能性もあるので、本書は「仮定・婉曲」「推量」の両方に用例を示した。

御迎へに来《こ》**む**人をば、長き爪して、眼《まなこ》をつかみつぶさむ。（六九・⑨）

親たちのかへりみを、いささかだに仕うまつらでまから**む**道もやすくもあるまじきに、（七〇・③）

（親たちノ）御心《みこころ》をのみ惑《まと》はして去りな**む**ことの悲しく堪へがたくはべるなり。（七〇・⑥）

（親たちノ）老いおとろへたまへるさまを見たてまつらざら**む**こそ恋しからめ。（七〇・⑨）

内外《うちと》なる人の心ども、物におそはるるやうにて、あひ戦は**む**心もなかりけり。（七一・③）

＊「む」は「意志」「仮定・婉曲」の両方の意で訳されている。本書は両方に用例を示した。〔↓P167「む」の「意志」連体形（七一・③）に詳述。〕

かぐや姫いふ、「ここにも、心にもあらでかくまかるに、のぼら**む**をだに見送りたまへ」（七三・⑥）

（かぐや姫ハ）「文を書き置きてまからむ。恋しから**む**をりをり、取りいでて見たまへ」とて、（七三・⑩）

脱ぎ置く衣《きぬ》を形見と見たまへ。月のいでたら**む**夜《よ》は、見おこせたまへ。（七三・⑮）

むず

＊「むず」も「む」と同様に「適当・勧誘」の意を表す場合があるが、『竹取物語』にその用例はない。

推量〈訳語例〉～ダロウ。

むず（終止形）

この月の十五日に、かの元《もと》の国より、迎へに人々まうで来《こ》**むず**。（六六・①）

＊「まうで来むず」の行為の主体は「（月の都の）人々」で三人称なので、「むず」の意は「推量」と解するのが自然である。例えば、岡『評釈』が「…やって参りましょう」と訳し、松尾『評註』が「…参上することでしょう」と訳しているとおりである。

ただし、三谷『評解』の訳「…やって来ようとしています」や、片桐『新全集』の訳「…参上しようとしております」、上坂『全評釈』の訳「…参上しようとしている」などでは、「むず」を「意志」の意の訳語を用いて訳しているので、本書は両方に用例を示した。

むずる（連体形）

いますかりつる心ざしどもを、思ひも知らで、まかりな**むずる**ことの口惜しうはべりけり。（六九・⑮）

＊「むずる」は文中の連体形で、連体用法で用いられており、「仮定・婉曲」の意を表す典型的な形であるが、「推量」「意志」の意で訳しているものもある。本書はそれぞれに用例を示した。
なお、「推量」の意と解した場合、「…お別れして出ていってしまうだろうこと」と訳すことができる。〔↓P183「むず」の「仮定・婉曲」連体形（六九・⑮）に詳述。〕

意志〈訳語例〉～ウ。～ヨウ。～ツモリダ。～タイ。

むず（終止形）

いづちもいづちも、足の向きたらむ方《かた》へ往《い》な**むず**。（四四・⑦）

さやうの宮仕へつかまつらじと思ふを、しひて仕うまつらせたまはば、消え失《う》せな**むず**。（五九・⑪）

この月の十五日に、かの元《もと》の国より、迎へに人々まうで来《こ》**むず**。（六六・①）

＊「まうで来むず」の行為の主体は「（月の都の）人々」で三人称なので、「むず」の意は「推量」と解するのが自然だが、「意志」の意の訳語を用いて訳しているものもあるので、本書はここにも用例を示した。〔↓P181「むず」の「推量」終止形（六六・①）に詳述。〕

むずる（連体形）

いますかりつる心ざしどもを、思ひも知らで、まかりな**むずる**ことの口惜しうはべりけり。（六九・⑮）

＊「むずる」は文中の連体形（連体用法）で、「仮定・婉曲」の意を表す典型的な形であるが、「推量」「意志」

の意で訳しているものもある。本書はそれぞれに用例を示した。

なお、「意志」の意と解した場合、「お別れして出ていこうとしていること」と訳すことができる。〔↓P183「むず」の「仮定・婉曲」連体形（六九・⑮）に詳述。〕

さる所へまから**むずる**も、いみじくはべらず。（七〇・⑧）

＊「むずる」は文中の連体形（準体用法）で、「仮定・婉曲」の意を表す典型的な形であるが、「意志」の意の訳語を用いて訳しているものもある。本書は両方に用例を示した。〔↓P184「むず」の「仮定・婉曲」連体形（七〇・⑧）に詳述。〕

仮定・婉曲〈訳語例〉～トシタラ。～ヨウナ。

むずる（連体形）

いますかりつる心ざしどもを、思ひも知らで、まかりな**むずる**ことの口惜しうはべりけり。（六九・⑮）

＊「むずる」は文中の連体形で、連体用法で用いられており、(1)「仮定・婉曲」の意を表す典型的な形であるが、(2)「意志」、(3)「推量」の意で訳しているものもある。

(1)「仮定・婉曲」の意と解しているのは、片桐『新全集』の訳「…出ていってしまうこと」や、三谷『評解』の訳「…あちらへ参ってしまう事」、大井田『対照』の訳「お暇すること」などである。

(2)「意志」の意で訳しているのは、松尾『評註』の訳「…（もとの国へ）帰ってしまおうといたしますこと」

や、野口『集成』の訳「…お別れしようとしていること」などである。

(3)「推量」の意で訳しているのは、南波『全書』の訳「…月の都へかへつてしまふであらうこと」などである。

本書はそれぞれの意に用例を示した。

さる所へまから**むずる**も、いみじくはべらず。（七〇・⑧）

＊「むずる」は文中の連体形（準体用法）で、「仮定・婉曲」の意を表す典型的な形であり、上坂『全評釈』が「釈」で「…そのような（素晴しい）所へ行くことも」と訳し、野口『集成』が「…そのような楽土に行きますのも」と訳しているとおりである。

ただし、松尾『評註』が「…そういう所へ行こうとすることも」と「むずる」を「意志」の意の訳語を用いて訳しているほか、三谷『評解』、南波『全書』、片桐『新全集』なども同様に訳しているので、本書は「仮定・婉曲」と「意志」の両方に用例を示した。

らむ

現在推量〈訳語例〉（今ゴロ）〜テイルダロウ。

らむ（連体形）

かぐや姫のいはく、「…そのおはす**らむ**人々に申したまへ」といふ。（二三・⑦）

＊「らむ」は文中の連体形（連体用法）で、ふつう「婉曲」の意と解される。しかし、「現在推量」と解しているものもあるので、本書はここにも用例を示した。〔→P187「らむ」の「伝聞・婉曲」連体形（二三・⑦）に詳述。〕

（翁ハ）これを見て、「あが仏、何事思ひたまふぞ。思す**らむ**こと、何事ぞ」といへば、（六四・⑬）

＊「らむ」の意は「現在推量」「伝聞・婉曲」の二通りに解されているので、本書は両方に用例を示した。〔→P187「らむ」の「伝聞・婉曲」連体形（六四・⑬）に詳述。〕

「…また異所《ことどころ》にかぐや姫と申す人ぞおはします**らむ**」（七二・⑫）

らめ（已然形）

（帝ハ）心得ず思しめされつ**らめ**ども。（七五・③）

＊「…ども」の下に読点を打ち、下に続ける本文が多い。句点を打ち、終止とした片桐『新全集』は頭注で〈ここで切って余情表現と解したが、あとにそのまま続ける説もある〉と説明している。

「つ＋らめ」は、(1)「強意＋現在推量」、(2)「完了＋(単純な)推量」の二通りに解することができる。

(1)と解しているのは雨海『対訳』の訳「さぞ、ご納得の行かぬこととお思いでしょうが」など。

一方、(2)と解しているとみられるのは三谷『評解』の訳「さぞかし合点がゆかないと思召されたでしょうけれども」や片桐『新全集』の訳「わけのわからぬこととお思いになられたことでしょうが」などである。

なお、松尾『評註』の訳「さぞ合点がゆかないとお思いあそばしてしまっているでございましょうけれど」は「完了＋現在推量」とも読める。また、岡『評釈』は〈「らめ」は現在推量の「らむ」の已然形だから現在帝が心得ず思っておられるだろうの意〉と説明しつつも、「さぞ奇怪だと思召したでしょうけれど」と訳している。

本書は「現在推量」「(単純な)推量」の両方に用例を示した。

原因推量〈訳語例〉(ドウシテ)〜ノダロウ。

らむ(連体形)

(燕《つばくらめ》ハ)子をうむ時なむ、いかでかいだす**らむ**、(子安貝ガ)侍んなる。(五〇・⑩)

＊挿入句「いかでかいだすらむ」の訳は、(1)「どうして出すのだろうか」(「らむ」は「原因推量」の意)と(2)「どうやって出すのだろうか」(「らむ」は「(単純な)推量」の意)の二通りがある。

(1)と解するのは、武田『新解』、岡『評釈』、三谷『評解』、松尾『評註』など。

(2)と解するのは、野口『集成』、室伏『創英』、雨海『対訳』、片桐『新全集』、大井田『対照』など。

本書は両方に用例を示した。

伝聞・婉曲 〈訳語例〉〜トカイウ。〜（テイル）ヨウナ。

らむ（連体形）

かぐや姫のいはく、「…そのおはす**らむ**人々に申したまへ」といふ。（二三・⑦）

＊「らむ」について、三谷『評解』は〈話手が他から伝え聞いた事柄の判断を表わす〉もので〈「いらっしゃると聞いている」の意〉と述べ、「伝聞」の意と解している。この用例のように、文中の連体形で、連体用法や準体用法で用いられた「らむ」は「伝聞・婉曲」の意を表すことが多い。ただし、松尾『評註』が〈「らむ」は現在推量。現在そこにおいでになるであろうところの人々〉と説明しており、本書は両方に用例を示した。

生きてあらむかぎりかく歩《あり》きて、蓬萊といふ**らむ**山にあふやと、（三一・⑥）

（翁ハ）これを見て、「あが仏、何事思ひたまふぞ。思す**らむ**こと、何事ぞ」といへば、（六四・⑬）

＊「らむ」は文中にあって連体修飾格として直後の体言に係っており、ふつう「婉曲」の意と解されるが、「現在推量」の意と解しているものもある。

「らむ」を「婉曲」の意で訳しているのは、南波『全書』の訳「…思ひなやんでいらつしやる事は」や、片桐『新全集』の訳「…思っていらっしゃることは何事ですか」、大井田『対照』の訳「…お悩みになっているのは、どんなことですか」などである。

一方、「現在推量」の意で訳しているのは、三谷『評解』の訳「何か思いつめているようだが、そのことはどんな事です」や、松尾『評註』の訳「考えこんでいらっしゃるようですが、どんな事なのですよ」などである。

なお、野口『集成』は〈「らむ」は現在の事態の推量を表わす助動詞。ここでは、かぐや姫のふさぎこんだ様子を見て、その原因として彼女の胸中にある物思いを推量するのである〉と、「原因推量」の意と解しているようにも読める説明をしている。

本書は「現在推量」「伝聞・婉曲」の両方に用例を示した。

（単純な）推量〈訳語例〉～ダロウ。

らむ（連体形）

（燕《つばくらめ》ハ）子をうむ時なむ、いかでかいだす**らむ**、（子安貝ガ）侍んなる。（五〇・⑩）

＊「らむ」の意を「原因推量」と解するものと「（単純な）推量」と解するものの二通りがある。本書は両方に用例を示した。〔↓P186「らむ」の「原因推量」連体形（五〇・⑩）に詳述。〕

らめ（已然形）

（帝ハ）心得ず思しめされつ**らめ**ども。（七五・③）

＊「つ＋らめ」は「強意＋現在推量」とも「完了＋（単純な）推量」とも説明できるので、本書では「現在推量」「（単純な）推量」の両方に用例を示した。〔↓P185「らむ」の「現在推量」已然形（七五・③）に詳述。〕

けむ

過去推量・過去の気づき〈訳語例〉～タダロウ。～タノダロウ。

＊「けむ」には「過去の気づき」と呼ぶべき用法があるが、一般にはまだ広く認められていない。

「けり」の「気づき」の意の場合、以前から続いてきて今現にある事柄について今初めて気づいたことを表す。それに対し、「けむ」の「過去の気づき」の意は、「昔はこうだったのか」というように、気づいた時点から見て過去に属する事柄を対象として、そのことに今になって初めて気づいたという驚きを表現するものである。

この意を特に分類して一項を設けた先例はないようなので、本書も「過去推量」の一つのあり方としてここに含めて示し、＊印をつけて注記する。

けむ（連体形）

かぐや姫、「…変化《へんぐゑ》の者にてはべり**けむ**身とも知らず、親とこそ思ひたてまつれ」といふ。（二二・①）

＊多くは単に「過去の伝聞・婉曲」の意と解しているが、野口『集成』は〈この「けむ」は、今まで全く知りませんでしたが、お言葉によりますと、実は……であったのだということですが、の意〉と説明しており、「けむ」が「過去の気づき」の意を表していることを明示している。

表現者であるかぐや姫は「自分は、もともと変化の者として生まれたことを今聞いて知り、そうだったのかと驚いている」という思いをまず表明し、その上で「でも、今は違う。今の自分はこうして翁たちの子として翁たちをただただ大切に思っているのだ」と述べて、ふつうの人間の子として暮らす今のあり方を印象づけようしていると読解することができる。

本書は「過去の伝聞・婉曲」「過去の気づき」の両方に用例を示した。

置く露の 光をだにも やどさまし 小倉《をぐら》の山にて 何もとめ**けむ**（二六・⑨）

＊「何」を代名詞・副詞のいずれと見るかで、「けむ」の意が異なってくる。

代名詞と見るのは、南波『全書』、片桐『新全集』、堀内『新大系』、大井田『対照』などで、「何を求めたのだろう」と訳すことができ、「けむ」は「過去推量」の意となる。

一方、副詞と見るのは、三谷『評解』、阪倉『旧大系』、松尾『評註』、野口『集成』などで、「なぜ求めたのだろう」と訳すことができ、「けむ」は「過去の原因推量」の意となる。本書は両方に用例を示した。

（人々ハ）いつか聞き**けむ**、「くらもちの皇子《みこ》は優曇華《うどんぐゑ》の花持ちて上《のぼ》りたまへり」とののしりけり。（二八・⑮）

翁、皇子《みこ》に申すやう、「いかなる所にかこの木はさぶらひ**けむ**。…」と申す。（三一・①）

（くらもちの皇子ハ）御死《おほんし》にもやしたまひ**けむ**、え見つけたてまつらずなりぬ。（三七・②）

いかがし**けむ**、疾《はや》き風吹きて、世界暗がりて、船を吹きもて歩《あり》く。（四六・①）

荷《にな》はれて、家に入りたまひぬるを、いかでか聞き**けむ**、つかはしし男《をのこ》ども参りて申すやう、（四八・⑨）

過去の原因推量〈訳語例〉（ドウシテ）〜タノダロウ。

けむ（連体形）

置く露の 光をだにも やどさまし 小倉の山にて 何もとめ**けむ**（二六・⑨）

＊「何」が代名詞ならば「けむ」は「過去推量」の意、副詞ならば「けむ」は「過去の原因推量」の意となる。本書は両方に用例を示した。〔↓P190「けむ」の「過去推量」連体形（二六・⑨）に詳述。〕

過去の伝聞・婉曲〈訳語例〉〜タトカイウ。〜タソウダ。〜タヨウダ。

けむ（連体形）

かぐや姫、「…変化《へんぐゑ》の者にてはべり**けむ**身とも知らず、親とこそ思ひたてまつれ」といふ。（二二・①）

＊多くは「過去の伝聞・婉曲」の意と解するが、野口『集成』が指摘するように「過去の気づき」の意と解することのできる用例である。本書は両方に用例を示した。〔↓P189「けむ」の「過去推量・過去の気づき」連体形（二二・①）に詳述。〕

べし

＊「べし」の意味は多岐にわたり複雑に見えるが、次の二つに大別してとらえると理解が容易になる。
(1)その事柄が実現する可能性が大である。……「推量」「当然・義務」「可能」の意
(2)その事柄の実現を望む。……………………「意志」「適当・勧誘」「命令」の意

推量〈訳語例〉～ダロウ。～(シ)ソウダ。～ニチガイナイ。

べく（連用形）

（男どもハ）人の物ともせぬ所に惑《まと》ひ歩《あり》けども、何のしるしあるべくも見えず。（二〇・②）
＊口語訳「（男たちは）ふつうの人がてんで問題にもしない（家の裏の方だとか、それに似たような）場所まで途方にくれてさまよい歩くが、何のききめがありそうにも見えない」。
（色好みの五人ハ）かの家に行きて、たたずみ歩《あり》きけれど、甲斐あるべくもあらず。（二一・①）
＊「たたずみ歩く」は「ちょっと歩いてはしばらく立ち止まる」「あたりをぶらぶらする」の意。
この人々、家に帰りて、物を思ひ、祈りをし、願を立つ。思ひ止むべくもあらず。（二一・⑨）
ある時は、浪荒れつつ海の底にも入りぬべく、（三一・⑨）
（疾《はや》き風ハ）いづれの方《かた》とも知らず、船を海中《うみなか》にまかり入りぬべく吹き廻《まは》して、（四六・②）

＊「船を」も「海中にまかり入りぬべく」（＝今にも海中に入ってしまいそうに）も、それぞれ連用修飾語として「吹き廻して」にかかる。

（かぐや姫ハ、内侍《ないし》ニ）さらに見ゆ**べく**もあらず。（五七・⑫）

＊岡『評釈』は〈「べし」はいかにもそうありそうなことを推量する助動詞〉と説明している。用例は「かぐや姫は内侍にいっこうに会いそうにもない」と訳すことができる。

この女《め》の童《わらは》は、絶えて宮仕へつかうまつる**べく**もあらずはんべるを、もてわづらひはべり。（五九・①）

べし（終止形）

（ゆかしき物ヲ見セテモラエレバ）御心ざしのほどは見ゆ**べし**。（二四・③）

これを、かぐや姫聞きて、我はこの皇子《みこ》に負けぬ**べし**と、胸つぶれて思ひけり。（二九・③）

我が袂《たもと》今日かわければ わびしさの 千種《ちぐさ》の数も 忘られぬ**べし**（三四・①）

＊「べし」の意は「推量」と解するのが通説だが、「可能」と解しているものがあるので、本書は両方に用例を示した。〔↓P204「べし」の「可能」終止形（三四・①）に詳述。〕

御船《みふね》海の底に入らずは、雷《かみ》落ちかかりぬ**べし**。（四六・⑧）

もし、幸《さいはひ》に神の助けあらば、南海に吹かれおはしぬ**べし**。（四六・⑨）

（かぐや姫ハ）ただごとにもはべらざめり。いみじく思し嘆くことある**べし**。（六四・⑥）

使ふ者ども、「なほ物思すことある**べし**」と、ささやけど、親をはじめて、何事とも知らず。

＊用例は、月を見てため息を漏らしたり、涙を流したりするかぐや姫に対し、心配しつつも、理由もわからず、どうしてよいのかわからずに困っている周囲の人々（両親や使用人など）の様子である。（六五・⑤）

べき（連体形）

あだ心つきなば、後《のち》くやしきこともある**べき**を、と思ふばかりなり。（二二・⑬）

旅の空に、助けたまふ**べき**人もなき所に、いろいろの病《やまひ》をして、行《ゆ》く方《かた》そらもおぼえず。（三一・⑭）

＊岡『評釈』が〈「べし」は推量。助けてくれよう人・助けて頂けそうなお人〉と説明し、雨海『対訳』も「旅先で、誰も助けてくれそうな人もいない所で」と訳している。

ただし、三谷『評解』の訳「旅の空で助けて下さるはずの人もない場所で」や室伏『創英』の訳「見知らぬ旅先で助けてくださるはずもない所に」などは「べき」の意を「当然・義務」と解している可能性がある。また、松尾『評註』の訳「旅先でお助け下さる人もない所で」や片桐『新全集』の訳「旅の道中で、助けてくださる人もない所であるのに」などには「べし」の意が反映されていないかに見える。しかし、「当然助けるものと定まった人」ほどの意味で「お助け下さる人」「助けてくださる人」と表現しているのならば、これらもまた「べき」の意を「当然・義務」と解していることになる。

本書は「推量」「当然・義務」の両方に用例を示した。

案ずるに、御使《つかひ》とおはしますべきかぐや姫の要《えう》じたまふ**べき**なりけりとうけたまはりて。（三五・②）

＊「べき」の意には「推量」「当然」の両説があり、本書は両方に用例を示した。（↓P199「べし」の「当然・

義務」連体形（三五・②）に詳述。〕

「…鳥の子うまむ間《あひだ》に、綱を吊り上げさせて、ふと子安貝を取らせたまはむなむ、よかる**べき**」（五二・⑥）

「…などか宮仕へをしたまはざらむ。死にたまふべきやうやある**べき**」（五九・⑭）

＊「べき」はふつう「当然」の意と解されるが、「推量」の意と解していると考えられるものがあるので、ここにも用例を示した。〔↓P201「べし」の「当然・義務」連体形（五九・⑭）に詳述。〕

かぐや姫、「（月ヲ）見れば、世間《せけん》心細くあはれにはべる。なでふ物をか嘆きはべる**べき**」といふ。（六四・⑪）

＊「べき」の意は⑴「推量」、⑵「当然・義務」、⑶「意志」などに解されている。

⑴「べき」を「推量」の意と解しているのは、三谷『評解』の訳「…なんで悩み歎くことがございましょうか」、大井田『対照』の訳「…どうして物を嘆いてなどおりましょうか」のほか、雨海『対訳』、野口『集成』などである。

⑵「当然・義務」の意と解する岡『評釈』は〈どうして物思いをする筈がありましょう。「べき」は当然の意〉と説明し、松尾『評註』、室伏『創英』、上坂『全評釈』なども「当然・義務」の意で訳している。

⑶「意志」の意と解していると考えられるのは、片桐『新全集』の訳「…なんのために物思いにふけって嘆いたりしましょうか」、堀内『新大系』の訳「…何かを思い嘆いたりなどいたしましょう」のほか、阪倉『旧大系』『岩波文庫』などである。

本書はそれぞれに用例を示した。

（帝ハ）聞《きこ》しめして、のたまふ、「…明け暮れ見慣れたるかぐや姫をやりて、いかが思ふ**べき**」。（六八・④）

＊用例は、かぐや姫が月へ帰らねばならないと知らされた帝が翁を気遣って、「明け暮れ見慣れているかぐや姫を月の世界に行かせてしまっては、翁はどう思うだろうか」と述べた場面である。

（翁らヲ）見捨てたてまつりてまかる、空よりも落ちぬ**べき**心地する。（七四・①）

べかる（連体形）

べか（連体形の撥音便無表記）

「…うたてある主《ぬし》の御許《みもと》に仕うまつりて、すずろなる死にをす**べか**めるかな」と、楫取《かぢとり》泣く。（四六・⑩）

＊「べか」の意には「推量」「当然・義務」の二通りの解し方がある。

「推量」の意と解するのは、武田『新解』の訳「…つまらない死に方をしさうだな」、「…思いも寄らぬ死にざまをしそうだなあ」（三谷『評解』）、「…しそうな様子だ」（坂本『読本』）のほか、岡『評釈』、室伏『創英』、上坂『全評釈』、大井田『対照』などである。

「当然・義務」（「予定」「運命」とも）の意と解するのは、坂倉『旧大系』の訳「…不覚な死に方をしなけりゃならんようだわい」、「…思いがけなくつまらない死に方をしなければならないわい」（雨海『対訳』）のほか、南波『全書』、片桐『新全集』、堀内『新大系』などである。

本書は「推量」「当然・義務」の両方に用例を示した。

当然・義務〈訳語例〉〜ハズダ。〜ベキダ。〜ネバナラナイ。

べから（未然形）

この皇子《みこ》、「今さへ、なにかといふ**べから**ず」といふままに、縁《えん》に這ひのぼりたまひぬ。（三〇・⑦）

＊「べから」の意は「命令」「可能」「当然」に解されている。本書はそれぞれに用例を示した。〔↓P212「べし」の「命令」未然形（三〇・⑦）に詳述。〕

べく（連用形）

これを聞きて、まして、かぐや姫聞く**べく**もあらず。（五八・⑥）

＊用例は、帝からかぐや姫の容貌を見て来るようにと厳命された使いが、かぐや姫に会わないでは帰参できないと威圧的に述べたのを、かぐや姫が聞いて一層強く反発し、拒絶したことを述べた箇所である。

「べく」を「推量」の意と解して「…ますます、かぐや姫は聞き入れそうもない」などと訳すこともできそうだが、多くは「べく」を「当然」の意と解し、例えば、「…よけいに、かぐや姫は聞き入れるはずもない」（松尾『評註』）のように訳している。

これは、かぐや姫の拒絶が、帝の使者とかぐや姫の、相容れぬそれぞれの存在理由から導かれた当然の成り行きととらえられるからで、野口『集成』が〈はじめから拒否的なかぐや姫が、こうした権威をかさにきた物言いにあっては、ますます反発的な姿勢となる〉と説明しているとおりである。本書もこれに従って「当然・義務」の意にのみ用例を示した。

ただし、大井田『対照』の訳「…ますます、かぐや姫は聞き入れようともしなくなる」は「べく」を「意志」の意と解している可能性がある。また、雨海『対訳』の訳「かぐや姫は、よけいに承服しかねた」は「べく」を「可能」の意と解しているのかもしれない。

べし（終止形）

いま、金《かね》五十両賜《たま》はる**べし**。船の帰らむにつけて賜《た》び送れ。（三九・②）

＊「賜はるべし」を、⑴「いただかねばなりません」（「べし」＝「当然・義務」の意）のように訳すのは、雨海『対訳』、片桐『新全集』、上坂『全評釈』（訳）など。

⑵「いただきたい」「いただこう」（「べし」＝「意志」の意）と訳すのは、三谷『評解』、岡『評釈』、松尾『評註』、阪倉『旧大系』『岩波文庫』、山岸『學燈文庫』、野口『集成』、室伏『創英』、上坂『全評釈』（釈）、大井田『対照』など。

⑶「お渡しください」（「べし」＝「命令」の意か？　あるいは「当然・義務」の意か？）と訳すのは、武田『新解』、上坂『学術文庫』。

本書は「意志」「当然・義務」の二つの意に用例を示した。

べき（連体形）

「我《われ》朝ごと夕ごとに見る竹の中におはするにて知りぬ。子になりたまふ**べき**人なめり」（一七・⑨）

（くらもちの皇子《みこ》ニ）仕うまつる**べき**人々、みな難波まで御送りしける。（二七・⑨）

＊野口『集成』が〈皇子という身分に応じて、他行《たぎょう》には当然定められた格式があり、また皇子の引き立てを期待する人々などが多数随従することも、当時は当然視されていた〉と解説している。

旅の空に、助けたまふ**べき**人もなき所に、いろいろの病《やまひ》をして、行《ゆ》く方《かた》そらもおぼえず。（三一・⑭）

＊「べき」の意は「推量」「当然・義務」の二通りに解されている可能性があるので、本書は両方に用例を示した。（→P194「べし」の「推量」連体形（三一・⑭）に詳述。）

案ずるに、御使《つかひ》とおはします**べき**かぐや姫の要《えう》じたまふべきなりけりとうけたまはりて、（三五・②）

＊「御使」について、野口『集成』は〈皇子と竹取の翁の娘との身分差からして、結婚とはいっても、かぐや姫は正式の妻と世間から公認されるわけではない。常識的に言えば、皇子の召使の列にしかはいれないことが、この言葉によって暗示されている〉と解説し、片桐『新全集』も〈北の方ではなく身のまわりの世話をする一段下の待遇の妻。かぐや姫は皇子の正室となる身分ではなかったのである〉と注記しており、松尾『評註』は「（皇子の君の）御側女《そばめ》としておいであそばすはずのかぐや姫」と訳している。

案ずるに、御使とおはしますべきかぐや姫の要じたまふ**べき**なりけりとうけたまはりて、（三五・②）

＊三谷『評解』は〈「べき」は下に体言「もの」を補って考える。「……ニチガイナイモノ」の意を表わし、「是非欲しいと希望されるにちがいないもの」〉と説明し、上坂『全評釈』も〈「べき」は当然助動詞の連体形、下に「もの」（玉の枝）を補うとよい〉と説明している。

一方、南波『全書』は〈**べき**は推量。ほしがり給ふらしい物であったわい〉と説明しており、本書は「当然・義務」「推量」の両方に用例を示した。

（工匠《たくみ》らガ）「（禄ヲ）賜はる**べき**なり」といふを、（かぐや姫ガ）聞きて、（三五・④）
いかに思ひてか、（龍《たつ》の頸《くび》の玉を取ることヲ）汝ら難きものと申す**べき**。（四三・⑦）

＊「べき」の意は「当然・義務」「可能」「意志」の三通りの解し方がある。本書はそれぞれに用例を示した。〔↓P205「べし」の「可能」連体形（四三・⑦）に詳述。〕

「汝ら、君《きみ》の使《つかひ》と名を流しつ。君の仰せごとをば、いかがはそむく**べき**」（四三・⑬）

＊「べき」の意は「当然・義務」「可能」の二通りの訳し方がある。本書は両方に用例を示した。〔↓P206「べし」の「可能」連体形（四三・⑬）に詳述。〕

（子安貝を取るタメニ）させたまふ**べき**やうは、この麻柱《あななひ》をこほちて、人みな退《しりぞ》きて、（五二・③）

＊三谷『評解』は〈「べき」は当然をあらわす〉として「おやりにならねばならぬ方法は」と訳し、野口『集成』なども「なさるべき方法は」と訳しており、これが通説である。
　ただし、松尾『評註』が「おさせになるのがよいとおもわれることは」と「べき」を「適当・勧誘」の意で訳しているので、本書は「当然・義務」「適当・勧誘」の両方に用例を示した。

かぐや姫、「よきかたちにもあらず。いかでか見ゆ**べき**」といへば、（五七・⑧）

＊「べき」の意は⑴「可能」、⑵「意志」、⑶「当然・義務」などに解されている。本書はそれぞれに用例を示した。〔↓P206「べし」の「可能」連体形（五七・⑧）に詳述。〕

「…かひなく、見えずなりにけり。かくたいだいしくやは慣《な》らはす**べき**」と仰せらるる。（五八・⑭）

＊武田『新解』は〈放縦に馴れさせるべきでは無い〉とも、「…そんなにわがまま、にさせてはいけない」とも

訳している。三谷『評解』の訳は「…そんなに（勅命を）疎略に心得習わせて置くという事があるものか」、片桐『新全集』の訳は「…このようにうまくゆかぬ状態のままにしておいてよいものか」、堀内『新大系』の訳は「…このように不都合千万なままにしておいてよいものか」で、いずれも帝の発言趣旨を「当然そうあってはならないはずだ」「そのようにさせるべきではない」と読み取っており、「べき」の意は「当然」の意と解されている。

「…などか宮仕へをしたまはざらむ。死にたまふべきやうやあるべき」（五九・⑭）

「…などか宮仕へをしたまはざらむ。死にたまふべきやうやあるべき」（五九・⑭）

＊岡『評釈』や三谷『評解』が〈「べき」は当然〉と説明し、三谷『評解』が「…死なゝければならないという様なことがあるはずがない」と訳し、野口『集成』が「お死ににならねばならぬわけなどあるはずもあるまいに」と訳すように、「べき」は「当然」の意と解されることが多い。

ただし、雨海『対訳』の訳「…あなたが死なければならないわけがあるのでしょうか」や大井田『対照』の訳「…死んでおしまいになるわけでもあるのですか」のように「推量」の意と解していると考えられるものがあり、本書は両方に用例を示した。

さりとて、夜《よ》を明かしたまふべきにあらねば、（帝ハ）帰らせたまひぬ。（六三・④）

＊上坂『全評釈』は〈「べき」はあるいは可能とも解せるが、当然の助動詞とみる〉と述べ、南波『全書』は〈よいわけでもないから。べきは当然〉と説明している。野口『集成』なども「…ここで夜をお明かしになるわけにもいかないので」と「べき」を「当然・義務」の意で訳している。

一方、雨海『対訳』が「…このまま夜を明かすこともおできにならないので」と「可能」の意で訳し、片桐『新全集』は「…ここで夜をお明かしになることができるはずもないので」と「可能」と「当然」を混合したような訳し方をしている。本書は「当然・義務」「可能」の両方に用例を示した。

なお、野口『集成』が〈当時の天皇の絶対的禁忌の一つとして、就寝が剣璽《けんじ》の奉安されている宮殿に限られることがあった〉と解説している。

かぐや姫、「(月ヲ)見れば、世間《せけん》心細くあはれにはべる。なでふ物をか嘆きはべる**べき**」といふ。(六四・⑪)

＊「べき」の意は「推量」「当然・義務」「意志」などに解されている。本書はそれぞれに用例を示した。〔↓P195「べし」の「推量」連体形(六四・⑪)に詳述。〕

今は、帰る**べき**になりにければ、この月の十五日に、かの元《もと》の国より、迎へに人々まうで来《こ》むず。(六五・⑮)

鎖《さ》し籠《こ》めて、守り戦ふ**べき**したくみをしたりとも、あの国の人をえ戦はぬなり。(六九・④)

＊「守り戦ふべきしたくみ」を松尾『評註』は「守り戦うはずの用意」と訳し、「べき」を「当然(予定)」の意と解しているが、三谷『鑑賞講座』は〈守り戦おうとする用意〉と「べき」を「意志」の意で解している。

本書は両方に用例を示した。

長き契りのなかりければ、ほどなくまかりぬ**べき**なめりと思ひ、悲しくはべるなり。(七〇・①)

「衣《きぬ》着せつる人は、心異《こと》になるなりといふ。物一言《ひとこと》いひ置く**べき**ことありけり」といひて、文書く。

駿河の国にあなる山の頂《いただき》に持てつくべきよし仰せたまふ。（七四・⑩）
峰にてすべきやう教へさせたまふ。（七七・③）

べかる（連体形）

べか（連体形の撥音便無表記）

「…うたてある主《ぬし》の御許《みもと》に仕うまつりて、すずろなる死にをす**べか**めるかな」と、楫取《かぢとり》泣く。（四六・⑩）

＊「べか」には「推量」「当然・義務」の二通りの意の訳し方がある。本書は両方に用例を示した。〔↓P196「べし」の「推量」連体形（四六・⑩）に詳述。〕

べけれ（已然形）

君《きみ》の使《つかひ》といはむ者は、命を捨てても、おのが君の仰せごとをばかなへむとこそ思ふ**べけれ**。（四三・④）

さらずまかりぬ**べけれ**ば、思し嘆かむが悲しきことを、この春より、思ひ嘆きはべるなり。（六六・①）

可能〈訳語例〉〜コトガデキル。〜ラレル。

べから（未然形）

この皇子《みこ》、「今さへ、なにかといふ**べから**ず」といふままに、縁《えん》に這ひのぼりたまひぬ。（三〇・⑦）

＊「べから」の意は「命令」「可能」「当然」の三通りに解されている。本書はそれぞれに用例を示した。〔↓P212「べし」の「命令」未然形（三〇・⑦）に詳述。〕

べく（連用形）

内々《うちうち》のしつらひには、いふ**べく**もあらぬ綾織物に絵をかきて、間毎《まごと》に張りたり。（四五・①）

（石上《いそのかみ》の中納言ハ）唐櫃《からびつ》の蓋《ふた》の入れられたまふ**べく**もあらず、御腰は折れにけり。（五五・③）

＊石上の中納言は燕の子安貝を手に入れ損ねたうえに瀕死の重傷を負った。用例はその中納言の求婚譚の末尾に近い一節で、「唐櫃の蓋の入れられたまふべくもあらず」には諸説がある。〔↓P12「らる」の「受身」連用形（五五・③）に詳述。〕

御心《みこころ》は、さらにたち帰る**べく**も思されざりけれど、さりとて、夜《よ》を明かしたまふべきにあらねば、（六三・③）

＊「べく」は「意志」または「可能」の意に解されているが、下の「思されざりけれど」の「れ」（自発等の助動詞「る」の未然形）の解釈と併せて考える必要がある。〔↓P208「べし」の「意志」連用形（六三・③）に詳述。〕

つねに仕うまつる人を見たまふに、かぐや姫のかたはらに寄る**べく**だにあらざりけり。（六三・⑥）

べし（終止形）

我が袂《たもと》 今日かわければ わびしさの 千種《ちぐさ》の数も 忘られぬ**べし**（三四・①）

＊「べし」の意は「推量」と解するのが通説で、「…いままでの多くの艱難辛苦も、しぜんに忘れてしまう

でしょう」（片桐『新全集』）などと訳される。

ただし、三谷『評解』は下の句について〈「れ」は自発の助動詞「る」の連用形。…「べし」は可能の助動詞〉として「…つらい悲しさの数々も（きっと）忘れることが出来ましょう」と訳している。これに対して、岡『評釈』が〈三谷氏は「れ」は自発、「べし」は可能としておられるが、この場合の「べし」は推量と取るのがおだやかだと思う〉として「…これまでの数々《くさぐさ》のつらい思い出も、きっといつのまにか忘れてしまうことでしょう」と訳している。本書は両方に用例を示した。

べき（連体形）

天竺に二つとなき鉢を、百千万里のほど行きたりとも、いかでか取る**べき**と思ひて、（二五・⑩）

蓬萊の玉の枝《えだ》を、一つの所あやまたず持ておはしませり。何をもちて、とかく申す**べき**。（二九・⑮）

その山、見るに、さらに登る**べき**やうなし。（三二・⑬）

山はかぎりなくおもしろし。世にたとふ**べき**にあらざりしかど、（三三・⑤）

（皮衣《かはぎぬ》ハ）宝《たから》と見え、うるはしきこと、ならぶ**べき**物なし。（三九・⑩）

いかに思ひてか、（龍《たつ》の頸《くび》の玉を取ることヲ）汝ら難きものと申す**べき**。（四三・⑦）

＊「べき」は⑴「可能」、⑵「意志」、⑶「当然・義務」などの意で訳されている。

⑴「可能」の意と解しているのは、室伏『創英』の訳「どう思って、おまえらはそれを困難だと申せるのか」、雨海『対訳』の訳「…と申せようか」、上坂『全評釈』の訳「…と言えようか」などである。

⑵「意志」の意に解しているのは、武田『新解』の訳「それをどう思つて、お前たちは、むづかしい物だと

云はうとするのか」、松尾『評註』の訳「…と申し上げようとするのか」などである。

⑶〈「べき」は義務・当然をあらわす〉と説明する岡『評釈』は「何と思って、お前たちは難しいものだと申すのか。（そんなことをば申すべきではない。）」と訳している。

なお、三谷『評解』、中河『角川文庫』、野口『集成』、片桐『新全集』、大井田『対照』はいずれも「…と申すのか」と訳しているが、それらが「べき」をどう解しているのかははっきりしない。

本書は「可能」「意志」「当然・義務」のそれぞれに用例を示した。

「汝ら、君《きみ》の使《つかひ》と名を流しつ。君の仰せごとをば、いかがはそむく**べき**」（四三・⑬）

＊「べき」の意は「可能」「当然・義務」の二通りの訳し方がある。

「可能」の意で訳しているのは、片桐『新全集』の訳「…その主君の命令に、どうしてそむけようか」や上坂『全評釈』の訳「…主人の仰せ言を、どうして背くことが出来よう」のほか、雨海『対訳』、大井田『対照』などである。

「当然・義務」の意で訳しているのは、武田『新解』の訳「…主人の命令を背くべきでは無い」や三谷『評解』の訳「…主君の命令をば、どうして背いてい、ものか」のほか、岡『評釈』、松尾『評註』、室伏『創英』などである。

本書は両方に用例を示した。

かぐや姫、「よきかたちにもあらず。いかでか見ゆ**べき**」といへば、（五七・⑧）

＊「べき」の意は⑴「可能」、⑵「意志」、⑶「当然・義務」などと解されている。

(1)「可能」の意と解すれば、「…どうしてお目にかかれましょう」（野口『集成』）と訳すことができる。他に、阪倉『旧大系』、野口『集成』、片桐『新全集』、室伏『創英』、雨海『対訳』、堀内『新大系』、大井田『対照』など。

(2)「意志」と解する岡『評釈』は、「可能」の意と解することに対し、〈容貌が美しくないから見られること（又はあうこと）が、不可能であるというのはおかしい〉と疑義を呈したうえで、〈あいたくないという意志をあらわすものと考えるべきであろう〉と説明し、南波『全書』も〈**べき**は意志。（可能あるひは推量とする説もあるが、ここはかぐや姫の固い意志を示すものと見るのがよい）〉として「私は仰せのやうな人並の美しい姿容貌でもありませんのに、どうしてお目にかかりませうか。お会ひは致しません」と訳している。他に、武田『新解』など。

(3)「当然・義務」と解する松尾『評註』は、〈「見ゆ」は「（相手から）見られる」こと。どうして勅使の内侍から見られてよいものであろうか、見られるべきではない。「見ゆ」は敬意はないから「どうしてお目にかかりましょう」と訳すのは、厳密にいえば当たらない〉と説明している。

なお、上坂『全評釈』は「可能」の意と解するか「意志」の意と解するかについて〈姫の気持の何処に比重を大きく置くかで違った説明になる〉と説明を加えている。

本書は「可能」「意志」「当然・義務」のそれぞれに用例を示した。

さりとて、夜《よ》を明かしたまふ**べき**にあらねば、（帝ハ）帰らせたまひぬ。（六三・④）

＊「べき」の意には「当然・義務」「可能」の両説がある。本書は両方に用例を示した。（→P201「べし」の

「当然・義務」連体形（六三・④）に詳述。〕

意志〈訳語例〉～ウ。～ヨウ。～ツモリダ。

べく（連用形）

御心《みこころ》は、さらにたち帰る**べく**も思されざりけれど、さりとて、夜《よ》を明かしたまふべきにあらねば、（六三・③）

＊「べく」の意は「意志」または「可能」と解されている。下の「思され」の「れ」（助動詞「る」の未然形）の意との相関において解される必要があり、その組み合わせは次のとおりである。

(1)たち帰る**べく**（可能）も思され（自発）ざりけれど……松尾『評註』、三谷『評解』、室伏『創英』
…松尾『評註』の訳「お帰りになれそうにも自然お感じにならなかったけれど」

(2)たち帰る**べく**（可能）も思され（可能）ざりけれど……岡『評釈』、雨海『対訳』
…岡『評釈』の訳「立ち帰ることが出来そうにもお思いになれなかったけれども」

(3)たち帰る**べく**（意志）も思され（自発？）ざりけれど…片桐『新全集』、堀内『新大系』
…片桐『新全集』の訳「帰ろうともお思いにならなかったのであるが」

(4)たち帰る**べく**（意志）も思され（可能）ざりけれど……大井田『対照』
…大井田『対照』の訳「帰ろうともお思いになれなかったが」

なお、(3)で「れ」を（自発？）としたのは、「尊敬」の意と解している可能性もあるからである。ただし、

「思さる」の形で「尊敬」の意を表すのは平安末期以降ともいわれるので、ここも「尊敬」の意と解さぬ方がよいだろう。

べし（終止形）

いま、金《かね》五十両賜《たま》はる**べし**。船の帰らむにつけて賜《た》び送れ。（三九・②）

＊「賜はるべし」の訳し方には幾通りかがある。本書は「意志」「当然・義務」の両方に用例を示した。〔↓P198「べし」の「当然・義務」終止形（三九・②）に詳述。〕

かの童《わらは》を参らせむとて仕うまつれば、「宮仕へにいだしたてば死ぬ**べし**」と申す。（六〇・⑧）

べき（連体形）

「…（かぐや姫ガ）『…仕うまつらむことは、それになむさだむ**べき**』といへば、…」（二四・③）

＊誰を夫と定めて、お仕え申し上げるかは、「それ」（＝見たいものを見せてくれたかどうかということ）によって決めよう、とかぐや姫が述べていると、翁が求婚者たちに伝えている。

いかに思ひてか、（龍《たつ》の頸《くび》の玉を取ることヲ）汝ら難きものと申す**べき**。（四三・⑦）

＊「べき」の意には「当然・義務」「可能」「意志」の三通りの解し方がある。本書はそれぞれに用例を示した。〔↓P205「べし」の「可能」連体形（四三・⑦）に詳述。〕

かかる由《よし》の返りごとを申したれば、聞きたまひて、「いかがす**べき**」と思しわづらふに、（五一・⑪）

＊「聞きたまひて」の行為の主体は、燕の子安貝を手に入れようとしていた石上の中納言。「かかる由の返りごと」とは、子安貝をとろうと大勢の男たちが集まっているのを怖がった燕が子安貝を産むどころか巣

にも上がってこない、との現場からの報告のことである。

「べき」の意は「意志」のほか、「適当・勧誘」と解している可能性のあるものがあるので、本書は両方に用例を示した。〔↓P211「べし」の「適当・勧誘」連体形（五一・⑪）に詳述。〕

かぐや姫、「よきかたちにもあらず。いかでか見ゆ**べき**」といへば、（五七・⑧）

＊「べき」の意は「可能」「意志」「当然・義務」などに解されている。本書はそれぞれに用例を示した。〔↓P206「べし」の「可能」連体形（五七・⑧）に詳述。〕

かぐや姫、「（月ヲ）見れば、世間《せけん》心細くあはれにはべる。なでふ物をか嘆きはべる**べき**」といふ。（六四・⑪）

＊「べき」の意は「推量」「当然・義務」「意志」などに解されている。本書はそれぞれに用例を示した。〔↓P195「べし」の「推量」連体形（六四・⑪）に詳述。〕

鎖《さ》し籠《こ》めて、守り戦ふ**べき**したくみをしたりとも、あの国の人をえ戦はぬなり。（六九・④）

＊「守り戦ふべきしたくみ」を三谷『鑑賞講座』は〈守り戦おうとする用意〉と訳し、「べき」を「意志」の意と解しているが、松尾『評註』は「守り戦うはずの用意」と訳し、「当然（予定）」の意と解している。本書は「当然・義務」「意志」の両方に用例を示した。

適当・勧誘〈訳語例〉～（ノ）ガヨイ。～（スル）ガヨイ。

べき（連体形）

かかる由《よし》の返りごとを申したれば、聞きたまひて、「いかがす**べき**」と思しわづらふに、（五一・⑪）

＊「聞きたまひて」の行為の主体は、燕の子安貝を手に入れようとしていた石上の中納言。「かかる由の返りごと」とは、子安貝をとろうと大勢の男たちが集まっているのを怖がった燕が子安貝を産むどころか巣にも上がってこない、との現場からの報告のことである。

「いかがすべき」は、多くが「どうしたらよいか」（野口『集成』・室伏『創英』）、または「どうしたらよいだろう（か）」（中河『角川文庫』・松尾『評註』・雨海『対訳』・片桐『新全集』）、「どうしたらよいものか」（大井田『対照』）のように訳しており、その訳語から推せば「べき」を「適当・勧誘」の意と解しているものと思われる。

ところが、同様に「どうしたらい、だろう」と訳している三谷『評解』は「語釈」において〈どうしたらよいか。「べき」は自分の意志をきめかねて、他に問う意志を表わす〉と説明している。また、岡『評釈』も〈「べき」は決意であるが、「いかが」が疑問をあらわすので、自ら意志をきめかねて他に問う意をあらわす。どうしたらよいのだろうか〉と説明している。ここから考えると、先に「適当・勧誘」と解しているものとして挙げたものの中にも「意志」と解しているものが含まれている可能性がある。本書は「適当・勧誘」「意志」の両方に用例を示した。

（子安貝を取るタメニ）せさせたまふ**べき**やうは、この麻柱《あななひ》をこほちて、人みな退《しりぞ》きて、（五二・③）

＊「べき」の意は「当然・義務」と解するのが通説だが、松尾『評註』が「適当・勧誘」の意で訳しており、本書はここにも用例を示した。〔↓P200「べし」の「当然・義務」連体形（五二・③）に詳述。〕

（石上《いそのかみ》の中納言ハ）「燕《つばくらめ》は、いかなる時にか子うむと知りて、人をば上ぐ**べき**」とのたまふ。（五二・⑩）

＊「べき」は「いかなるときにか」の係助詞「か」の結びだが、上の「うむ」もまたこの「か」の結びになっており、一つの係助詞に対して二つの結びを持った用例。

これについて、野口『集成』は〈話し言葉では珍しいことではないが文脈がねじれている。「いかなる時にか」の係りは「子産む」の連体形で結ばれ、それ全体を「と知りて」と承けたのであるが、直前に「いかなる時にか」と言った記憶があるまま「人をば上ぐべき」と発言したために、これも上の係りを承けて結ぶかのように錯覚して連体形で止めたもの。最後に「か」が脱落したと見るのは、一見論理的であるが、ここでの口調になじまない〉と説明している。

また、室伏『創英』は〈「いかなる時にか」が「子産む」にかかるか、「上ぐべき」にかかるかについて、文脈のねじれが指摘されているが、「燕は……子産む」と「いかなる時にか……上ぐべき」の両文が一文脈に合流した、必ずしも論理的でない、しかし口訳を見ても不自然でない日常会話文の特性を、むしろ認めたい〉と述べている。〔↓P155「む」の「意志」終止形（二三・②）も参照。〕

命令〈訳語例〉～セヨ。

べから（未然形）

この皇子《みこ》、「今さへ、なにかといふ**べから**ず」といふままに、縁《えん》に這ひのぼりたまひぬ。（三〇・⑦）

＊「べから」を「命令」の意と解するのは、武田『新解』の訳「今になつてとやかく言ってはいけません」

や上坂『学術文庫』の訳「今さら何かと言いなさるな」である。

一方、「当然」の意と解する阪倉『岩波文庫』は「今になってまだ何かと言えるはずはない」と訳している。

室伏『創英』は「可能」の意と解して「今となってまで、何やかやと言うことはできないのだ」と訳している。

なお、三谷『評解』の訳「今となっては、何の彼のと申される筋ではない」は、訳語「れる」が尊敬の意ならば「べから」は「当然」の意ということになるが、もし訳語「れる」が可能の意だとすると「べから」の訳は「可能」の意と「当然」の意を混合したようなものになることになる。

本書は「命令」「可能」「当然・義務」のそれぞれに用例を示した。

べき（連体形）

「…（かぐや姫の容貌ヲ）よく見て参る**べき**よし、のたまはせつるになむ、参りつる」（五七・④）

（不死の薬壺と文ヲ）駿河の国にあなる山の頂《いただき》に持てつく**べき**よし仰せたまふ。（七七・③）

御文、不死の薬の壺ならべて、火をつけて燃やす**べき**よし仰せたまふ。（七七・④）

7　推定の助動詞

＊推量を表す助動詞のうち、客観的事実を根拠として持つ「らし」「けらし」「めり」「なり」を特に推定の助動詞と分類する。推定の助動詞がいわゆる推量の助動詞「む」「べし」などと異なる点として、原則として、推定の助動詞を含む述語に対する主語に一人称は立たないことや、疑問を表す表現を受けては用いられないことなどがいわれる。

「らし」「けらし」は和歌で用いられることが多いが、『竹取物語』にはいずれの語の用例もない。

めり

＊「めり」は〈○／めり／めり／める／めれ／○〉と活用する。このうち、連用形は「めりき」「めりけり」などのように下に助動詞が付く用法に限られ、連用中止法はない。『竹取物語』に連用形「めり」の用例はない。

推定〈訳語例〉〜ト見エル。〜ノヨウダ。

めり（終止形）

「我《われ》朝ごと夕ごとに見る竹の中におはするにて知りぬ。子になりたまふべき人な**めり**」（一七・⑨）

かぐや姫の、皮衣《かはぎぬ》を見て、いはく、「うるはしき皮な**めり**。わきてまことの皮ならむとも知らず」。（四〇・⑧）

＊多くは「めり」を「推定」の意と解しており、野口『集成』が〈「めり」は視覚によって認めたものを、……のようだ、……らしいと表現する語〉と説明しているのもその一例である。

「なめり」という承接に関しては、一般に断定の助動詞「なり」の連体形の撥音便無表記と解されているが、野口『集成』は〈接続も「なり」と同様終止形からで、ラ変型活用語の場合、撥音便化するのが例〉と「な」を終止形の撥音便無表記ととらえている。

なお、この「めり」を「婉曲」の意とする説もあるので、本書は両方に用例を示した。〔↓P219「めり」の「婉曲」終止形（四〇・⑧）参照。〕

かぐや姫、例も月をあはれがりたまへども、このごろとなりては、ただごとにもはべらざ**めり**。（六四・⑥）

＊「ざめり」の「ざ」は、打消の助動詞「ず」の連体形「ざる」の撥音便無表記。

長き契りのなかりければ、ほどなくまかりぬべきな**めり**と思ひ、悲しくはべるなり。（七〇・①）

＊「めり」を含む述語の行為の主体が一人称である用例。

松尾『評註』の訳「…間もなく帰って行ってしまわなければならなそうだと思って」や、南波『全書』の訳「…まもなく帰つてしまはねばならぬやうだと思ふと」は、「めり」を「推定」の意と解しているようである。他に「推定」と解していると思われるものに室伏『創英』などがある。

一方、片桐『新全集』の訳「…まもなく出ていかなければならぬのだと思い」や、堀内『新大系』の訳「…間もなく月の都に去っていかなければならないのだ」は、「めり」を「婉曲」の意と解しているようである。他に「婉曲」と解していると思われるものとして、岡『評釈』、野口『集成』、雨海『対訳』、大井田『対照』などがある。

本書は両方に用例を示した。

める（連体形）

「…うたてある主《ぬし》の御許《みもと》に仕うまつりて、すずろなる死にをすべか**める**かな」と、楫取《かぢとり》泣く。（四六・⑩）

＊「めり」を含む述語の行為の主体が一人称である用例。

「める」の意を「推定」と解するものとして、岡『評釈』が〈いかにもそうありそうなことを推量する意味の助動詞。「めり」は自分には……のように見える（又は思われる）意。つまらない死に方をするであろうと思われることだの意〉と説明しており、他に坂本『読本』の訳「しそうな様子だ」、片桐『新全集』などがある。

一方、「婉曲」と解するものとして、三谷『評解』が〈「めり」は婉曲表現。「しそうのようだ」の意〉と説明し、上坂『全評釈』も〈「める」は推量助動詞「めり」の連体形で、婉曲表現に用いている〉と明示するほか、野口『集成』、室伏『創英』、大井田『対照』なども「める」を「婉曲」の意と解していると思われる。

本書は両方に用例を示した。

めれ（已然形）

「…かばかり心ざしおろかならぬ人々にこそあ**めれ**」（二三・③）

＊松尾『評註』の訳「これほどに心もちの並大抵ではない人々であるようにみえますよ」や、片桐『新全集』の訳「いま申し込んでいるのは、どなたも、なみたいていでない愛情をお持ちの方々のように見えるのだが」は、いずれも「めれ」を「推定」の意と解してのものである。

一方、野口『集成』は「どなたもこんなに並たいていでない愛情の持主ではありませんか」と訳しており、「めれ」を「婉曲」の意と解していると考えられる。他に「婉曲」の意と解していると思われるものとして、三谷『評解』、室伏『創英』、上坂『全評釈』などがある。

本書は「推定」「婉曲」の両方に用例を示した。

なお、「婉曲」の意と解している阪倉『旧大系』は〈「あンめれ」は「こそ」の結びで、「…だのに」の気持を含む〉と説明し、同じく「婉曲」と解する室伏『創英』は〈断定してもよい事柄を柔らげて述べながらも、言いさして相手の判断を求める表現。……のようだが（どうなのか）の意〉と説明を加えており、三谷『評解』が「（どの方々も、）これほどあなたを思う志が並々でない人々ばかりでおありのようだが。」と訳している。

婉曲〈訳語例〉〜ヨウダ。〜ラシイ。

めり（終止形）

かぐや姫の、皮衣《かはぎぬ》を見て、いはく、「うるはしき皮な**めり**。わきてまことの皮ならむとも知らず」。（四〇・⑧）

＊多くは「めり」を「推定」の意と解しているが、室伏『創英』は〈「めり」は婉曲（えんきょく）な断定。下文の疑念と照応した表現〉と説明し、「綺麗な皮のようですね」と訳している。〔↓P216「めり」の「推定」終止形（四〇・⑧）参照。〕

長き契りのなかりければ、ほどなくまかりぬべきな**めり**と思ひ、悲しくはべるなり。（七〇・①）

＊「めり」を含む述語の行為の主体が一人称である用例。口語訳から推測すると、「めり」は「推定」「婉曲」の二通りに解されているようである。本書は両方に用例を示した。〔↓P216「めり」の「推定」終止形（七〇・①）に詳述。〕

める（連体形）

「…うたてある主《ぬし》の御許《みもと》に仕うまつりて、すずろなる死にをすべか**める**かな」と、楫取《かぢとり》泣く。（四六・⑩）

＊「めり」を含む述語の行為の主体が一人称である用例。「める」の意は「推定」「婉曲」の二通りに解されているので、本書は両方に用例を示した。〔↓P217「めり」の「推定」連体形（四六・⑩）に詳述。〕

燕子《つばくらめ》うまむとする時は、尾を捧げて、七度《しちど》めぐりてなむうみ落とす**める**。〈五二・⑪〉

＊「うみ落とすめる」の訳は、諸注そろって「産み落とすようだ／ようです」である。この「ようだ／ようです」と訳された「めり」の意として明示されている説明はすべて「婉曲」で、「推定」としているものはないようである。例えば、武田『新解』の〈メルは推量の助動詞だが、語意を柔げる為につけてゐる〉や、三谷『評解』の〈「なり」と言ってもよいところを婉曲に表現しているのである〉、上坂『全評釈』の〈「める」は推量助動詞の婉曲表現〉などである。

それとは別に、ここで「めり」という助動詞を用いたことについて、野口『集成』が〈文末が「なり」ではなく「めり」であることに注意。「なり」なら古老などからの伝聞による知識ということになろうが、「めり」では、自分自身の多年の経験によって見届けたところからの判断となる〉と説明を加えている。

また、読解・鑑賞的立場から、雨海『対訳』が〈「めり」は視覚にもとづく判断を推量的に表現する助動詞で、「…のようだ・…のように見える」と訳す。ここでは、はっきりと断定しないで、「産み落とすらしい」と表現しているところに、倉津麻呂の確乎たる自信のなさがほのかに見えておもしろい〉と評している。

めれ（已然形）

「…かばかり心ざしおろかならぬ人々にこそあ**めれ**」〈一三・③〉

＊「めれ」の意には「推定」「婉曲」の両説があり、本書は両方に用例を示した。〔↓P218「めり」の「推定」已然形〈一三・③〉に詳述。〕

なり

＊伝聞・推定の助動詞「なり」は〈○／なり／なり／なる／なれ／○〉と活用する。このうち、連用形「なり」は平安時代以降に現れたといわれるが、過去の助動詞「き」や完了の助動詞「つ」が下接する用例が少数見られるのみで、連用中止法もなく、『竹取物語』にもその用例はない。

推定〈訳語例〉～ヨウダ。

なり（終止形）

人の心ざしひとしかん**なり**。いかでか、中におとりまさりは知らむ。（二三・⑤）

＊用例は、かぐや姫が述べた会話文の一部である。第一文は、翁の話で聞くと、どうやら五人の貴公子の私に対する愛情は同程度のようだ、ということを言っている。

「なり」は一般に、音声などを直接聞いた場合は「推定」の意、人や書物を通して間接的に知った場合は「伝聞」の意を表すとされるが、この用例のように、いわゆる聴覚的根拠によるのではなく、人の話などをもとにして推定する場合もある。

「…この吹く風は、よき方《かた》の風なり。悪《あ》しき方の風にはあらず。よき方に面向《おもむ》きて吹く**なり**」（四七・⑩）

＊「なり」を断定の助動詞と識別するのが通説。ただし、片桐『新全集』が〈「なり」は推定の意の助動詞〉と明記して「…よい方向へ向って吹いているようだ」と訳しているので、ここにも用例を示した。〔↓P253断定の助動詞「なり」の「断定」終止形（四七・⑩）に詳述。〕

この燕《つばくらめ》の子安貝は、悪《あ》しくたばかりて取らせたまふ**なり**。さては、え取らせたまはじ。（五二・①）

＊用例は、くらつまろが石上の中納言に述べた会話文の一部で、燕の子安貝の取り方について、中納言の方法ではだめで、それでは取ることができないだろうということを伝えている。

「なり」を断定の助動詞と識別しているものが多く、中河『角川文庫』、三谷『評解』、阪倉『旧大系』、岡『評釈』、松尾『評註』、野口『集成』、上坂『全評釈』、大井田『対照』など。

一方、室伏『創英』、雨海『対訳』、片桐『新全集』は推定の助動詞と識別し、「この燕の子安貝は、まずい工夫でお取らせになっていらっしゃるようです」（室伏『創英』）などと訳している。

中納言の取り方をくらつまろが自ら見るなどして「悪し」と断定していると解するか、あるいは、人づてに話を聞き、「悪し」と推定していると解するか、という場面解釈の違いにより識別も異なったものと考えられる。本書は両方の助動詞に用例を示した。

なれ（已然形）

「難きことにこそあ**なれ**。この国に在る物にもあらず。かく難きことをば、いかに申さむ」（二四・⑭）

（阿倍の右大臣ハ）「…いま、金《かね》すこしにこそあ**なれ**。嬉しくしておこせたるかな」とて、（三九・⑥）

＊唐土の商人王けいが火鼠の皮衣を送り届けてきた際に、その対価の不足分として金五十両を追加して請求

する手紙が添えられていた。用例は、皮衣を受け取り、手紙を読んだ阿倍の右大臣の反応を描いた箇所（会話文または心中語）である。

「あなれ」は伝聞・推定の「なり」のとる典型的な形とされ、松尾『評註』は〈「なれ」は伝聞・推定の助動詞。「あなたの話できくところによると……であるようだ」の意〉と説明している。その場合の口語訳は、雨海『対訳』の「（お手紙によれば）あともう僅かの追加金のようだ」や、室伏『創英』の「あと金をもう少々ということのようだが」のようになる。

しかし、「なれ」を断定の助動詞と解しているものもある。例えば、岡『評釈』は〈「なれ」は伝聞とも考えられるが、推定の根拠が手紙であって音声ではなく、しかもそれによる推定を第三者に伝えているのでないから、やはり断定と見るべきだろう〉として「もう金を少しの事なんだ」と訳している。武田『新解』の訳「金がもう少しなのだ」、三谷『評解』の訳「僅かもう少しのお金なんだ」、片桐『新全集』の訳「あと、わずかな金のことだよ」なども「なれ」を断定の助動詞と解したものと考えられる。

さらに、これら両説を踏まえてか、上坂『全評釈』のように〈「あ（ン）なれ」の「なれ」は伝聞・推定の助動詞。ただし、手紙をよんでいるのだから断定ととることもできる〉との説明もある。

なお、野口『集成』の訳「いま、金を少々だけのことではないか」や、堀内『新大系』の訳「加える代価はもう少しではないか」などは、「なれ」をどのように解しているのかはっきりしない。

本書は断定の助動詞にも用例を示した。

伝聞〈訳語例〉～トイウ。～ソウダ。

なり（終止形）

東《ひんがし》の海に蓬萊といふ山ある**なり**。（二四・⑨）

＊伝聞・推定の「なり」は、ラ変動詞にはふつう「あ（ん）なり」のように連体形の撥音便に付くが、ここは連体形のもとの形「ある」に付いた珍しい例と考えられる。これに従えば、上代には「ありなり（阿理那理）」（『古事記』）のように、ラ変にも終止形に接続した伝聞「なり」が、中古に入ってラ変には連体形に接続したことの証左となる。

しかし、この部分は伝本により「あるなり」「あんなり」「あなり」「有なり」「有也」などと本文が揺れていて、不確かである。なお、武田『新解』は「…山があります」と「断定」の意で訳している。〈↓P227「なり」の「伝聞」連体形（七六・⑪）も参照。〉

「この皮は、唐土《もろこし》にもなかりけるを、からうじて求め尋ね得たる**なり**。なにの疑ひあらむ」（四一・⑧）

＊用例は、阿倍の右大臣がかぐや姫や翁に向かって火鼠の皮衣が贋物ではないことを述べた会話文である。「なり」を断定の助動詞と解し、「…やっとのことでさがし出して手に入れた物です」と訳すのが通説である。ただし、雨海『対訳』が〈この「なり」は伝聞推定の意にとる。右大臣が、商人から聞いたことを述べているのである〉と説明し、「…やっと探し求めて手に入れたそうです」と訳している。

本書は両方の助動詞に用例を示した。

龍《たつ》の頸《くび》に、五色《ごしき》の光ある玉あ**なり**。（四二・⑩）

仰せごとに、かぐや姫のかたち、優《いう》におはす**なり**。よく見て参るべきよし、のたまはせつるになむ、（五七・④）

「みやつこまろが家は山もと近か**なり**。御狩《かり》の御幸《みゆき》したまはむやうにて、見てむや」（六〇・⑫）

「衣《きぬ》着せつる人は、心異《こと》になる**なり**といふ。物一言《ひとこと》いひ置くべきことありけり」といひて、（七四・⑩）

＊「なり」を断定の助動詞と解するものと、伝聞・推定の助動詞と解するものがあり、例えば、野口『集成』が〈この「なり」は断定の助動詞〉と明記する一方で、岡『評釈』や室伏『創英』、雨海『対訳』は〈「なり」は伝聞〉と明記している。

松尾『評註』は「…変ってしまうのだという」と「断定」の意で訳しつつ、〈「なり」までを姫のことばとして、「といふ」を地の文とする考もある。その場合「なるなり」は「話に聞けば……なるということだ」の意〉と説明を加え、「なり」を「伝聞」の意ともとり得る余地を示している。

三谷『評解』、大井田『対照』などは「なり」を「断定」と解しつつ「なりといふ」全体で「伝聞」の意と解釈しているようである。

上坂『全評釈』は、「伝聞」の意と解する立場から〈後の文に「この衣着せつる人は物思ひなくなりにければ」と関連して、人間としての感情を失うことを、かぐや姫が地上の人間的立場で言っている。文末の「なり」は伝聞〉と述べる一方、〈続く、「といふ」について、「なり」までを姫のことばとせず、「なり」を断定助動詞とし、「いふ」の主語を世間の人とみることもできる〉との見方も併せて示している。

本書は両方の助動詞に用例を示した。

なる（連体形）

（阿倍の右大臣ハ）文を書きて、「火鼠の皮といふ**なる**物、買ひておこせよ」とて、（三七・⑨）

＊岡『評釈』は〈「いふ」は四段動詞、終止・連体同形なので形の上からは判断出来ないが、前後の関係から見て「なる」は伝聞推定。話にきく火鼠の裘というもの〉と説明している。松尾『評註』も〈「なる」伝聞・推定の助動詞であろう〉とし、〈「『火鼠の皮と人がいう』と聞いている物」「火鼠の皮というものがあるそうだが、その物」の意。つまり二重伝聞である〉と説明している。また、堀内『新大系』の〈品物の名も正確でなく、伝聞の助動詞「なる」を用いてあやふやである〉との指摘もある。

男《をのこ》ども答へて申す、「…子をうむ時なむ、いかでかいだすらむ、侍ん**なる**」と申す。（五〇・⑪）

＊用例の「侍んなる」は、底本（古活字十行本）をはじめ諸伝本の本文に「はらくか」などとあり、古来不詳とされてきた。片桐『新全集』は頭注で〈とにかく本文を示す必要があるので、あえて試解を提出した〉と注記しており、「侍んなる」は諸伝本の本文を誤写と見る片桐の試案である。

多くの人の身をいたづらになしてあはざ**なる**かぐや姫は、いかばかりの女ぞと、（五六・⑪）

＊用例の「あはざなる」は、底本（古活字十行本）の本文「あはさる（あはざる）」を諸本により片桐『新全集』が改めたものである。

御使《おほんつかひ》、仰せごととて、翁にいはく、「『いと心苦しく物思ふ**なる**はまことにか』と仰せたまふ」。（六七・⑪）

この十五日になむ、月の都より、かぐや姫の迎へにまうで来《く》**なる**。（六七・⑬）

「駿河の国にある**なる**山なむ、この都も近く、天も近くはべる」と奏す。（七六・⑪）

＊伝聞・推定の「なり」は、ラ変動詞にはふつう「あ(ん)なり」のように撥音便に付くが、ここは連体形のもとの形「ある」に付いた珍しい例と考えられる。

ただし、室伏『創英』の〈下文「あなる」とある形が通例で、上代の「ありなり」（『古事記』）の音便「あンなり」の撥音無表記。「あるなり」は誤写・改変を経た後世表記か〉という見方もある。〔↓P224「なり」の「伝聞」終止形（二四・⑨）も参照。〕

駿河の国にあ**なる**山の頂《いただき》に持てつくべきよし仰せたまふ。（七七・②）

8　反実仮想の助動詞

まし

＊「まし」は「反実仮想」「実現不可能な願望・残念な気持ち」の意のほか、「ためらいの気持ち」の意（多く疑問を表す語「いかに」「や」などとともに用いられて「～ヨウカシラ」などと訳される）も表すが、その用例は『竹取物語』にはない。

反実仮想〈訳語例〉～（タ）ナラバ～（タ）ダロウニ。

ましか（未然形）

のたまひしに違《たが》は**ましか**ばと、この花を折りてまうで来たるなり。（二三・③）

＊反実仮想の仮定条件部「のたまひしに違はましかば」に対する帰結部が省略されている。帰結部として「悪しからまし」などを補って読む。

まして、龍《たつ》を捕《とら》へたら**ましか**ば、また、こともなく我は害せられなまし。（四九・①）

まし（終止形）

いたづらに 身はなしつとも 玉の枝《え》を 手折《たを》らでさらに 帰らざら**まし**（二九・⑫）

＊反実仮想の帰結部「玉の枝を 手折らでさらに 帰らざらまし」に対する仮定条件部は「いたづらに 身はなしつとも」で、「〜とも（逆接の仮定条件）〜まし」の形で反実仮想を表している用例。

事実としては、身を損うことはなく、玉の枝を折り取って帰参したのである。

大井田『対照』は〈直前の「命を捨てて、かの玉の枝持て来たる」の言葉を、あらたまって和歌に表現し直した趣である〉と説明を加えている。

世にある物ならば、この国にも持てまうで来《き》な**まし**。（三八・③）

＊「まし」の意を「反実仮想」と解するのが通説であるが、野口『集成』は〈「まし」は、この場合強い疑念を含めた想像を表わす〉と説明して、「もし実在のものであるならば、この国にも持参しそうなものですが」と訳し、堀内『新大系』は〈この世に存在するものなら、この唐の国にも持ち込んでくることがありましょう。「まし」は不確かな想像の助動詞〉としており、いずれも「む」と同義で用いられる「まし」の用法と解している可能性がある。

まして、龍を捕へたらましかば、また、こともなく我は害せられな**まし**。（四九・①）

まし（連体形）

名残りなく 燃ゆと知りせば 皮衣《かはごろも》 思ひのほかに おきて見**まし**を（四二・①）

＊野口『集成』が〈「せば……まし」は反実仮想。「ましかば……まし」が散文で用いられるのに対して、もっぱら和歌に用いる〉と説明を加えている。

実現不可能な願望・残念な気持ち 〈訳語例〉～ナライイノニ。～ナラヨカッタノニ。

＊「実現不可能な願望」の用法は仮定条件部を伴わず、願ったところで実現は不可能であることを前提とした願望を表す。多く後悔や不満など、「残念な気持ち」を伴う。「反実願望」とも呼ばれる。

まし（終止形）

置く露の　光をだにも　やどさ**まし**　小倉《をぐら》の山にて　何もとめけむ（二六・⑧）

9 打消推量の助動詞

じ

＊「じ」の活用形のうち、已然形の用例はごく稀で、用法も係助詞「こそ」の結びにほぼ限られている。『竹取物語』にも已然形の用例はない。

打消推量〈訳語例〉～ナイダロウ。～マイ。

じ（終止形）

一生の恥、これに過ぐるはあら**じ**。（三六・⑬）

「仰せのことは、いとも尊し。ただし、この玉、たはやすくえ取ら**じ**を。…」と申しあへり。（四三・①）

＊「え取らじを」の「じを」の解し方は、終止形「じ」＋間投助詞「を」と、連体形「じ」＋接続助詞「を」

の両説がある。本書は終止形・連体形の両方に用例を示した。〔↓P235「じ」の「打消推量」終止形（四三・①）に詳述。〕

「…（龍《たつ》の頸《くび》ノ）玉の取り難かりしことを知りたまへればなむ、勘当《かんだう》あら**じ**とて参りつる」（四八・⑫）

この燕《つばくらめ》の子安貝は、悪《あ》しくたばかりて取らせたまふなり。さては、え取らせたまは**じ**。（五二・①）

守り戦ふべきしたくみをしたりとも、あの国の人をえ戦はぬなり。弓矢して射られ**じ**。（六九・⑥）

「…あひ戦はむとすとも、かの国の人来《き》なば、猛《たけ》き心つかふ人も、よもあら**じ**」（六九・⑧）

翁、「胸いたきこと、なのたまひそ。うるはしき姿したる使《つかひ》にも、障《さは》ら**じ**」と、ねたみをり。（七〇・⑪）

＊「じ」の意は、「打消推量」「打消意志」の二通りの解し方があるが、〈「じ」は自分の動作について推量しているのだから、自然決意のきもちをふくんでいるとみてもよい〉（松尾『評註』）や、〈「じ」はここでは、打消推量とも意志とも未分化の助動詞〉（上坂『全評釈』）のように二つの意を融合させるようなとらえ方もある。

「打消推量」と解する雨海『対訳』は〈「じ」は推量打消の助動詞で、どんな天の使いでも、姫を守るのを妨げられないだろう、すなわち、天の使いなど問題ではないと強がりを言っている〉と説明しており、片桐『新全集』の訳「…さしさわりはないだろうから」、大井田『対照』の訳「…差し支えあるまい」なども「打消推量」の意と解したものと考えられる。

一方、「打消意志」と解する三谷『評解』は〈「障る」（四段）の未然に意志の打消の「じ」の付いた形。

姫を守ろうとするのを妨げられまいの意〉と説明しており、堀内『新大系』の訳「…妨げられるつもりはない」、野口『集成』の訳「…遠慮しないぞ」なども「打消意志」の意と解したものと考えられる。

本書は両方に用例を示した。

じ（連体形）

「仰せのことは、いとも尊し。ただし、この玉、たはやすくえ取ら**じ**を。…」と申しあへり。（四三・①）

＊「え取らじを」の「じを」の解し方は、(1)連体形「じ」＋接続助詞「を」、(2)終止形「じ」＋間投助詞「を」の二通りがある。助詞「を」は、上代では間投助詞としてのみ用いられ、中古になって格助詞、次いで接続助詞にも用いられるようになったといわれる。

(1)と解するのは、岡『評釈』、松尾『評註』などで、これらでは「を」の下を読点としたうえで、「…手に入れることは出きますまいに、」（岡『評釈』）、「…容易に取ることができそうもありませんのに、」（松尾『評註』）と訳している。

(2)と解するのは、武田『新解』、三谷『評解』、南波『全書』、野口『集成』、室伏『創英』などである。このうち、武田『新解』、野口『集成』、室伏『創英』は「を」を単に間投助詞、または詠嘆を表す間投助詞と説明して、「…簡易に（は）取れますまい。」（野口『集成』・室伏『創英』）などと訳している。これに対し、三谷『評解』、南波『全書』は「を」を逆接の意を持つ詠嘆の間投助詞と説明して、「…普通では容易に取る事ができますまいに。」（三谷『評解』）と訳している。また、野口『集成』は〈助動詞「じ」は連体形として表れることはほとんどないので、「を」を接続助詞とは考えにくい〉と説明を加えている。
本書は両方の活用形に用例を示した。

打消意志〈訳語例〉～ナイツモリダ。～マイ。

じ（終止形）

「…遅く来る奴《やつ》ばらを待た**じ**」とのたまひて、船に乗りて、海ごとに歩《あり》きたまふに、（四五・⑬）
「…心幼く、龍《たつ》を殺さむと思ひけり。今より後は、毛の一筋をだに動かしたてまつら**じ**」（四七・⑤）

＊「じ」は「む」の打消に当たるといわれるが、この用例の「龍を殺さむ」の「む」と「動かしたてまつらじ」の「じ」の対照的な用い方は、その関係をよく示している。

かぐや姫てふ大盗人《おほぬすびと》の奴《やつ》が人を殺さむとするなりけり。家のあたりだにいまは通ら**じ**。（四九・③）
中納言は、わらはげたるわざして止むことを、人に聞かせ**じ**としたまひけれど、（五五・⑤）
もはら、さやうの宮仕へつかまつら**じ**と思ふを、しひて仕うまつらせたまはば、消え失せなむず。（五九・⑩）

＊「もはら…じ」で「まったく…（し）ないつもりだ」の意。「もはら」は「専ら」。

（帝ガ）「ゆるさ**じ**とす」とて、率《ゐ》ておはしまさむとするに、かぐや姫答へて奏す。（六一・⑤）

＊片桐『新全集』が〈「じとす」は「むとす」の反対。「じ」（打消意志）をさらに強調して言ったのである〉と説明している。

「さらば、御供には率《ゐ》て行《い》かじ。元《もと》の御かたちとなりたまひね。それを見てだに帰りなむ」（六二・①）

翁、「胸いたきこと、なのたまひそ。うるはしき姿したる使《つかひ》にも、障《さは》らじ」と、ねたみをり。（七〇・⑪）

＊「じ」の意は「打消推量」「打消意志」の二通りの解し方がある。本書は両方に用例を示した。〔→P234「じ」の「打消推量」終止形（七〇・⑪）に詳述。〕

まじ

＊「まじ」の意味は多岐にわたり複雑に見えるが、次の二つに大別してとらえると理解が容易になる。
(1)その事柄が実現しない可能性が大である。…「打消推量」「打消当然」「不可能」の意
(2)その事柄の実現を望まない。……………「打消意志」「不適当・禁止」の意

打消推量 〈訳語例〉～ナイダロウ。～マイ。

まじ（終止形）

「これよきことなり。人の御恨みもある**まじ**」（二四・④）

（翁ガ）「ここにおはするかぐや姫は、重き病《やまひ》をしたまへば、えいでおはします**まじ**」と申せば、（七二・⑭）

＊「え～まじ」の「まじ」はふつう「打消推量」の意と解される。ただし、「不可能」の意も完全には排除できないので、本書は両方に用例を示した。〔↓P241「まじ」の「不可能」終止形（七二・⑭）に詳述。〕

まじき（連体形）

（嫗ハ、内侍《ないし》ニ）「口惜しく、この幼き者は、こはくはべる者にて、対面す**まじき**」と申す。（五八・①）

＊「まじき」を「打消推量」の意と解しているものが多く、「残念なことに、この小さい娘は、強情者でご

ざいまして、お会いしそうにもございません」（片桐『新全集』）などと訳される。

ただし、大井田『対照』は「まじき」を「不可能」の意と解して「…対面できそうもございません」と訳し、雨海『対訳』は〈「まじき」は意志打消の助動詞「まじ」の連体形。連体止めの形をとり、詠嘆的表現になっている〉と説明して「…どうしてもお目にかかりますまい」と訳している。

本書は「打消推量」「不可能」「打消意志」のそれぞれに用例を示した。

「…御命《みいのち》の危さこそ、大きなる障《さは》りなれば、なほ仕うまつる**まじき**ことを、参りて申さむ」（六〇・⑤）

＊「まじき」の意は⑴「打消推量」、⑵「打消意志」、⑶「不可能」の三通りの解し方がある。

⑴「打消推量」の意と解しているのは、松尾『評註』の訳「…やはり（あなたが）お仕え申し上げないであろうということを」のほか、武田『新解』、雨海『対訳』、片桐『新全集』などである。

⑵「打消意志」の意と解しているのは、野口『集成』、室伏『創英』で、いずれも「…やはりお仕えするつもりのないことを」と訳している。

なお、岡『評釈』は〈「まじき」は打消推量の「まじ」（この場合は決意又は推量）の連体形。お仕えしないつもりだということを。お仕えしないだろうということを〉と述べて「打消推量」「打消意志」の両方の意に解し得る含みを示し、上坂『全評釈』は〈「まじき」は翁が姫に同調しているとみれば、打消の意志の助動詞になり、それでよいと思うが、帝の手前、第三者の立場にいるとすれば、打消の推量で、姫は入内しないだろう、の意となる〉と述べて解釈次第で両義の可能性があるとの見解を示している。

⑶「不可能」の意と解する三谷『評解』は「…やはり宮仕を致しかねる旨を」と訳し、大井田『対照』も「…

やはりお仕えできないことを」と訳している。

本書はそれぞれに用例を示した。

親たちのかへりみを、いささかだに仕うまつらでまからむ道もやすくあるまじきに、（七〇・③）

＊「まじき」の意は、「打消推量」「打消当然」の二通りの解し方がある。両義はいずれもまだ実現していない事柄についてそれが実現しない可能性が大であることを述べる用法で、連続性を持った、いわば地続きの意であり、判別しがたい場合も少なくない。「打消推量」から「打消当然」を分かつ要素として考えられるのは、「まじ」を用いて提示された事態が、異論のない道理に従うものであったり、人力を超えた運命などによって引き起こされるものであったりすること、といった点であろう。

この用例では、「親への孝養を欠いて心安らかでないこと」を異論のない道理と判断すれば「打消当然」の意と解することができ、〈…安心出来る筈がないので〉（三谷『評解』）、「…当然安らかではありますまいから」（片桐『新全集』）、「…心穏やかであるはずもなく」（大井田『対照』）などの訳となるだろう。

一方、「打消推量」ととらえた場合は、「…決して心安らかでもないでしょうから」（岡『評釈』）、「…後ろ髪引かれる思いでしょうから」（野口『集成』）などの訳となるだろう。

本書は両方に用例を示した。

まじけれ（已然形）

嫗抱《いだ》きてゐたるかぐや姫、外《と》にいでぬ。えとどむ**まじけれ**ば、たださし仰ぎて泣きをり。（七三・③）

＊「え〜まじ」の「まじ」は「打消推量」と解されることが多いものの、「不可能」の意も排除できない。

本書は両方に用例を示した。〔→P243「まじ」の「不可能」已然形（七三・③）に詳述。また、P241「まじ」の「不可能」終止形（七二・⑭）も参照。〕

打消当然〈訳語例〉～ハズガナイ。～ナイニチガイナイ。～ナイ運命ダ。

まじき（連体形）

親たちのかへりみを、いささかだに仕うまつらでまからむ道もやすくある**まじき**に、（七〇・③）

＊「まじき」の意は、「打消推量」「打消当然」の二通りの解し方があり、本書は両方に用例を示した。〔→P240「まじ」の「打消推量」連体形（七〇・③）に詳述。〕

不可能〈訳語例〉～コトガデキナイ。～コトガデキソウニナイ。

まじ（終止形）

（翁ガ）「ここにおはするかぐや姫は、重き病《やまひ》をしたまへば、えいでおはします**まじ**」と申せば、（七二・⑭）

＊「え～まじ」の「まじ」は「打消推量」の意と解されることが多い。しかし、呼応の副詞「え」は次の用例のように不可能表現「～れず」「～得ず」などと重ねて用いられることがあり、「え～れず」「え～得ず」全体で「不可能」の意を表す場合がある。

・おとどはあきれて、え物も言はれず。〔中納言はあっけにとられて、ものも言えない。〕（落窪物語）

・忍ぶれど涙こぼれそめぬれば、をりをりごとにえ念じえず、（我慢していても一度涙がこぼれ始めると、折あるごとに我慢しきれず、）（源氏物語・帚木）

『竹取物語』の用例でも、「不可能」の意の「まじ」に「不可能」の意を表す呼応表現「え〜打消」を重ねて用い、「え〜まじ」全体で「不可能」の意を強調的に表現したという可能性も排除はできない。

本書は「打消推量」「不可能」の両方に用例を示した。

まじき（連体形）

をる人だに（かぐや姫ヲ）たはやすく見る**まじき**ものを、（一九・⑩）

＊「をる人」は「仕えている人たち」の意。

なほ、この女見では世にある**まじき**心地のしければ、「天竺に在る物も持て来《こ》ぬものかは」と（二五・⑥）

たはやすく人寄り来《く》**まじき**家を作りて、竈《かまど》を三重《みへ》にしこめて、工匠《たくみ》らを入れたまひつつ、（二八・⑤）

（嫗ハ、内侍《ないし》ニ）「口惜しく、この幼き者は、こはくはべる者にて、対面す**まじき**」と申す。（五八・①）

＊「まじき」は多くが「打消推量」の意と解しているが、「不可能」「打消意志」と解するものもあるので、本書はそれぞれに用例を示した。〔→P238「まじ」の「打消推量」連体形（五八・①）に詳述。〕

「…御命《みいのち》の危さこそ、大きなる障《さは》りなれば、なほ仕うまつる**まじき**ことを、参りて申さむ」（六〇・⑤）

＊「まじき」の意には「打消推量」「打消意志」「不可能」の三つの解し方がある。本書はそれぞれに用例を示した。〔→P239「まじ」の「打消推量」連体形（六〇・⑤）に詳述。〕

まじけれ（已然形）

嫗抱《いだ》きてゐたるかぐや姫、外《と》にいでぬ。えとどむ**まじけれ**ば、たださし仰ぎて泣きをり。（七三・③）

＊「え～まじ」の「まじ」は「打消推量」と解されることが多い。しかし、「不可能」の意も排除できず、本書は両方に用例を示した。

なお、上坂『全評釈』は〈引き留めたくても留められないだろうから。「え――まじけれ」で意志の実現の不可能を示す。「まじけれ」は打消意志助動詞「まじ」の已然形。打消推量助動詞と解すると、「引き留められないだろうから」の意となって表現が弱くなる〉と説明している。〔↓「え～まじ」については、P241「まじ」の「不可能」終止形（七二・⑭）に詳述。〕

打消意志〈訳語例〉～ナイツモリダ。～マイ。

まじき（連体形）

（嫗ハ、内侍ニ）「口惜しく、この幼き者は、こはくはべる者にて、対面す**まじき**」と申す。（五八・①）

＊「まじき」は多くが「打消推量」の意と解しているが、「不可能」「打消意志」と解するものもあるので、本書はそれぞれに用例を示した。〔↓P238「まじ」の「打消推量」連体形（五八・①）に詳述。〕

「…御命の危さこそ、大きなる障りなれば、なほ仕うまつる**まじき**ことを、参りて申さむ」（六〇・⑤）

＊「まじき」の意には「打消推量」「打消意志」「不可能」の三通りの解し方がある。本書はそれぞれに用例を示した。〔↓P239「まじ」の「打消推量」連体形（六〇・⑤）に詳述。〕

10　断定の助動詞

なり

＊断定「なり」は、体言に接続した格助詞「に」に存在を表すラ変動詞「あり」が付いた「にあり」が音変化してできたとされる。構成要素である格助詞「に」が二つの働きを持つことから、助動詞「なり」も二つの意を表す。

(1) 格助詞「に」の状態や知覚内容を示す働き　↓「断定」の意
(2) 格助詞「に」の場所を示す働き　↓「所在・存在」の意

断定〈訳語例〉〜ダ。〜デアル。

なら（未然形）

その山のさま、高くうるはし。これや我《わ》が求むる山**なら**むと思ひて、（三二・④）

音《おと》には聞けども、いまだ見ぬ物なり。世にある物**なら**ば、この国にも持てまうで来《き》なまし。（三八・②）

（火鼠の皮衣《かはぎぬ》ガ）なきもの**なら**ば、使《つかひ》にそへて金《かね》をば返したてまつらむ。（三八・⑤）

もし、金《かね》賜はぬもの**なら**ば、かの衣《ころも》の質《しち》、返したべ。（三九・③）

かぐや姫の、皮衣を見て、いはく、「うるはしき皮なめり。わきてまことの皮**なら**むとも知らず」。（四〇・⑧）

この皮衣は、火に焼かむに、焼けずはこそ、まこと**なら**めと思ひて、人のいふことにも負けめ。（四一・③）

＊「まことなら」について岡『評釈』は一語ととらえて形容動詞「まことなり」の未然形と明示しているが、体言「まこと」（「本物」の意）＋断定「なり」の未然形とも解し得るので、本書はここにも用例を示した。

楫取《かぢとり》答へて申す、「神**なら**ねば、何わざをか仕うまつらむ。…」といふ。（四六・⑭）

この女、もし、奉りたるもの**なら**ば、翁に、かうぶりを、などか賜はせざらむ。（五九・⑤）

＊岡『評釈』は「なら」を断定の助動詞としたうえで、「奉りたるものならば」を〈ちゃんとさしあげたならば。「たてまつりたらば」の強め〉と説明している。また、阪倉『旧大系』は〈「もの」は強意。現代語にもある言い方〉としていたが、阪倉『岩波文庫』では〈「ものならば」で接続助詞〉と書き改めている。

（帝ハ）これ**なら**むと思して、逃げて入る袖をとらへたまへば、（姫ハ）面《おもて》をふたぎてさぶらへど、（六一・③）

「…されど、おのが心**なら**ずまかりなむとする」といひて、もろともにいみじう泣く。（六六・⑬）

（私ガ）この国に生れぬると**なら**ば、（ご両親様ヲ）嘆かせたてまつらぬほどまで侍らん。（七三・⑫）

なり（連用形）

その名ども、石作《いしつくり》の皇子《みこ》、くらもちの皇子、…中納言石上麿足《いそのかみのまろたり》、この人々**なり**けり。（二〇・⑩）

すこしもかたちよしと聞きては、見まほしうする人ども**なり**ければ、（二〇・⑫）

（くらもちの皇子《みこ》ハ）その時、一《いち》の宝**なり**ける鍛冶工匠《かぢたくみ》六人を召しとりて、（二八・③）

（玉の枝《えだ》ハ）御使《つかひ》とおはしますべきかぐや姫の要《えう》じたまふべき**なり**けりとうけたまはりて。（三五・②）

皇子《みこ》の、御供《おほんとも》に隠したまはむとて、年ごろ見えたまはざりける**なり**けり。（三七・④）

今の世にも昔の世にも、この皮は、たやすくなき物**なり**けり。（三八・⑬）

「さればこそ、異物《こともの》の皮**なり**けり」といふ。（四一・⑪）

浜を見れば、播磨《はりま》の明石《あかし》の浜**なり**けり。（四七・⑬）

かぐや姫てふ大盗人《おほぬすびと》の奴《やつ》が人を殺さむとする**なり**けり。（四九・③）

御手を広げたまへるに、燕《つばくらめ》のまり置ける古糞《ふるくそ》を握りたまへる**なり**けり。（五四・⑬）

（石上《いそのかみ》の中納言ハ）ただに病み死ぬるよりも、人聞《ひとぎ》きはづかしくおぼえたまふ**なり**けり。（五五・⑨）

翁、今年は五十ばかり**なり**けれども、物思ひには、かた時になむ、老いになりにけると見ゆ。（六七・⑧）

に（連用形）

（かぐや姫ハ）「…変化《へんぐゑ》の者**に**てはべりけむ身とも知らず、親とこそ思ひたてまつれ」といふ。

翁、「難きこと**に**こそあなれ。この国に在る物にもあらず。…」といふ。（二四・⑭）

翁、「難きことにこそあなれ。この国に在る物**に**もあらず。…」といふ。（二四・⑮）

石作《いしつくり》の皇子《みこ》は、心のしたくある人**に**て、（二五・⑨）

くらもちの皇子《みこ》は、心たばかりある人**に**て、（二七・④）

（翁ハ）「…このたびは、いかでか辞《いな》びまうさむ。人ざまもよき人**に**おはす」などいひゐたり。（三〇・⑩）

山はかぎりなくおもしろし。世にたとふべき**に**あらざりしかど、（三三・⑤）

船に乗りて、追風《おひかぜ》吹きて、四百余日になむ、まうで来《き》にし。大願力《だいぐわんりき》**に**や。（三三・⑧）

＊野口『集成』が〈「にや」の後に「ありけむ」などが省略された形〉と説明している。

「まことと蓬萊の木かとこそ思ひつれ。かくあさましきそらごと**に**てありければ、はや返したまへ」（三五・⑦）

まことかと　聞きて見つれば　言の葉を　かざれる玉の　枝《え》**に**ぞありける（三六・①）

「…女を得ずなりぬるのみ**に**あらず、天下の人の、見思はむことのはづかしきこと」（三六・⑭）

右大臣阿倍御主人《あべのみうし》は、財《たから》豊かに家広き人**に**ておはしけり。（三七・⑥）

（阿倍の右大臣ハ）「うべ、かぐや姫好もしがりたまふ**に**こそありけれ」とのたまひて、（三九・⑫）

この国になき、天竺、唐土《もろこし》の物**に**もあらず。この国の海山より、龍《たつ》は下《お》り上《のぼ》るものなり。（四三・⑤）

（阿倍の右大臣ハ）「をぢなきことする船人《ふなびと》**に**もあるかな。え知らで、かくいふ」と思して、（四五・⑪）

（寿詞《よごと》ヲ）千度《ちたび》ばかり申したまふ験《げん》**に**やあらむ、やうやう雷《かみ》鳴りやみぬ。（四七・⑥）

楫取《かぢとり》のいはく、「これは、龍《たつ》のしわざ**に**こそありけれ。この吹く風は、よき方《かた》の風なり。…」（四七・⑧）

楫取のいはく、「…悪《あ》しき方《かた》の風**に**はあらず。よき方に面向《おもむ》きて吹くなり」といへども、（四七・⑨）

大納言、南海の浜に吹き寄せられたる**に**やあらむと思ひて、息づき臥《ふ》したまへり。（四七・⑬）

松原に御筵《おほんむしろ》敷きて、おろしたてまつる。その時にぞ、南海**に**あらざりけりと思ひて、（四八・③）

風いと重き人**に**て、腹いとふくれ、こなたかなたの目には、李《すもも》を二つつけたるやうなり。（四八・④）

龍《たつ》は鳴る雷《かみ》の類《るい》**に**こそありけれ、それが玉を取らむとて、そこらの人々の害せられむとしけり。（四八・⑭）

中納言よろこびたまひて、「をかしきこと**に**もあるかな。…」とのたまひて、（五一・④）

「ここに使はるる人**に**もなきに、願ひをかなふることのうれしさ」とのたまひて、（五三・③）

（石上《いそのかみ》の中納言ハ）貝**に**もあらずと見たまひけるに、御心地も違《たが》ひて、（五五・②）

かぐや姫、「よきかたち**に**もあらず。いかでか見ゆべき」といへば、（五七・⑧）

（嫗ハ）「口惜しく、この幼き者は、こはくはべる者**に**て、対面すまじき」と申す。（五八・①）

（かぐや姫ハ）みやつこまろが手にうませたる子**に**てもあらず。昔、山にて見つけたる。（六〇・⑨）

（帝ハ、かぐや姫ヲ）げにただ人**に**はあらざりけりと思して、（六一・⑭）

さりとて、夜《よ》を明かしたまふべき**に**あらねば、帰らせたまひぬ。（六三・④）

異人《ことひと》よりはけうらなりと思しける人も、かれ（＝かぐや姫）に思し合《あは》すれば、人**に**もあらず。（六三・⑦）

かぐや姫、例も月をあはれがりたまへども、このごろとなりては、ただごと**に**もはべらざめり。（六四・⑥）

おのが身は、この国の人**に**もあらず。月の都の人なり。（六五・⑬）

かぐや姫のいはく、「月の都の人**に**て父母《ちちはは》あり。…」といひて、もろともにいみじう泣く。（六六・⑧）

＊「月の都の人にて父母あり」は、(1)「月の都の人である父母がある」と、(2)「私は月の都の者であって、そこに父母がある」の二通りの解し方がある。

(1)のように解する岡『評釈』は〈月の都の人である父母がいるの意。自分は月の都の人で、そこに父母がいるの意ではない。「父母月の都の人にてあり」とすれば、よくわかろう〉と説明し、松尾『評註』は〈月の都の人として、父母がある。父母が月の都の人としている〉と説明して「（私には）月の都の人で、父母があります。」と訳している。他に、三谷『評解』、野口『集成』、片桐『新全集』、上坂『全評釈』、大井田『対照』などがある。

(2)のように解しているのは、武田『新解』、阪倉『旧大系』、室伏『創英』、雨海『対訳』など。

なお、いずれの場合でも「に」は「断定」の助動詞の連用形と解し得るが、雨海『対訳』は〈私は月の都の人であって、そこに父母がいる、と「に」を断定の助動詞にとる場合と、私には月の都の人としての父母がある、と「にて」で格助詞にとる場合の二つが考えられる〉と説明している。

かくこの国にはあまたの年を経ぬる**に**なむありける。（六六・⑩）

御使《おほんつかひ》、仰せごととて、翁にいはく、「『いと心苦しく物思ふなるはまこと**に**か』と仰せたまふ」。（六七・⑪）

望月の明《あか》さを十合《とをあは》せたるばかり**に**て、在る人の毛の穴さへ見ゆるほどなり。（七〇・⑮）

＊「まことに」で一語の形容動詞「まことなり」の連用形ととらえることもできる。

宮仕へ仕うまつらずなりぬるも、かくわづらはしき身**に**てはべれば。（七五・③）

なり（終止形）

深き心も知らで、あだ心つきなば、後《のち》くやしきこともあるべきを、と思ふばかり**なり**。（二二・⑭）

「…世のかしこき人**なり**とも、深き心ざしを知らでは、あひがたしとなむ思ふ」（二二・⑭）

かぐや姫のいはく、「なにばかりの深きをか見むといはむ。いささかのこと**なり**。…」といふ。（二三・④）

（翁ハ）「よきこと**なり**」と受けつ。（二三・⑧）

「これよきこと**なり**。人の御恨みもあるまじ」（二四・④）

五人の人々も、「よきこと**なり**」といへば、翁入りていふ。（二四・⑥）

（翁ハ）「この国に見えぬ玉の枝《えだ》**なり**。このたびは、いかでか辞《いな》びまうさむ。…」などいひゐたり。（三〇・⑨）

「この山の名を何とか申す」と問ふ。女、答へていはく、「これは、蓬萊の山**なり**」と答ふ。（三二・⑨）

のたまひしに違《たが》はましかばと、この花を折りてまうで来たる**なり**。（三三・④）

（工匠《たくみ》らガ、禄ヲ）「賜はるべき**なり**」といふを、（かぐや姫ガ）聞きて、（三五・④）

工匠をば、かぐや姫呼びすゑて、「嬉しき人ども**なり**」といひて、禄いと多く取らせたまふ。（三六・⑦）

火鼠の皮衣《かはぎぬ》、この国になき物**なり**。（三八・①）

音《おと》には聞けども、いまだ見ぬ物**なり**。（三八・②）

いと難き交易《あきなひ》**なり**。（三八・③）

皮衣を見れば、金青《こんじやう》の色**なり**。毛の末には、金《こがね》の光し輝《かかや》きたり。（三九・⑨）

「この皮は、唐土《もろこし》にもなかりけるを、からうじて求め尋ね得たる**なり**。なにの疑ひあらむ」（四一・⑧）

＊用例は、阿倍の右大臣がかぐや姫や翁に向かって、火鼠の皮衣が贋物ではないことを述べた会話文である。「からうじて求め尋ね得たるなり」は「やっとのことでさがし出して手に入れた物です」と訳し、「なり」を断定の助動詞と解するのが通説である。

ただし、雨海『対訳』が〈この「なり」は伝聞推定の意にとる。右大臣が、商人から聞いたことを述べているのである〉と説明し、「やっと探し求めて手に入れたそうです」と訳している。

本書は両方の助動詞に用例を示した。

この国の海山より、龍《たつ》は下《お》り上《のぼ》るもの**なり**。（四三・⑥）

「…難きもの**なり**とも、仰せごとに従ひて、求めにまからむ」（四三・⑧）

雷《かみ》さへ頂《いただき》に落ちかかるやうなるは、龍《たつ》を殺さむと求めたまへばある**なり**。（四七・①）

＊「あるなり」は伝本によっては「かくあるなり」となっているものもあるが、用例の形でもそれと同じ意を表す。

疾風《はやて》も、龍《りゅう》の吹かする**なり**。（四七・①）

この吹く風は、よき方《かた》の風**なり**。（四七・⑨）

「…この吹く風は、よき方の風なり。悪《あ》しき方の風にはあらず。よき方に面向《おもむ》きて吹く**なり**」（四七・⑩）

＊用例は、海上ですさまじい嵐に見舞われた大伴の大納言が荒天を静めるよう神に祈り、その効果が現れたかに見えた時に楫取の述べた言葉の一部である。

「なり」を断定の助動詞と解するのが通説である。野口『集成』は〈以上、三度繰り返して同じことを言う。一つには九死に一生を得て自分自身信じかねる気持であると同時に、人心地もない大納言を元気づけようとするもの〉と説明し、堀内『新大系』も〈楫取が風の方角を何度もくり返すのは、大納言を勇気づけるためか。楫取自身は落ち着きを取り戻す〉と説明している。

ただし、片桐『新全集』は〈「なり」は推定の意の助動詞〉と明記し、「南海ではなく、よい方向へ向って吹いているようだ」と訳している。先に楫取が口にした「自分は神ではないのだから、何もしてあげられない」の発言などを踏まえ、楫取も確実には風向きをとらえ得てはいないはずだとの解釈であろうか、と推測される。他にこうした解し方をしているものはないようだが、本書は「断定」・「推定」（P221）の両方の助動詞に用例を示した。

答《こた》へてのたまふやう、「燕《つばくらめ》の持たる子安貝を取らむ料《れう》**なり**」とのたまふ。（五〇・⑦）

＊「料」は「ため」「から」などと訳される。

男ども答へて申す、「燕をあまた殺して見るだにも、（子安貝ハ）腹になき物**なり**。…」と申す。（五〇・⑩）

この燕の子安貝は、悪《あ》しくたばかりて取らせたまふ**なり**。さては、え取らせたまはじ。（五二・①）

＊用例は、くらつまろが石上の中納言に述べた会話文の一部で、燕の子安貝の取り方について、中納言がしている方法ではだめで、それでは取れないだろうということを伝えている。

「なり」を断定の助動詞と識別しているものが多く、中河『角川文庫』、三谷『評解』、阪倉『旧大系』、岡『評釈』、松尾『評註』、野口『集成』、上坂『全評釈』、大井田『対照』など。

一方、片桐『新全集』、雨海『対訳』、室伏『創英』は推定の助動詞と識別し、「この燕の子安貝は、まずい工夫でお取らせになっていらっしゃるようです」（室伏『創英』）などと訳している。

中納言の取り方をくらつまろが自ら見るなどして「悪し」と断定しているとみるか、あるいは、人づてに話を聞いてきて、「悪し」と推定しているとみるか、という解釈の違いにより識別も異なってくると考えられる。本書は両方の助動詞に用例を示した。

中納言のたまふやう、「いとよきこと**なり**」とて、（五二・⑦）

「物もなし」と申すに、中納言、「悪《あ》しくさぐれば、なきなり」と腹立《はらだ》ちて、（五三・⑫）腰なむ動かれぬ。されど、子安貝を、ふと握り持たれば、うれしくおぼゆるなり。（五四・⑪）

「…しひて仕うまつらせたまはば、消え失せなむず。御官《みつかさ》かうぶり仕うまつりて、死ぬばかりなり」（五九・⑪）

みやつこまろが申すやう、「いとよきことなり。…」と奏すれば、（六〇・⑭）

かぐや姫、月のおもしろういでたるを見て、つねよりも、物思ひたるさまなり。（六三・⑮）

七月十五日の月にいでゐて、せちに物思へる気色《けしき》なり。（六四・③）

（翁ガ）かぐや姫の在る所にいたりて、見れば、なほ物思へる気色なり。（六四・⑬）

月いづれば、（かぐや姫ハ）いでゐつつ嘆き思へり。夕やみには、物思はぬ気色なり。（六五・③）

かならず心惑《まと》はしたまはむものぞと思ひて、今まで過ごしはべりつるなり。（六五・⑪）

おのが身は、この国の人にもあらず。月の都の人なり。（六五・⑬）

「…さらずまかりぬべければ、思し嘆かむが悲しきことを、この春より、思ひ嘆きはべるなり」（六六・③）

＊用例はかぐや姫が述べた会話文の一部である。「思い嘆きはべる」の行為の主体はかぐや姫自身なので、「なり」の意は「断定」。「推定」の意を含む述語の行為の主体に一人称が立つことは原則的にない。

鎖《さ》し籠《こ》めて、守り戦ふべきしたくみをしたりとも、あの国の人をえ戦はぬなり。（六九・⑤）

長き契りのなかりければ、ほどなくまかりぬべきなめりと思ひ、悲しくはべるなり。（七〇・②）

＊用例は、かぐや姫が述べた会話文の一部である。「悲しくはべる」は姫自身の気持ちなので「なり」の意は「断定」。「推定」の意を含む述語の行為の主体に一人称が立つことは原則的にない。

御心《みこころ》をのみ惑《まと》はして去りなむことの悲しく堪へがたくはべる**なり**。（七〇・⑥）

＊用例は、かぐや姫が述べた会話文の一部である。「悲しく堪へがたくはべる」は姫自身の気持ちなので「なり」の意は「断定」。「推定」の意を含む述語の行為の主体に一人称が立つことは原則的にない。

かの都の人は、いとけうらに、老いをせずなむ。思ふこともなくはべる**なり**。（七〇・⑧）

＊三谷『評解』は〈月の世界のことは姫の故郷であるのでよく知っている事実をのべているのである。「なり」は断定の助動詞〉と「なり」の識別の根拠を説明し、岡『評釈』なども〈「なり」は姫が月世界の人でその様子を知っているから、断定〉と同様の説明をしている。

望月の明《あか》さを十合《とをあは》せたるばかりにて、在る人の毛の穴さへ見ゆるほど**なり**。（七〇・⑮）

かぐや姫は罪をつくりたまへりければ、かく賤しきおのれがもとに、しばしおはしつる**なり**。（七一・⑦）

罪の限りはてぬれば、かく迎ふるを、翁は泣き嘆く。あたはぬこと**なり**。（七一・⑧）

＊松尾『評註』が〈「あたはぬ事なり」は、姫の昇天をとめることはとうてい不可能のことだ、の意と解くのが穏当であろう〉と説明している。

「衣《きぬ》着せつる人は、心異《こと》になる**なり**といふ。物一言《ひとこと》いひ置くべきことありけり」といひて、（七四・⑩）

＊「なり」は、断定の助動詞と伝聞・推定の助動詞の二通りの解し方がある。本書は両方の助動詞に用例を

示した。〔↓P225伝聞・推定の助動詞「なり」の「伝聞」終止形（七四・⑩）に詳述。〕
（かぐや姫ハ）いみじく静かに、朝廷《おほやけ》に御文奉りたまふ。あわてぬさま**なり**。（七四・⑭）

なる（連体形）

筒の中光りたり。それを見れば、三寸ばかり**なる**人、いとうつくしうてゐたり。（一七・⑥）
三月《みつき》ばかりになるほどに、よきほど**なる**人になりぬれば、髪あげなどとかくして髪あげさせ、（一八・⑩）
この翁は、かぐや姫のやもめ**なる**を嘆かしければ、よき人にあはせむと思ひはかれど、（四〇・⑭）

な（連体形の撥音便無表記）

「我《われ》朝ごと夕ごとに見る竹の中におはするにて知りぬ。子になりたまふべき人**な**めり」とて、（一七・⑨）
かぐや姫の、皮衣《かはぎぬ》を見て、いはく、「うるはしき皮**な**めり。…」。（四〇・⑧）
長き契りのなかりければ、ほどなくまかりぬべき**な**めりと思ひ、悲しくはべるなり。（七〇・①）

なれ（已然形）

（翁ハ）「おのが生《な》さぬ子**なれ**ば、心にもしたがはずなむある」といひて、月日すぐす。（二一・⑦）
（阿倍の右大臣ハ）「…いま、金《かね》すこしにこそあ**なれ**。嬉しくしておこせたるかな」とて、（三九・⑥）
＊「あなれ」は伝聞・推定の助動詞「なり」のとる典型的な形であり、ここも「なれ」を推定・伝聞の助動詞（「推定」の意）と識別するのが通説である。しかし、断定の助動詞と識別していると考えられるもの

があるので、ここにも用例を示した。〔↓P222伝聞・推定の助動詞「なり」の「推定」已然形（三九・⑥）に詳述。〕

世の中に見えぬ皮衣《かはぎぬ》のさま**なれ**ば、これをと思ひたまひね。（四〇・⑩）

よき人にあはせむと思ひはかれど、せちに、「否《いな》」といふこと**なれ**ば、えしひねば、（四一・①）

（翁ハ）「世になき物**なれ**ば、それをまことと疑ひなく思はむ」とのたまふ。（四一・④）

「…御命《みいのち》の危さこそ、大きなる障《さは》り**なれ**ば、なほ仕うまつるまじきことを、参りて申さむ」（六〇・⑤）

所在・存在〈訳語例〉〜ニアル・〜ニイル

＊『竹取物語』では、「なり」が「所在・存在」の意を表す場合、連体形「なる」を含む文節がすべて下に続く体言の連体修飾語になっている。しかし、一般的には連体修飾語の形でのみ用いられるというわけではなく、したがって、「所在・存在」の意の「なり」も原則としてすべての活用形として現れ得る（ただし、命令形の用例は今のところ見あたらない）。

なる（連体形）

（石作《いしつくり》の皇子《みこ》ハ）賓頭盧《びんづる》の前**なる**鉢の、ひた黒《ぐろ》に墨つきたるを取りて、錦の袋に入れて、（二六・①）

内外《うちと》**なる**人の心ども、物におそはるるやうにて、あひ戦はむ心もなかりけり。（七一・②）

一人の天人いふ、「壺**なる**御薬たてまつれ。…」とて、持て寄りたれば、いささかなめたまひて、（七四・④）

たり

＊断定の助動詞「たり」は、格助詞「と」にラ変動詞「あり」が付いた「とあり」が癒合して助動詞化したと考えられている。平安時代初期に漢文訓読文で用いられるようになったといわれるが、平安時代の物語や日記文学ではほとんど用いられず、『竹取物語』でも連用形「と」の一例のみである。広く用いられるようになったのは戦記物語など中世の和漢混淆文においてであった。

断定〈訳語例〉～ダ。～デアル。

と（連用形）

案ずるに、御使《つかひ》**と**おはしますべきかぐや姫の要《えう》じたまふべきなりけりとうけたまはりて。（三五・②）

＊同じく「断定」の意を表す「なり」に比べ、「たり」は地位・資格・立場・官職などに付く例が多いといわれ、この用例でも「御使」という立場を表す語に付いている。

「御使」について、野口『集成』は〈御使い人の意。皇子と竹取の翁の娘との身分差からして、結婚とはいっても、かぐや姫は正式の妻と世間から公認されるわけではない。常識的に言えば、皇子の召使の列にしかはいれないことが、この言葉によって暗示されている〉と解説し、片桐『新全集』も〈北の方ではなく身のまわりの世話をする一段下の待遇の妻〉と注記している。

11　希望・不希望の助動詞

＊希望の助動詞には「まほし」「たし」のほか、他に対する願望を表す「こす」がある。
「こす」は主に上代に用いられた。また、「たし」が盛んに用いられたのは中世以降で、中古の『竹取物語』には「こす」「たし」ともに用例はなく、見られるのは「まほし」のみである。
「まほし」の対義語として不希望の助動詞「まうし」が『うつほ物語』物語以降あたりの中古の作品で用いられたが、『竹取物語』には用例がない。

まほし

希望〈訳語例〉〜タイ。

まほしく（連用形）

まほしう（連用形のウ音便）

（色好みの五人ハ）すこしもかたちよしと聞きては、見**まほしう**する人どもなりければ、（二〇・⑫）

かぐや姫を見**まほしう**て、物も食はず思ひつつ、かの家に行きて、たたずみ歩《あり》きけれど、（二〇・⑫）

まほしき（連体形）

（男《をのこ》どもハ）あるいは己《おの》が家に籠もりゐ、あるいは己が行《ゆ》か**まほしき**所へ往《い》ぬ。（四四・⑩）

12 比況の助動詞

ごとし

＊「ごとし」は形容詞型に活用する。ただし、形容詞型の活用語にふつう備わっている補助活用（カリ活用）がなく、それを補うものとして「ごとくなり」が用いられたが、『竹取物語』にはその用例はない。なお、助動詞はふつう助詞には下接しないが、「ごとし」は助詞「の」「が」に下接する点、また、語幹相当部分「ごと」の用法がある点から、形式形容詞とする考え方もある。

比況〈訳語例〉（マルデ）〜ノヨウダ。〜ミタイダ。

ごと（連用形）

そこらの年ごろ、そこらの黄金《こがね》賜ひて、（汝＝竹取の翁ハ）身を変へたるが**ごと**なりにたり。（七二・④）

同等〈訳語例〉～ノトオリダ。

ごとく（連用形）

翁のいはく、「思ひのごとくものたまふかな。…」。（二三・①）

やうなり

＊中古においては「やう」と「なり」はそれぞれ独立していて必ずしも「やうなり」の形で一語化しておらず、「やうなり」が一語の助動詞となるのは中世に入ってからともいわれる。しかし、中古においても次の『源氏物語』の用例のように一語化していると解し得る用いられ方も見られ、助動詞化の始まりは中古に求めてよいだろう。

・紅葉のやうやう色づくほど、絵に描《か》きたるやうにおもしろきを見わたして、〔紅葉が次第に色づく様子が、絵に描いたようにみごとなのを見渡して、〕（源氏物語・夕顔）

本書は、「やうなり」、およびその活用した形をとっている用例のすべてをここに示した。

状態・同等 〈訳語例〉～ノ様子ダ。…ト同ジダ。～ノトオリダ。

やうに（連用形）

（翁ガ、皇子《みこ》たちニ）「かくなむ。聞《きこ》ゆる**やうに**見せたまへ」といへば、（二五・③）

＊岡『評釈』は「やう」を名詞、「に」を断定の助動詞「なり」の連用形と明記し、「…申し上げます通りに、（一つ）お見せ下されと訳している。

（くらもちの皇子ハ）玉の枝《えだ》を作りたまふ。かぐや姫ののたまふ**やうに**違《たが》はず作りいでつ。（二八・⑪）

＊「やう」を岡『評釈』は名詞「形状」として説明し、室伏『創英』も「かたち」と名詞として訳している。

工匠《たくみ》らいみじくよろこびて、「思ひつる**やうに**もあるかな」といひて、帰る。（三六・⑧）

「かぐや姫据ゑむには、例の**やうに**は見にくし」とのたまひて、うるはしき屋《や》を作りたまひて、（四四・⑬）

＊岡『評釈』が「やう」を名詞と明示しているほか、「例のやうには」を三谷『評解』は「こんな普通の御殿では」と、大井田『対照』は「ありきたりの流儀では」と、室伏『創英』は「ふだんのままでは」とそれぞれ「やう」を名詞の訳語を用いて訳している。

浪は船にうちかけつつ巻き入れ、雷《かみ》は落ちかかる**やうに**ひらめきかかるに、大納言心惑《まと》ひて、（四六・④）

（かぐや姫ハ、嫗ノ）うめる子の**やうに**あれど、（五七・⑫）

いと心はづかしげに、おろそかなる**やうに**いひければ、（嫗ハ）心のままにもえ責めず。（五七・⑬）

帝仰せたまはく、「…御狩《かり》の御幸《みゆき》したまはむ**やうに**て、（かぐや姫ヲ）見てむや」とのたまはす。（六〇・⑫）

＊岡『評釈』が「やう」を名詞と明記しているほか、雨海『対訳』・片桐『新全集』・大井田『対照』の訳「…（御狩の行幸をなさるような）ふりをして」なども、「やう」を名詞と解しているものと思われる。

内外《うちと》なる人の心ども、物におそはるる**やうに**て、あひ戦はむ心もなかりけり。（七一・②）

やうなる（連体形）

雷《かみ》さへ頂《いただき》に落ちかかる**やうなる**は、龍《たつ》を殺さむと求めたまへばあるなり。（四六・⑮）

比況〈訳語例〉マルデ～ノヨウダ。～ミタイダ。

やうなり（終止形）

（大伴の大納言ハ）腹いとふくれ、こなたかなたの目には、李《すもも》を二つつけたる**やうなり**。（四八・⑤）

やうなる（連体形）

ある時には、風につけて知らぬ国に吹き寄せられて、鬼の**やうなる**ものいで来て、殺さむとしき。（三一・⑩）

＊岡『評釈』は〈「やう」はいわゆる形式名詞。鬼のようなもの〉と説明している。

「（大伴の大納言ハ）御眼《みまなこ》二つに、李の**やうなる**玉をぞ添へていましたる」（四九・⑬）

【付録】『竹取物語』における助動詞の連なり

助動詞が重ねて用いられる場合、重ねられる順序には規則性が認められる。

例えば「御覧ぜ**られ↓な↓む**」（六〇・⑮）、「心得ず思しめさ**れ↓つ↓らめ**ども」（七五・③）のように、原則として、次表の上位の段の助動詞から下位の段の助動詞へ接続する。

ただし、上位の段の助動詞と下位の段の助動詞のすべての組合せの接続例が『竹取物語』に現れるわけではない。

また、各段への配置は『竹取物語』の用例に即したもので、一般的配置とは一部異なっている。

『竹取物語』における助動詞の相互承接

A　使役・自発	B　完了	C	D
る	つ	なり（断定）	き
らる	ぬ	⇔	けり
す	←	ず	めり
さす	たり（完了）	→	なり（伝聞）
	り	べし	じ
			む
			むず
			らむ
			まし

(1) A段・B段は一般的な相互承接の表と変わらない。ただし、同じB段の「ぬ」と「たり（完了）」は「に・たり」という形で連なる用例が1例ある。

(2) C段は、一般的な表では「ず」と「なり（断定）」が配置されることが多い。しかし、『竹取物語』においては、「べし」は「ぬ・べし」「べから・ず」「べき・なり」「べか・めり」の連なりでのみ用いられており、一般的に配置されるD段よりもC段に配置する方が用例に即している。なお、「ず」と「なり（断定）」は、「なら・ず」が2例、「ぬ・なり」が1例あり、順序が一定しない。

(3) D段は、一般には「推量」を上位、「過去」「推定」を下位として上下二段に分けて配置することが多い。しかし、『竹取物語』にはそれら二つのグループが相互に連なる用例がないので、合わせて一段にまとめた。

『竹取物語』における助動詞の連なり方の頻度数

（注）三つ、または四つの助動詞が連続する場合、例えば「A＋B＋C」の三つならば、「A＋B」「B＋C」の二つの助動詞の連続として二度カウントしている。

ベスト9

			用例数	（用　例）
1	に・けり	（完了＋過去など）	**15**例	勢、猛の者になり**にけり**。（一九・①）
2	なり・けり	（断定＋気づきなど）	**12**例	「さればこそ、異物の皮**なりけり**」（四一・⑪）
3	な・む	（強意＋推量など）	**9**例	やがて泊り**なむ**ものぞとおぼして、（三九・⑭）
3	ぬ・べし	（強意＋推量）	**9**例	我はこの皇子に負け**ぬべし**と、（二九・③）

5　ざら・む　〔打消＋推量など〕　7例　「…かうぶりを、などか賜はせ**ざらむ**」（五九・⑥）

5　ざり・けり　〔打消＋過去など〕　7例　耳にも聞き入れ**ざりけれ**ば、（二六・⑮）

7　たり・けり　〔完了など＋過去〕　6例　夜昼来**たりけり**。（二〇・⑧）

7　れ・ず　〔可能など＋打消〕　6例　湯水飲ま**れず**、（六七・②）

9　べき・なり　〔当然など＋断定〕　5例　「賜はる**べきなり**」（三五・④）

用例数　4

ざり・き　〔打消＋過去〕　殿へもえ参ら**ざりし**。（四八・⑪）

せ・む　〔使役＋意志など〕　足座を結ひあげて、うかがは**せむ**に、（五一・②）

たら・む　〔完了など＋婉曲〕　「いづちもいづちも、足の向き**たらむ**方へ往なむず」（四四・⑦）

なら・む　〔断定＋推量〕　「…わきてまことの皮**ならむ**とも知らず」（四〇・⑧）

用例数　3

せ・たり　〔使役＋存続など〕　天人の中に、持た**せたる**箱あり。（七四・③）

たり・き　〔完了＋過去〕　竹の中より見つけきこえ**たりし**かど、（六六・④）

たる・なり　〔完了など＋断定〕　この花を折りてまうで来**たるなり**。（三三・③）

て・む　〔強意＋推量など〕　頸の玉は取り**てむ**。（四五・⑬）

な・めり　〔断定＋推定など〕　「…子になりたまふべき人**なめり**」（一七・⑨）
に・き　〔完了＋過去〕　めらめらと焼け**にし**かば、（四二・⑥）
られ・ぬ　〔尊敬など＋完了〕　思しめしとどめ**られぬる**なむ、（七五・⑤）

用例数　2

せ・ず　〔使役＋打消〕　在る天人包ま**せず**。（七四・⑧）
つる・なり　〔完了＋断定〕　今まで過ごしはべり**つるなり**。（六五・⑪）
て・き　〔完了＋過去〕　この枝を折り**てし**かば、さらに心もとなくて、（三三・⑥）
て・けり　〔完了＋過去〕　「多くの人殺し**てける**心ぞかし」（五八・⑩）
な・まし　〔完了＋反実仮想〕　この国に持てまうで来**なまし**。（三八・③）
な・むず　〔強意＋意志など〕　消え失せ**なむず**。（五九・⑪）
なら・ず　〔断定＋打消〕　神**ならね**ば、何わざをか仕うまつらむ。（四六・⑭）
られ・たり　〔尊敬など＋完了〕　麻柱にあげ据ゑ**られたり**。（五一・⑦）

用例数　1　＊印は、三つまたは四つの助動詞の連なりの中にのみ現れるもの

＊ける・なり　〔過去＋断定〕　年ごろ見えたまはざり**けるなり**けり。（三七・④）
ざ・なり　〔打消＋伝聞〕　あは**ざなる**かぐや姫は、（五六・⑪）

ざ・めり〔打消＋推定〕　ただごとにもはべら**ざめり**。（六四・⑥）

ざら・まし〔打消＋反実仮想〕　玉の枝を手折らでさらに帰ら**ざらまし**（二九・⑫）

させ・む〔使役＋意志〕　「…月の都の人まうで来ば、捕へ**させむ**」（六七・⑭）

する・なり〔使役＋断定〕　疾風も、龍の吹か**するなり**。（四七・①）

せ・けり〔使役＋過去〕　あの書き置きし文を読みて聞か**せけれ**ど、（七六・③）

せ・じ〔使役＋打消意志〕　人に聞か**せじ**としたまひけれど、（五五・④）

たら・まし〔完了＋反実仮想〕　龍を捕へ**たらまし**かば、（四八・⑮）

＊つ・らむ〔完了＋推量〕　心得ず思しめされ**つらめ**ども。（七五・③）

に・たり〔完了＋存続〕　身を変へたるがごとなり**にたり**。（七二・⑤）

ぬ・なり〔打消＋断定〕　あの国の人をえ戦は**ぬなり**。（六九・⑤）

ぬる・なり〔完了＋断定〕　あまたの年を経**ぬるに**なむありける。（六六・⑩）

べか・めり〔推量＋推定〕　「…すずろなる死にをす**べかめる**かな」（四六・⑩）

べから・ず〔命令＋打消〕　「今さへ、なにかといふ**べからず**」（三〇・⑦）

ら・む〔完了＋婉曲〕　ゆかしき物を見せたまへ**らむ**に、（一二・⑥）

られ・じ〔可能＋打消推量〕　弓矢して射**られじ**。（六九・⑥）

られ・む〔受身＋推量〕　そこらの人々の害せ**られむ**としけり。（四八・⑮）

り・けり〔完了＋過去〕　かぐや姫は罪をつくりたまへ**りけれ**ば、（七二・⑥）

＊る・なり　〔存続＋断定〕　古糞を握りたまへ**るなり**けり。〔五四・⑬〕
れ・たり　〔自発＋完了〕　「それ、さもいは**れたり**」〔四一・⑥〕
＊れ・つ　〔尊敬＋完了〕　心得ず思しめさ**れつ**らめども。〔七五・③〕

その他

（注）「やうなり」と他の助動詞の連なりの用例として、次の三つが各1例ある。

たる・やうなり　〔存続＋比況〕　李を二つつけ**たるやうなり**。〔四八・⑤〕
つる・やうなり　〔完了＋同等〕　「思ひ**つるやうに**もあるかな」〔三六・⑧〕
るる・やうなり　〔受身＋比況〕　内外なる人の心ども、物におそは**るるやうに**て、〔七一・②〕

三つの助動詞の連なり……いずれも各1例

せ・ざら・む　〔使役＋打消＋推量〕　「さりとも、つひに男あは**せざらむ**やは」〔二一・⑩〕
べき・なり・けり　〔当然＋断定＋気づき〕　かぐや姫の要じたまふ**べきなりけり**とうけたまはりて。〔三五・②〕
られ・たる・なり　〔受身＋完了＋断定〕　南海の浜に吹き寄せ**られたるに**やあらむと思ひて、〔四七・⑬〕
られ・な・まし　〔受身＋完了＋反実仮想〕　また、こともなく我は害せ**られなまし**。〔四九・①〕
られ・な・む　〔尊敬＋強意＋推量〕　ふと御幸して御覧ぜば、御覧ぜ**られなむ**。〔六〇・⑮〕
る・なり・けり　〔存続＋断定・気づき〕　燕のまり置ける古糞を握りたまへ**るなりけり**。〔五四・⑬〕
れ・ぬ・べし　〔自発＋強意＋推量〕　わびしさの 千種の数も 忘ら**れぬべし**〔三四・①〕

れ・ざり・けり　〔自発＋打消＋過去〕　御心は、さらにたち帰るべくも思さ**れざりけれ**ど、（六三・③）

れ・つ・らめ　〔尊敬＋強意＋現在推量〕　心得ず思しめさ**れつらめ**ども。（七五・③）

四つの助動詞の連なり……いずれも各1例

ざり・ける・なり・けり　〔打消＋過去＋断定＋気づき〕

皇子の、御供に隠したまはむとて、年ごろ見えたまは**ざりけるなりけり**。（三七・④）

ぬ・べき・な・めり　〔強意＋推量＋断定＋推定〕

長き契りのなかりければ、ほどなくまかり**ぬべきなめり**と思ひ、（七〇・①）

著者紹介

宮下拓三（みやした　たくぞう）

1956年静岡県浜松市生まれ。静岡大学卒業。17年にわたり静岡県内の高校で国語科教諭を務めたのち退職。高校国語教科書の編集委員の経験を持ち、現在は著述業。

著書に『伊勢物語の助動詞』（いいずな書店）、『わかる・読める・解ける　Key & Point　古文単語330』（いいずな書店・共著）、『基礎から解釈へ　新しい古典文法』（桐原書店・共編著）、『漢文のある風景』（黎明書房）などがある。

竹取物語助動詞解釈集成

平成三十年十月十五日　発行

著　者　宮下拓三

発行者　三武義彦

印刷・製本　駒井剛機

〒101-0062　東京都千代田区神田駿河台一―五―六

発行所　株式会社　右《ゆう》文《ぶん》書《しょ》院《いん》

振　替　〇〇一二〇―六―一〇九八三八

電　話　〇三（三二九二）〇四六〇

ＦＡＸ　〇三（三二九二）〇四二四

*印刷・製本には万全の意を用いておりますが、万一、落丁や乱丁などの不良本が出来いたしました場合には、送料弊社負担にて責任をもってお取り替えさせていただきます。

ISBN978-4-8421-0793-6 C3081